娘子不給吃豆腐 2

風文創 888

秋水痕 著

目錄

第三十章　分銀子抄撿私房

到了鎮上，黃茂林快速擺好兩家的攤位，意外發現今兒梅香也跟著來了，昨晚上因為簪子鬧出的不愉快頓時煙消雲散。

吳氏幫著葉氏把東西擺好，自己去了。

葉氏笑著問黃茂林。「是不是還沒吃早飯？」

黃茂林笑了。「我今兒起得晚了，剛擺好攤子，還沒來得及去買吃的。」

葉氏笑了。「以後別買了，你要是在家裡吃過也就罷了。要是沒來得及在家裡吃，我這裡給你帶了吃的。用舊棉襖捂著，估計還是熱的。梅香，快拿出來給茂林吃。」

梅香對他招招手。「你過來。」

黃茂林忙湊了過去，梅香把籃子扒開，裡頭有一件舊棉襖，緊緊包裹著一個帶蓋子的大瓷碗，打開裡頭是滿滿一大碗蛋炒飯，飯裡還加了蔥花和鹹肉丁。

梅香把碗和勺子遞給他。「快些吃吧，等會要涼了。」

黃茂林鼻頭有些發酸。「我還以為妳今兒不來了呢。」

梅香笑了。「我昨兒跟阿娘說好了，以後我每個集都來。你快些吃吧，別餓壞了。」

黃茂林接過碗，一句話沒說，開始大口大口吃了起來。

梅香一邊給他倒水一邊說話。「我也歇了這些日子，總是讓阿娘一個人忙活，我心裡哪裡過意得去。我來雖然幹不了什麼活，陪阿娘說說話也行的。」

梅香又把水遞給他。「喝一口，別噎著了。」

等黃茂林把這一大碗炒飯吃到肚子裡，頓時感覺神清氣爽。

葉氏一直在一邊笑看著，以前不方便幫黃茂林張羅，如今是自家的孩子了，自然要多疼他一些。昨兒煮飯的時候，葉氏就囑咐梅香多煮一些，早上多炒了一大碗飯，用舊棉襖包起來，到了鎮上還有熱乎勁。

黃茂林和梅香正在你看著我笑、我看著你笑，梅香今兒搽了一點點胭脂，趁著葉氏不注意，她指指自己的臉，做了個搽臉的動作，黃茂林看明白了，笑著點頭。

見對面有人來買豆腐了，葉氏忙叫黃茂林。「快去，有客人來了。」

黃茂林立刻起身，梅香接過空碗和筷子，放到籃子裡。

張老爹笑咪咪的與黃茂林打趣。「怎麼樣，丈母娘是不是比後娘貼心多了。」

黃茂林笑了。「您老倒是消息靈通。」

張老爹哈哈笑。「前兒你們爺兒兩個都不來，我看到你阿爹去請周媒婆，還有什麼不知道的，定是你小子的好事到了。」

黃茂林剛走，杜氏也挑著一擔菜來了，黃茂林又抽空過去叫了大舅媽。杜氏笑咪咪的和他打了招呼，一迭聲的誇他能幹。

一個上午，不管是黃茂林和葉氏，雙方都沒有提簪子的事情。

黃茂林賣完豆腐，三兩下把攤子收好，然後去雜貨鋪花了一文錢買了兩個針頂。趁著葉氏和杜氏不注意，他把針頂塞給梅香。

梅香笑了。「我今兒自己來了，倒要你去買給我。」

黃茂林瞇著眼笑了笑。「我說了買給妳的，自然要算數。」

等這邊的菜賣完了，雙方別過，各自回家。

黃茂林到家時，黃炎夏正在倒座房門口坐著，在搓草繩圈。

黃茂林把錢都給了他，然後坐下一起搓。

黃炎夏問他。「你不去你外婆家了？」

黃茂林沈默了半晌，對他說道：「兒子信得過阿爹。」

黃炎夏嘆了口氣。「這回的事情，委屈你了。看在阿爹和你弟弟妹妹的面子，你莫要說出去，等會我就給你個交代。咱們這頭才回絕楊家的親事，那頭就去韓家提親了，你阿娘心裡不痛快，也是常理。」

黃茂林搓草繩的動作越發快了。「阿爹，您跟阿娘說，以後要是我做得不對，她心裡有氣，罵我一頓打我一頓都使得，就是，別牽連到梅香。」

黃炎夏笑了。「還沒進門呢，你小子就護上了。」

黃茂林嗯了一聲。「兒子和阿爹想的一樣，希望家裡太太平平的。但梅香又沒做錯，兒子不能讓她受委屈。」

黃炎夏點頭。「以後不會有這樣的事情了，你弟弟妹妹們都不知道呢。」

黃茂林怕老父親擔憂，安慰他。「阿爹放心，我和弟弟妹妹們都是親的。」

黃炎夏點頭，爺兒兩個低下頭，繼續一起幹活。

等吃了飯，黃茂林回房歇息去了。他才躺下不久，外頭有人敲門。

開門一看，發現是黃炎夏，黃茂林忙給他搬了個凳子。「阿爹有事，叫我去就是了。」

黃炎夏坐在凳子上，又讓他坐在床上。「韓家的事情，是我們做得不對，讓你媳婦受委屈了。只是我一個大男人，去給親家母賠罪也不合適。這根簪子雖然摻了錫，家常戴也可以，你仍舊給你媳婦。這裡有十兩銀子，都給你，你看著再給你媳婦重新買首飾也好，或者都給她以後買嫁妝也好，怎麼用你們商量著辦，算是咱們家的賠禮。你替我帶句話給你丈母娘，這回是我們做得不對，還請她們母女看在我的面子上，不要把這事說出去了。」

說完，他把那根簪子和十兩銀子一起放在旁邊的小桌上。

黃茂林驚的一下子跳了起來。「阿爹，怎的這麼多銀子？一根簪子最多二兩多銀子，就算再貼補梅香一些，也要不了這麼多的。」

黃炎夏擺擺手。「人家不是為了要你這一根簪子的。你莫要管銀子的事，以後我給你的，你就好生收著。等會子家裡要是有什麼動靜，你莫要出來，只管睡你的。好了，把銀子收好，明兒就去韓家。我給你提個醒，你要是藏了什麼私房，都藏緊些，或者換地方也行。」

黃炎夏說完，起身就走了，出門時還給黃茂林把門帶上了。

黃茂林隱隱覺得有大事要發生，但阿爹說了不讓他出去，他趕緊把門插上，然後豎著耳朵聽。

等一會兒，正房東屋忽然傳來一陣尖銳的叫聲。「黃炎夏，你個挨千刀的狠心賊，你喪了良心了，你把我的錢拿到哪裡去了？你快還給我！」

黃炎夏怕孩子們聽見，低低哼了一聲。「妳的錢？哼，妳嫁到黃家時，聘禮都被妳娘家占了，連妳的嫁妝都是我給妳置辦的，妳哪裡有私房錢？這家裡每一文錢，都是我黃家的銀子！好傢伙，妳可真是厲害，藏了整整十五兩銀子。正好，茂林和茂源一人五兩，剩下的五兩給媳婦再買根簪子，多的算咱們家的賠禮。茂林的我已經給他了，茂源的，我給他收著，等他大了娶媳婦時再拿出來用。妳給孩子們藏錢我不反對，妳若是敢送回楊家，妳就跟著銀子一起回去吧，再也別回來了。」

黃炎夏以前就知道楊氏偶爾會藏私房錢，一個屋裡睡，楊氏時常搬弄她的錢匣子，精明如黃炎夏，如何看不懂。但他想著無非是每次藏個三五文錢罷了，也就沒當回事。今兒他一時沒忍住，在房裡扒了半天，終於找到楊氏的錢匣子，等他打開一看，頓時氣得不行！

十五兩銀子，這是藏了多久？她嫁到黃家也才將將快滿十二年。一年藏一兩多，這都是從哪裡摳出來的？難怪茂林的鞋底薄，這婆娘真是能幹啊！

黃炎夏當時就想拿著這銀子去質問楊氏，為了茂源和淑嫻的臉面，他忍住了。但他把銀子全部搜羅走，只留下一、二百文錢的零頭在原處。

黃炎夏管著家，十幾年了，始終不肯把帳目給楊氏管。楊氏剛開始想著做個好人，最後發現自己管錢的希望越來越小，只能變本加厲的藏私房銀子。

黃炎夏從不去看她的私房錢，她就以為自己藏得緊。她哪裡曉得，黃炎夏看似和善憨厚，但他做了十多年生意，比常人精明許多，一旦發作起來，她那點鬼祟立刻就藏不住了。

這銀子是楊氏的心血，一下子全沒了，她心疼得眼睛直滴血。「你個挨千刀的短命鬼，你快把我的銀子還給我！你聽到沒有，聽到沒有！」

她一邊說著，一邊就去撓黃炎夏的臉。黃炎夏一把推開她。「妳莫要鬧，再鬧下去，對妳沒有好處！」

楊氏頓時坐在地上哭了起來。「黃炎夏，你個沒良心的短命鬼，拿我的銀子去貼補你兒子！」

黃炎夏聽她說得難聽，也不再忍讓。「我的兒子？妳可算是說出來了，那可不就是我的兒子！和妳沒半點關係的。但妳幹這糊塗事的時候怎麼沒想過，那是我的兒子，我兒子丟臉了，我兒子受委屈了，難道我還能跟著妳一起高興不成？當年我怎麼跟妳說的，我一個死了婆娘的鰥夫，妳一個大姑娘願意嫁給我，我會對妳好，也請妳善待我的兒子。這麼多年了，就算沒讓妳掌家，我是缺妳吃的還是缺妳喝的？妳身上穿的、戴的，整個大黃灣，比誰差了？妳這會心疼銀子，難道我不心疼自己的兒子！」

楊氏仍舊哭個不停。「你還我的銀子，你還我的銀子！」

黃炎夏冷哼了一聲。「妳想要銀子是吧？可以，我把銀子還給妳，妳親自去韓家賠禮！要銀子，還是去賠禮，兩條路，妳選一樣吧！」

楊氏頓時像被人掐住了脖子，哭聲卡在嗓子裡。「我不去，我憑什麼要去！我又不欠她的！」

黃炎夏冷笑了一聲。「那也行，十兩銀子換一句賠禮，這買賣妳覺得合算就行。」

黃炎夏當了十幾年的家，在家裡很有威信，平日裡不管是對楊氏還是對孩子們，他都和善得很，但他一旦發作起來，楊氏也吃不住。讓她二選一，楊氏就算不願意，也得選！如今不是她要無賴就能混過去的！

楊氏知道自己毫無退路，她不願意去韓家賠禮，因此哭聲越發大了起來。「你個沒良心的，你願意補貼他，你自己出錢就是了，憑甚拿我的錢！」

黃炎夏笑了。「哦，難道是我買的假簪子？妳幹出這樣的事情，不讓妳吃個教訓，以後還不曉得妳要幹出什麼事情來。我跟妳說，年前妳就別回娘家了，妳那大嫂，除了教妳這些餿主意，還能教妳什麼好？」

就在他們吵架的時候，三個孩子都聚到了堂屋，看著東屋的門簾踟躕不前。

父母在房裡吵架，孩子們按理不該進去的。

黃茂林聽了兩句就明白了原由，頓時心裡忍不住笑了起來，怪不得阿爹這樣大方，原來是抄了後娘的私房錢。

他心裡高興歸高興，仍舊一臉嚴肅的站在那裡。

淑嫻聽了半天，覺得不對勁，問黃茂林。「大哥，阿娘，阿娘做了什麼事情？」

黃茂林搖頭。「妳不要管。」

淑嫻再仔細聽了聽，漸漸就明白了，頓時覺得羞臊不已，忙給黃茂林道歉。「大哥，阿娘一時糊塗，請你看在我和二哥的分上，就，就不要跟她計較了吧。那銀子都給大嫂，我和二哥再沒有意見的，二哥，我說的對不對？」

黃茂源雖然仍舊稀裡糊塗的，但妹妹一向比他聰明有主見，聽見妹妹問他，只一味點頭說好。

黃茂林心裡也嘆了口氣，有兩個這樣好的孩子，後娘為甚還要作耗。難道說人做了父母之後，不管孩子怎麼樣，都會拚命往孩子碗裡扒食？

屋裡，楊氏剛開始耍賴讓黃炎夏還錢，後來見還錢無望，就哭泣不止。

黃炎夏剛開始呵斥她，最後聲音也小了。「妳這是何苦，在我心裡，兩個兒子都是一樣的。有茂林一根針，定不會少了茂源一根線。他們都是我的兒子，哪一個我都不會委屈了他。妳好生跟著我過日子，整日不缺吃不缺穿的，還想那麼多做甚。妳若真不放心，咱們以後早早把家分了，妳只管一心幫襯茂源過日子就行。就算將來我死在妳前頭，我肯定也會把妳安排好，保證不會讓妳沒有著落的。」
楊氏由剛開始的大聲哭叫變為小聲啜泣，最後也不再吱聲，只呆呆的坐在那裡。她心疼銀子，可讓她去韓家賠禮？她死也不肯去的，那只能花十兩銀子買一聲賠禮？可這也太貴了！那些銀子，可是她攢了十幾年的啊！

楊氏頓時又心疼又後悔，當時為甚鬼迷了心竅，否則也不會有現在兩難的境地。楊氏想想銀子，想想去給韓家賠禮，頓時又為難的哭了起來。

半晌後，楊氏拉著黃炎夏的衣袖苦苦哀求。「當家的，我做錯了事情，給梅香再買簪子是應該的，你給茂林五兩我也不反對，你把茂源的五兩銀子給我管著好不好？我以後再不藏銀子了，梅香那裡，以後你說買什麼樣的我就買什麼樣的，再不克扣一文錢，你把銀子給我管著好不好？你看看大嫂，大哥做木匠的錢全部歸她管，我們是妯娌，我好歹也是黃家豆腐坊的內掌櫃，卻一文錢的家都不當，跟大嫂一比，我活著還有什麼意思。」說完，她哭聲又大了起來。

黃炎夏嘆了口氣，起身把剩下的五兩銀子給了她。「妳替茂源收好吧，以後，莫要再打韓家的主意。茂林已經長大了，別說妳了，我也不能隨意擺弄他。咱們總有老去的一天，茂源又沒有心眼子，妳把茂林和韓家得罪狠了，以後，吃虧的還是茂源。」

楊氏不用去韓家道歉，銀子又回來了一些，她已經不去計較少了十兩的事情，她用袖子擦了擦眼淚。「我曉得了，當家的放心吧。」

黃炎夏瞇起眼睛看了看她，他抄銀子的時候，本是只想拿十兩的。但他權衡再三，還是全部拿了。若只拿十兩，這婆娘定然要他全部還給她。他把銀子都拿了，先讓她去賠禮，如今不用去賠禮了，再還她五兩，她就不會再計較給茂林的銀子了。

楊氏哪裡曉得他的這些心思，只顧著看銀子去了。這銀子過了明路，楊氏也不再藏了，再三數過之後，直接當著黃炎夏的面放到衣櫃裡。

聽見屋裡兩個人不吵了，黃茂林朝弟弟妹妹們擺擺手，兄妹三個各自回房去了。

回房後，黃茂林把門插上了，然後一頭埋進床上的被子裡開始忍不住悶笑。

笑了一陣子後，黃茂林內心又有些發酸。阿爹為了自己，也是煞費苦心。簪子的事情，明兒他私下貼補梅香，請韓家看在自己的面子上，不要往外說了。

黃茂林得了銀子，又開始盤算起來。

第三十一章　送體己合力懟人

下午，黃家五口人起床後，各自忙碌，彷彿什麼事情都沒發生一樣。

黃茂林教弟弟磨鐮刀，黃炎夏看到後心裡很是欣慰，只要孩子們之間能好好的，他做什麼都行。

到了夜裡，黃茂林在床上翻來覆去的。他想到白天黃炎夏對他的提醒，又摸黑起床，找到自己的錢匣子。錢匣裡本來就有他攢的七兩銀子，再加上黃炎夏今天給的十兩，他一共有了十七兩存銀。這可不少了，能買四畝田呢！

梅香這回受了委屈，不能單單只是再買一根簪子給她，定要多補貼她一些。

黃茂林摸了摸錢匣子，錢放在他手裡，只會是死錢，還只能藏著，不若給了梅香，讓她家裡給她買幾畝田地做陪嫁。

四畝田地，一年總能得些出息。有了這幾畝田地做陪嫁，梅香的腰桿子也能更硬一些。

第二天一大早，吃過早飯，黃茂林穿了一身舊衣裳，與家裡人打過招呼，就往韓家去了。

到了韓家，家人都在。梅香給他搬了凳子，又給他倒了杯水。「你來得倒挺早的。」

黃茂林喝了口水。「早些來，也能正經幹些活。嬸子，您有事只管吩咐我。」

葉氏笑了。「我正要與你商議呢，我家再等四天就要開鐮了。到時候，我每天早上把梅香送到鎮上，你幫我看著她，等東西賣完了，她自己回來就可以了。今兒上午你跟我一起去把棉花地挖了，過幾日種上大白菜。」

黃茂林立刻點頭。「嬸子放心吧，鎮上的事情都交給我。時辰不早了，咱們趕緊去吧。」

葉氏找了兩把鐵鍬，倒了一大壺水，拿了兩個小茶碗，帶著黃茂林一起往地裡去了。路過的人看見了，都羨慕不已，說葉氏找了個好女婿。

忙活了一上午，等回家後，梅香已經做好飯，都端上桌子。

黃茂林幹了一上午活，乍然聞到飯菜香，肚子都咕嚕嚕開始叫喚了。

葉氏笑了。「快坐下，來吃飯。」

說完，她讓黃茂林單獨坐在東邊，親自給他盛了一飯碗，夾了許多菜，擺到他面前。梅香又從旁邊的湯盆裡盛了一碗絲瓜湯，放了根湯匙在裡面，一起擺到他面前。

黃茂林有些不好意思。「嬸子，這菜也太多了，梅香，以後我來，不用做這麼多菜。」

梅香笑著眨了眨眼。「你放心吧，再過幾回，你想要這麼多菜還沒有了。」

葉氏笑著罵她。「快些住嘴，茂林累了一上午，趕緊多吃些。」

葉氏一邊吃飯一邊對梅香說：「明兒把西廂房南屋收拾出來，那裡頭有一張小床，鋪上兩層稻草，再墊上薄褥子，給茂林歇息。」

梅香點頭，又問她。「那今兒如何安排呢？」

葉氏想了想。「等會妳到我屋裡來睡，讓茂林在妳屋裡歇午覺。」

梅香低聲應了，開始吃飯。

吃過飯，黃茂林見明朗出門後，叫住了葉氏。「嬸子。」

葉氏回頭，笑看著他。「怎麼了？」

黃茂林先從懷裡掏出那根簪子，又掏出個紅布包，解開後，裡頭是個大荷包。他把荷包打開，把裡頭的十六兩銀子都倒在旁邊的小飯桌上。「嬸子，這是十六兩銀子，其中十兩，是我阿爹昨兒給我的，說讓我給梅香買簪子也行、買嫁妝也行，算是我們家的賠禮。另外六兩，不瞞嬸子，是我這麼多年攢下來的。我今兒都交給嬸子，嬸子看著給梅香置辦些田地，比放在我手裡睡大覺強。這是頭先那根簪子，還給梅香，雖不是純銀的，也值一兩多銀子呢。」

葉氏立刻驚得直擺手。「使不得使不得，茂林，你快把銀子收起來。你要買田地，你可以自己去買。」

黃茂林苦笑了一聲。「嬸子，我家裡沒分家，我買了有什麼用呢。再說了，我阿爹對我好，我也不想如今就去私自買田地，怕傷了他的心。嬸子不知道，這十兩銀子，是我阿爹昨兒把我阿娘藏的私房銀子都翻出來了，硬分給我的。」

葉氏嘆了口氣，還沒等她說話，黃茂林把銀子又放到荷包裡。「嬸子，我和梅香以後就是一家人，給了她，也不是給外人。您就當替我保管著，算作嫁妝裡頭，以後分家的時候不用扯破臉。」

葉氏看向梅香，梅香急忙搖頭。「阿娘，我都聽您的。」

葉氏又想了想，問黃茂林。「你阿爹知道嗎？」

黃茂林猶豫了一下才開口。「我阿爹讓我不要在家裡藏太多銀子，我才想到讓嬸子幫我看著。還有，我阿爹讓我給嬸子帶句話，這事，求嬸子看在我和我阿爹的分上，就，就不要告訴旁人了吧。」

葉氏沈默了幾息，對他說道：「這都是家裡的事情，又牽扯到梅香的臉面，我們自然不會說出去的，你們只管放心。既你一片誠心，銀子我先替你看著。要是有合適的田地，我買個幾畝。」

黃茂林忙把荷包遞給她。「嬸子若是能買到田，就記到梅香名下。」

葉氏笑了。「好，我記住了。」

梅香猶豫了一下，對他說道：「你把錢都給了我，你以後總得花銷吧？」

黃茂林嘿嘿笑。「我還留了一兩多，我阿爹每個月都會給我一些，我也沒有花錢的地方。」

梅香小聲說道：「那你要是缺錢了，只管來說。」

黃茂林笑著點頭。

葉氏接過荷包，溫聲對他說道：「你先去睡一會吧。」

黃茂林笑著去了西屋，小心的躺在床上，還把腳懸在外面。黃茂林本來就有些疲憊，聞著淡淡的香氣，暢想著以後美好的日子，漸漸就進入了夢鄉。

東屋裡，葉氏也正在和梅香商議。「茂林給了錢，要不要再給妳買根簪子？」

梅香想了想，直搖頭。「阿娘，我暫時又不戴簪子，買了做甚。那根假簪子，可是個好東西。」

葉氏奇怪的看向女兒。

梅香把腦袋湊過來，低聲對葉氏說道：「阿娘，這回，茂林哥的後娘偷雞不成蝕把米，白折了十兩銀子，能不記恨我？等以後我去了黃家，她若找我的麻煩，我就天天把這根假簪子戴頭上，一來黃大伯看到了就會想起她幹的這些事，二來也好羞一羞她！」

葉氏哈哈笑了。「年紀不大，卻這樣促狹！」

說完，她又囑咐梅香。「這銀子以後都給妳買嫁妝，咱們得了實惠，看在茂林的面子上，這事就過去了吧。」

梅香點頭。「阿娘放心吧，只要她不找我的麻煩，我才懶得去搭理她。如今白得十兩銀子，多好。」

葉氏笑了。「財迷精，妳能看開我就放心了，只要茂林對妳好就行，有幾個人沒成親就把私房錢給媳婦管的。」

梅香臉紅了。「阿娘打趣我做甚。」

葉氏又笑了。「咱們也歇會吧。」

等黃茂林一覺醒來，葉氏已經出去幹活去了，梅香正在堂屋裡做針線活。

「怎的不多睡一會？」

黃茂林嘿嘿笑了，又看了看天。「梅香，時辰不早了，我先回去了。」

梅香點頭。「那你去吧，明兒我還上街。」

黃茂林看了看外面很自然的伸手摸了摸她的頭髮。「那我回去了。」

梅香有些不好意思。「那你快去吧。」

黃茂林高興的出了正房，去西廂房門口和明朗打了招呼，然後踩著輕快的步子回家去了。

四天後，梅香家正式開鐮割稻子了。

一大早，葉氏帶著明朗去了田裡，梅香在家裡也忙個不停，做飯、掃院子、洗衣裳、餵豬餵雞，把能幹的都幹了。

明盛今兒也沒閒著，梅香讓他放牛去了。怕他一個人看不好兩頭牲口，梅香在地上打了兩個地樁，把牲口栓在上面，讓牠們自己繞著地樁吃草。

等太陽升起來好高，葉氏終於帶著明朗回來了。

還沒等娘兒幾個吃完飯，黃茂林趕來了。

葉氏起身相迎。「茂林來了，你家裡這兩天怎麼樣了？」

黃茂林笑道：「昨兒也開鐮了，我家裡田大部分都賃出去了，自家只種了七畝地。嬸子家今兒開鐮，我阿爹說讓我來幫著割稻子。」

葉氏點頭。「多謝你了。你吃飯了沒？」

黃茂林點頭。「已經吃過了。」

葉氏帶著黃茂林和明朗一起往田裡去了。

晌午，梅香做了一頓油水足又扎實的午飯，和明盛一起，用籃子把飯菜拎到田埂上。

葉氏老遠就看見女兒來了。「怎的送過來了，我們就要回去了。」

梅香笑了。「阿娘，茂林哥，明朗，都來吃飯吧。」

幾個人上了田，端起碗就吃了起來。

葉氏給黃茂林夾了一筷子菜。「茂林，吃過飯你就回去吧，你家裡事情也多呢。明兒早晨，我把梅香送到鎮上。賣東西她自己都會，防止有人找事。這租子都交了，若不去，也太可惜了。」

黃茂林點頭。「嬸子放心，有我在呢，不會有人來找事。只是賣完了菜，梅香一個人回來我也不放心呀。」

葉氏笑了。「這個無妨，她也要十三歲了。這陣子誰家上街不是打發半大小孩子去，比她小的都有。」

黃茂林看了一眼田裡。「嬸子，今兒看樣子能割完這塊地。」

葉氏點頭。「是呢，多虧有你幫忙。我趕快些，先把這一小塊地割了，都挑到稻場上去，再去割另外兩塊地。」

黃茂林想了想。「等我吃了飯，我幫嬸子把晌午割好的稻子捆了再回去吧。」

葉氏笑了。「那又要耽誤你的事情了。」

黃茂林吃飯吃得快。「無妨，捆稻子快。等會讓他們幾個一起來，快得很。」

幾人匆匆吃了飯，把碗筷一放，就開始幹活。

黃茂林站在草繩圈旁邊，梅香帶著弟弟們把地上割好的稻子一一抱給他。他接下後，整理好摞在一起，等到足了一捆的重量時，屈膝壓緊，用草繩圈捆好。

還不到半個時辰，上午割好的稻子都捆好了。

黃茂林與葉氏等人打過招呼，又囑咐梅香注意身上的傷，然後就回家去了。他連家門都沒進，直奔自己家的田裡，從田埂上拿一把鐮刀，埋頭開始幹活。

黃炎夏見到兒子後，心裡很滿意。這個兒子最大的好處就是幹活扎實。

黃茂林走後，一個下午，葉氏娘兒兩個一起，把捆好的稻子全部挑到稻場，又割了些新的。

天黑透了後，一家人才往家裡去。

梅香進門後就開始做飯，葉氏找了兩個籃子，立刻往菜園去了，明天要賣的菜還沒弄呢。

娘兒幾個忙到很晚才把一切都準備妥當了，洗漱後倒頭就睡。

葉氏睡了一大覺，精神很足的起床了，叫起了梅香。

娘兒兩個如往常一樣，把家裡準備好之後，一起往鎮上去了。一到地方，迎接她們的就是黃茂林的笑臉。

葉氏剛放下擔子，黃茂林立刻把凳子搬過來給她坐。「嬸子，您歇會兒就趕緊回去吧，這裡交給我們就行了。」

葉氏擦了擦汗。「那就煩勞你了茂林。」

黃茂林一邊快手快腳的把油桶放好，再和梅香一起把菜擺好，一邊和葉氏說話。「嬸子別跟我客氣，我明兒上午再去。」

葉氏笑了。「有你幫忙，我省了不少事情。梅香，價錢就按頭先定好的來，若有人耍賴硬要講價，就喊茂林過來。」

梅香點頭。「我曉得了阿娘，您晌午也別幹太累了。」

葉氏囑咐完兩個孩子，自己先挑了一空擔子回去了。

梅香頭次一個人守攤子，有人看她是個小丫頭，不免存了欺壓之心。想講價的、想賒帳的，梅香一概微笑不應，只說家裡大人不讓，她做不了主。

黃茂林就在對面看著，中途抽空過來兩趟，幫她擋了幾個難纏的婦人。

趁著沒人的時候，黃茂林小聲問梅香。「昨兒妳挑了稻子，手疼不疼？」

梅香搖頭。「不疼呢，我儘量不用左肩膀。你也要注意一些，這些日子兩家跑，還要賣豆腐。」

黃茂林看著梅香，心裡有些酸楚，他想幫更多的忙，可自己家裡也有許多事情，他也才十三歲，論起挑稻子，他不一定有梅香能幹。

他和梅香訂親，並沒有減少太多梅香的負擔，這回農忙，梅香仍舊是帶著傷幹活。

黃茂林忽然無比希望自己能長快一些，等到了發財哥那個年紀，他力氣更大一些，就能當個全勞力用了。

黃茂林想著事情，忽然，旁邊傳來一聲冷哼。

二人同時抬頭一看，竟是王存周。

梅香先笑著開口。「王大哥，你要買菜籽油嗎？我看你沒帶油瓶子啊。」

王存周眼神複雜的看著梅香，兩家退親後，明面上不來往了，但暗地裡都相互盯著對方，梅香才和黃茂林訂了親，第二天王家人就知道了，王存周心裡又酸澀又氣悶。

黃茂林豈能讓梅香獨自去對付這個二杆子，起身笑道：「喲，王小哥這是去哪裡？如今農忙，秦先生不是給學生們都放假了？我聽明朗說，秦先生最不喜歡死讀書的，還說這莊稼之事讀書人也要懂一些，不然以後做了官，豈不是稀裡糊塗的。」

王存周不理他，譏諷梅香。「妳就願意和這樣的人打交道？」

梅香氣結，就要回嘴，黃茂林一把拉住她的袖子，按著她坐下了。「妳身上的傷還沒好呢，那些牲口可不就是沒良心得很，淨會傷好人。」

說完，他兩手一攏，對王存周說道：「王小哥，聽說後年又有縣試了，您可得加把勁了。我們就不耽誤您的功夫了，等過一陣子我到韓家下聘，再請您去觀禮。」

梅香也哼了一聲。「王存周，你管他是什麼樣的人，我就曉得，你是個驢糞蛋子表面光。昨兒茂林哥去給我家割稻子了，今兒又幫著我賣東西，這才是男人該做的事情呢。以前你到我家，別說幹活了，吃飯都要別人給你盛，成天屁事都不幹，倒有臉擺架子。秦先生正經的秀才公也沒說瞧不起人的，你倒是比秦先生的架子還大。」

兩個人你一句我一句，把王存周擠對得面紅耳赤，一甩袖子。「愚夫愚婦！」

說完，氣鼓鼓的走了。

黃茂林學他的樣子也甩了下袖子，罵了一聲驢糞蛋子，然後和梅香一起笑了，王存周耳朵尖聽到了，頓時氣得仰倒。

黃茂林怕梅香心裡不高興，逗她笑了幾聲之後，又安慰她。「這王家小哥怕是讀書讀傻了，人有些呆氣，妳不要跟他計較。」

梅香搖頭。「我才不和這傻子計較呢，他嘴巴刻薄得很，說的那些話，茂林哥你別往心裡去。」

黃茂林笑了。「我怎的會往心裡去，要不是他呆氣，我哪能撿著便宜呢。」

梅香臉騰的紅了。「快些住嘴，小心被人聽到。」

黃茂林哈哈笑了。

充實的日子裡，時間過得總是非常快。

葉氏在黃茂林的幫忙下，很快割完了四畝田的稻子。她準備先把割好的稻子都脫粒了，再割最後一畝地。

剛做好打算，葉家四個男丁一起上門了。

第三十二章　收稻子甜蜜中秋

葉氏見娘家來人，喜不自禁。說真的，割稻子她能幹，挑稻子勉強也能湊數，可後面脫粒揚塵，她從來沒幹過，正在發愁。

葉厚則一進門就問妹妹。「田裡怎麼樣了？」

葉氏忙認真回答。「已經割了四畝田的稻子，準備今天先脫粒，後面的繼續割。」

葉厚則又問：「稻子都放在稻場裡？誰給妳看著？」

葉氏忙回答他。「孩子們的二伯夜裡守在那裡，我請他幫我們看著。」

葉厚則點了點頭。「那就好。厚福，你帶著思遠和明朗一起，今兒一天把剩下的一畝田稻子割完了。思賢，你跟著我和你姑媽一起，去稻場脫粒。梅香在家做飯，明盛和蘭香在家裡給姊姊幫忙。」

正說著話，黃茂林來了。他手裡用草繩串了條魚，另外帶了一碗豆腐渣。進門後他就把東西遞給梅香。「昨兒茂源在田溝裡下網，網了好幾條魚呢，給我大伯家送了一條，我們留了兩條，給你們帶一條。」

葉氏忙拉他過來，對娘家人說道：「這孩子這些日子可幫了大忙。茂林，這是大舅、二舅和兩個表哥。」

黃茂林忙躬身行禮挨個叫人，葉厚則點了點頭。「不錯，像他阿爹黃掌櫃，是個能幹人。既然茂林來了，就一起去割稻子吧。梅香，做好了飯，直接送到稻場裡去，晌午就在那裡吃。」

葉厚則是家裡的長子，一向說話很有分量。到了妹妹家裡，諸事仍舊聽他安排。

吩咐完事情，他讓葉氏把工具找齊了，帶著眾人一起就出門。葉氏走的時候，囑咐梅香多做幾道菜，家裡有什麼隨便她安排。

梅香也不敢閒著，今兒人多啊，大大小小一共十個人，得做不少飯菜呢。

家裡沒有新鮮肉，只能殺雞了。葉氏特意留了幾隻公雞秋收的時候吃，今兒都八月十二了，就當提前過節吧。

黃茂林這條魚送得可真及時，雖然不是特別大，好歹能做一盤。可惜沒有水豆腐了，好在黃茂林帶來一碗豆腐渣。

這幾日黃家父子實在太忙了，故而背集的時候就沒有磨豆腐，先到田裡搶收。

雞、魚、鹹肉、雞蛋、豆腐渣，這些算是好菜了，梅香又往菜園去了一趟，辣椒、韭菜、毛豆、已經老了的黃瓜、苦瓜、豇豆、空心菜和莧菜，一樣弄了一些回來。

梅香絞盡腦汁，最後也做出了十一道菜。

梅香把飯盛到一個大盆裡，菜裝在一個大籃子裡，又把家裡最大的兩個茶缸倒得滿滿的，帶上碗筷和小茶杯，用空擔子挑到稻場去，讓明盛去田裡通知二舅等人去稻場吃飯。

等葉厚福等人也來了，葉厚則招呼大家一起吃飯。

農忙時在田間吃飯，也不用講究太多，各自盛了飯菜，找個地方一蹲，就開始吃了。

葉氏那頭去跟哥哥弟弟和姪子們說話，梅香這邊帶著弟弟妹妹一起吃飯。黃茂林和葉家男丁說了幾句客氣話之後，也蹭過來和梅香說話。

梅香不好蹲著，太難看，就扯了把稻草墊在地上，斜跪在那裡。她從旁邊的菜盆裡夾了塊魚給黃茂林。「你吃了飯就回去吧，我舅舅們來了，今天能幹不少活呢，剩下的，我和阿娘再加把勁，基本上就不用太操心了。」

黃茂林笑了。「好，舅舅們來了，妳就在家做飯就行了。這麼多人的飯菜，也不好做呢。」

兩個人說著悄悄話，不遠處的葉思遠看到了，笑了笑沒吱聲。

葉思賢也笑了。「你有功夫，也去你丈人家幫忙幹兩天活。」

葉思遠紅了臉。「大哥都沒去呢，我去做甚。」

葉思賢笑了。「我婆娘都娶到手了，去不去無妨的。」

眾人一邊說笑，很快都吃完了飯。

黃茂林和葉氏打過招呼，又與葉家男丁告別，然後自己回家去了。

人多力量大，忽然多了四個男丁，一天的功夫，梅香家就把稻子都割完了，脫粒也脫了一半，都裝進麻袋裡，用牛車拉了回來。

吃夜飯的時候，葉厚則吩咐兄弟。「厚福，吃了飯你帶著兩個孩子回去，我再留一天。」

葉厚福點頭。「都聽大哥的。」

葉氏感動得眼淚在眼眶裡打轉。「要不是你們來，我和幾個孩子還不知道要磨蹭到什麼時候呢。」

葉厚則不是個話多的人。「莫說那些客套話，晚上我去稻場裡守著。明天早上讓明朗和明盛去放牛，妳只管把梅香送到鎮上，回來後到稻場裡給我幫忙。明兒一天，咱們把剩下的稻子都脫完。」

葉氏點頭應了，然後低頭吃飯，不再多說。

有了葉厚則這個主心骨在，第二天的事情雖然多，但忙而不亂，該上街的上街、該放牛的放牛，一切有條不紊。

葉厚則一天都泡在稻場裡，鋪稻子、趕著牛拉石滾脫粒、揚塵、裝袋，葉氏和明朗一直在那裡幫忙。為了趕時間，葉厚則整整脫了四場，除了吃飯，從天矇矇亮開始，直到天黑，中途都沒停歇過。

葉氏心疼長兄，中途勸了好多回，葉厚則只擺手讓她莫要多話。

葉家的活還沒幹完呢，葉厚則拚出了兩天的功夫來給妹妹幫忙，既然來幫忙，就要幹到好，不然他回家了也不放心。

等最後一麻袋稻子裝上車，葉厚則趕著牛車往妹妹家駛去。

到家後，卸車、吃飯。

他一邊吃飯，一邊囑咐葉氏。「從明天開始，把收回來的稻子多曬兩遍，要注意看天，陰天不要曬。不曬乾了，交糧稅的時候，人家要扣妳的重量。」

葉氏直點頭。「哥哥今兒真是受累了。」

說完，她往葉厚則碗裡舀了一勺子肉，這肉是梅香上午帶回來的。

葉厚則點頭。「天太晚了，我再住一晚上，明兒早上我就走。」

葉氏想了想。「大哥，我明兒跟你一起回去吧。我雖然幹活慢，多少也能幫些忙。我家裡都忙好了，曬稻子梅香也會。」

葉厚則搖頭。「不必了，妳家裡離不得妳。梅香再能幹，也還是個孩子。後天還要去鎮上，難道讓她一個人挑著擔子天沒亮出發。」

葉氏心裡有些愧疚，葉厚則笑了。「莫要多想，等過一陣子，我讓妳嫂子和姪媳婦還跟著妳賣菜，我們也不交租子，也算跟著妳沾光。」

葉氏心裡終於好受了一些。「大哥說的哪裡話，你們能去，我高興還來不及呢。」

葉厚則點頭。「是這個理，咱們親骨肉，相互幫襯是應該的。等以後外甥若能考上功名，我做舅舅的出去了臉上不也有光。」

說話的功夫，飯也吃完了。

葉厚則過來時沒帶衣裳，家裡留有以前韓敬平的衣裳。葉氏有些為難，按理來說，故人的衣裳給大哥穿不合適，但大哥昨兒就沒換衣裳，這一身臭汗總不能再捂一天。

葉厚則看出了妹妹的為難。「我和敬平親兄弟一樣，不怕那些忌諱。他的衣裳，妳都給我，我帶回去穿。」

葉氏忙拿了幾身衣裳出來。「大哥，這幾身衣裳，當家的還沒上過身，都是新的呢。」

葉厚則笑了。「這才對，新衣裳，扔了多可惜。」

第二天一大早，葉厚則吃了早飯就回去了。葉氏去東耳房看了看，去年剩下的鹹肉還有兩大塊。葉氏把大塊的裝到籃子裡，又加了三十個雞蛋，打了五斤油，一起放到籃子裡，一併讓葉厚則帶回去。

家裡稻子都收回來了，葉氏鬆了一口氣。

從開鐮開始，葉氏心頭就像壓了塊大石頭一樣。她一個寡婦，孩子小的小、傷的傷，五畝田啊，壯漢都要幹好些天，她一個人要如何把田裡的稻子都收回來。

就在她憂愁的時候，先是黃茂林來了，再是韓明文和韓敬奇等人時常幫忙割兩行，最後是娘家兄弟姪子們。

葉氏一邊在院子裡曬稻穀，一邊心裡默默對韓敬平說道：當家的，你看，我把稻子都收回來了。我娘家人、女婿、二哥和族人們都來給我幫忙，今年頭一年艱難些，明年明朗大一些，梅香的傷好了，日子會越來越容易的。

你放心吧，我們都能過得很好的。

葉氏現在想到韓敬平，不再是當初那樣的悲痛。她的內心彷彿被一股柔軟的力量包裹著，支撐著她一直勇往向前。

曬過了稻子，葉氏囑咐梅香在家好生看家，自己往稻場去了，稻場裡還有許多稻草需要打捆。

梅香忙完家務事就去給葉氏幫忙，她力氣比葉氏大，堆草垛子的時候，需要使力，梅香衝到葉氏的前頭。

葉氏背著女兒偷偷擦眼淚，暗自想著，等過幾年女兒出門子，除了女婿給的錢，她再添一些，多買幾畝地給女兒陪嫁。

大半天的功夫，母女兩個把稻草都處理好了。

這個時候，韓家崗至少有一半人家的稻子都還沒收完。眾人都覺得葉氏一個寡婦，今年定然要吊尾巴，沒承想她竟跑在前頭，趕著八月十五前一天把稻子都收回來。

八月十五的早上，葉氏把家裡弄好了之後，就帶著梅香去鎮上了。

因適逢過節，油和菜都賣得個好價錢。

黃茂林賣完豆腐後，急匆匆跑去買東西去了。過了一會，他手裡拎滿了東西，往自己的攤位上放一些，剩下的全拎到葉氏這裡。

「嬸子，這是二斤肉，我阿爹今兒特意囑咐我的，按著規矩，我今兒該往您家裡送節禮的。這是五塊月餅，嬸子和弟弟妹妹們帶回去香香嘴。我剛才給您留了一塊水豆腐和三張千豆腐，等會用碗裝了給您。」

葉氏忙推脫。「茂林，你天天給我幹活，還要破費買這麼多東西做甚。快都拿回去，要吃肉，我自己會買的。」

黃茂林強行把東西塞到梅香旁邊的空擔子裡。「嬸子不要，我回去怎麼跟阿爹交代？這是禮節，嬸子可不能讓我難做。」

因黃茂林天天幫著幹活，葉氏心裡根本就沒想過還要收節禮。但聽見他這樣說，葉氏又有些為難。

梅香笑了。「阿娘，過幾天我給茂林哥做身衣裳。還有，茂林哥，下回你把你阿爹阿娘的鞋樣子都給我帶一份，我給二位長輩一人做一雙鞋。」

葉氏眼睛一亮。「梅香說得對。」

黃茂林笑了。「那，那我就等著穿梅香妳給我做的新衣裳了。」

梅香抿嘴笑了。「我手藝不好，你別嫌棄。」

黃茂林嘿嘿笑著撓頭。「妳做的定然是最好的。」

葉氏看了傻女婿一眼，搬凳子讓他坐下了。「茂林，你是先回去還是等我們一起？」

黃茂林先跑回去把自己的凳子搬來。「嬸子，既然您家裡都忙完，我明兒就不去幫忙了。但我明天早上賣豆腐還是會路過您家，我把鞋樣子都帶過去。」

葉氏笑著點頭，當即自己去後面趙老板家扯了新布疋，讓梅香給女婿做衣裳。等算好價錢，趙老板聽說黃茂林給葉氏做了女婿，還抹去了三文錢的零頭，葉氏再三道謝，拿著布疋出去了。

黃茂林聽見說這是給他扯的布，當即就要給錢，梅香按住他的手。「這是我頭一次給你做衣裳，你給什麼錢，說出去了，別人不說我小氣。」

梅香的小手按在他的手上，黃茂林感覺著那柔軟的觸感，頓時心裡又開始怦怦直跳，但葉氏在場，他一點異色不敢表露出來。「那，那這一回就讓嬸子破費了。」

葉氏擺了擺手。「在我心裡，你就和我的孩子是一樣的，這些客氣話就別說了。」

等葉氏賣完菜，雙方別過，各自回家去了。

梅香在家裡吃過午飯後，開始動手做衣裳。她裁完布料，攤平放到一邊。

葉氏點頭。「裁得不錯，剩的布頭留著糊鞋幫子。」

梅香點了點頭，和葉氏商議。「阿娘，光給黃家大伯、大娘做鞋，他家裡弟弟妹妹要不要做些小物件？」

葉氏想了想，對她說道：「我頭先不是給了妳一塊花布，妳給他妹妹做一條手絹。今兒這料子剩下的布頭，給他兄弟二人一人做個荷包，上頭繡幾根竹子，又簡單又清爽。」

娘兒兩個說了幾句話之後，一起去廚房炸糖糕。

梅香挽起袖子，繫上圍裙，洗了手就開始照著葉氏的步驟準備材料。等準備好了，葉氏燒火，她掌灶，娘兒兩個合力，很快就炸了滿滿兩盆糖糕。

很多時候，自家人其實吃不了太多。不過韓氏宗族聚族而居，梅香家不管吃什麼，崔氏和韓敬奇家裡必定要送一些，韓文富和韓文昌家裡也不能少，還有最近幫忙幹了活的人家裡也都得送。

趁著糖糕還沒涼，葉氏留下三十個，其餘全部裝到盆子裡，帶著明朗就出門了。

葉氏送糖糕，人家自然也有回禮。雞蛋、月餅、雞蛋糕，葉氏盆子裡的糖糕一直減少，卻增加了許多別的吃食。

第二天一大早，葉氏去地裡幹活，黃茂林又挑著擔子來了。

梅香興沖沖的跑到門樓去迎接。

黃茂林放下擔子，從擔子裡拿出個布包。「梅香，這是我阿爹阿娘的鞋樣子，我阿爹阿娘都誇妳能幹呢。」

梅香接過鞋樣子，給他搬了個凳子。「茂林哥，你坐下歇會。」

黃茂林搖了搖頭。「我就是來送鞋樣子。」

然後他看了看院子，見沒有人，又低下頭輕聲說道：「順帶來看看妳。」

梅香臉紅了一下。「我有甚好看的。你等著，昨兒我和阿娘開油鍋了，我們炸了糖糕，我給你帶上一些。」

說完，她轉身跑去廚房了。

黃茂林在後頭盯著她的身影，梅香自然不知道，已經快十三歲的她像一朵即將盛開的花苞一樣，讓人看見了就挪不開眼。

梅香想著黃家有五口人，就用茶碗給他裝了十個糖糕，加了一個煮雞蛋，又盛了大半碗稀飯。

出來後，她把碗遞給黃茂林。「雞蛋是熱的，趕緊吃了。最上頭那個糖糕我剛才放到稀飯鍋邊炕熱了，也能吃。這稀飯是我特意盛鍋窩裡的，放了一會了，不燙嘴。你喝幾口，不然光吃糖糕膩得很。」

黃茂林接過兩個碗，先低頭喝稀飯，喝兩口之後抬頭看向梅香，眯著眼笑，低聲說道：「梅香，我天天都想看到妳。」

梅香眼神飄忽。「這不是已經看到了麼。」

黃茂林喝兩口就抬頭看看梅香，笑一笑，有時候說兩句讓梅香臉紅的話，中途還伸手捏了下梅香的臉，梅香伸手在他身上狠狠擰了一把，他一邊抱著碗跳腳到處跑，一邊笑個不停。

笑鬧過了，黃茂林讓梅香重新給他拿個乾淨碗，切了塊水豆腐放到裡面。

梅香笑了。「天天白吃你的豆腐。」

黃茂林打趣。「可惜我不是屠戶，不然讓妳天天白吃肉。」

梅香斜眼睨他，黃茂林笑著放下小鑵子。

吃也吃了，說也說了，黃茂林和梅香打過招呼，挑著擔子又走了。

梅香站在門樓裡，捏了捏自己的臉，茂林哥怎麼這樣，沒個正經樣子。

呸，下次再敢胡說，她還擰他！

第三十三章　做衣裳鎮上交糧

這一日，在鎮上。

杜氏今兒來了，她只提了兩個籃子，一籃子菜和一籃子雞蛋。

天氣一天比一天涼，母雞下蛋也越來越少，最近的雞蛋價格看著上漲，葉氏只把頭先夏天攢的雞蛋賣了，最近的雞蛋都還留著，等天冷了再賣，價錢更好。

杜氏問葉氏。「妹妹，妳哥哥讓我問妳，你們家裡租出去的田地，租子都收回來了沒？」

葉氏搖頭。「前兒敬杰跟我說，過幾日就給我了。我們老大家裡倒還沒動靜呢，再等一等，他若還不給我，我就得上門要去了。」

杜氏點頭。「若是他真要無賴，妹妹託人捎個信給我們。」

葉氏笑了。「多謝大嫂，總是讓娘家人給我操心。」

杜氏擺擺手。「妹妹跟我們客氣個甚，說是幫忙，我們也沒給妹妹一根稻草，無非就是去充個人頭罷了。」

還不等葉氏回話，有人來買菜，葉氏只得先招呼客人。

葉氏和娘家一起賣菜，上門的顧客並不知道是兩家，葉氏讓客人隨意挑，等客人走了之後再仔細算帳，從來不含糊。生意上頭，她不佔娘家一點便宜，當然，杜氏雖然做生意不如葉氏，也會算帳，自然不會讓小姑子吃虧。這樣帳目清明，倒是一直沒發生過矛盾。

梅香來到大街上後就坐在後頭安安靜靜的等著，有時候黃茂林得空了，就過來問兩句，大部分時候，她都是聽葉氏和杜氏說話。

說起收租子，杜氏也不大清楚，葉家的田地都是自己種的，並未假於人手。

等第二天黃茂林賣豆腐路過家門口時，梅香逮著他一通的問：「茂林哥，你們家的田不是也賃出去了？你們收租子是如何收的？往年都是我阿爹收的，敬杰叔也實誠，從來沒扯過皮，可今年還有我大伯家呢，到時候收租子，需得注意些什麼事情？」

黃茂林搓了搓手，想了想之後回答。「我聽我阿爹說，就怕人家穀子曬不乾，或者裡頭摻東西。一麻包稻子，上頭都是好的，誰知道裡頭是怎麼樣呢。妳大伯種了妳家七畝地，也就一千多斤糧食。要是不怕麻煩，自己帶麻袋過去，把稻子重新裝，這樣就不怕袋子底下摻了旁的東西，新糧和舊糧的價格可不一樣呢！」

梅香點頭。「茂林哥你到時候有沒有空？來幫我們看看。」

黃茂林笑著點頭。「妳到時候說一聲，我去給你們充個人頭。先不說收租子的事情，馬上就要交糧稅了，你們要怎麼交呢？你們是單獨去還是和別人家一起？聽說今年收租子的差役們都到各個鎮上的里長家裡了，你們家有牛和驢，拉去鎮裡倒是方便。」

梅香搖頭。「我還要問問我阿娘呢，往年我們家都是和二伯還有敬杰叔父家一起交的，今年怕還是這樣。」

黃茂林點頭。「我晚上回去問問我阿爹，到時候再跟妳細說。」

過了幾日，還不等葉氏去找人，韓敬奇先來了，為了避嫌，還帶著蓮香一起來。

韓敬奇直接問葉氏。「弟妹，過幾日我要到鎮上交糧稅了，弟妹今年還要不要跟我一起去？」

葉氏忙給他搬凳子。「二哥真是及時雨，我正在發愁要怎麼交糧稅呢，您就來了。真是多謝二哥了，我今年還想跟著您一起，有勞您到時候多照應我們。」

韓敬奇點頭。「妳去問問敬杰家裡，他家裡沒有牛，妳讓他給妳拉糧食。到時候家裡的牛和驢都要用上，讓他們爺兒幾個趕車，妳只管跟著，帶上明朗一起，他如今是戶主了。」

葉氏點頭。「多謝二哥指點，到時候咱們一起去吧。人多，省得差役胡亂扣秤。」

韓敬奇點頭，看了葉氏一眼，沈默了一會後又說道：「聽說弟妹家的女婿，和鎮上那個巡街的張家黑小子要好？差役們來收糧，這中間許多粗活都是那些巡街的小子幫著幹呢。若是有自己人在，不說給咱們多算，至少不能扣秤呢。」

葉氏愣了一下，反應過來後回他。「這個我倒不是很清楚，二哥既問我，明兒我問問茂林。不過，就算真是張家小子在，他能說上的話也不多，中間還有張里長呢。」

韓敬奇笑了。「也沒指望能討什麼巧，就是萬一被差役為難的時候，有個人能多說一句話，也是好的。弟妹不知道，往年我們去交糧稅的時候，看到過有人明明是上等的糧食，卻被記為中上。還有人因為老實，一滿斗糧食，上頭的尖兒堆得老高，差役們踢兩腳，就把尖兒踢掉了，這一下就去了一、二斤。」
葉氏驚道：「竟然有這麼多門道。」
韓敬奇點頭。「可不就是，所以我才問弟妹的。」
葉氏點頭。「我明兒問問茂林，不過這事還請二哥不要說出去，萬一人人都來問，豈不是難為這孩子。」
韓敬奇忙接話道：「這是自然，弟妹只管放心。」
明朗在一邊陪著，心裡聽得很不是滋味，一個小小的差役，雖然從身分上來說不入流，卻能如此張揚，讓百姓們聞之色變。
梅香帶著蓮香到自己房裡說悄悄話去了，等韓敬奇和葉氏說定了事情，就帶著蓮香一起回去了。
第二天在鎮上，葉氏趁著人少，偷偷問了黃茂林交糧稅的事情。
黃茂林實話實說。「嬸子，發財哥是和我好，但他只是張里長的姪孫。不瞞嬸子，能來巡街的，多少都和張里長有些關係。既然二伯這樣問，嬸子哪一天交糧稅？我跟著一起去，發財哥到時候定然也是在的。」
葉氏笑了。「那就多煩勞你了。」
黃茂林笑了。「我能出力的地方，嬸子只管跟我說。」

葉氏問過了正事，黃茂林就拿眼睛去瞟梅香。

葉氏笑著吩咐女兒。「梅香，把妳給茂林做的東西拿出來。」

梅香笑了。「先吃東西，今兒還是炒飯，沒別的。」

黃茂林笑。「炒飯也是好的，不瞞妳們說，這一年多以來，我天天吃街上的油餅油條，都吃膩了，最近有妳們給我帶飯，我總算能好生吃個早飯了。」

梅香發愁。「這飯都要涼了，等冬天到了可怎麼辦呢？」

黃茂林一邊大口吃飯一邊含糊著對梅香說道：「妳莫愁，我前兒得到消息，有人要在街上開麵館了。」

梅香驚奇。「開麵館？家常誰會有錢去買麵吃？一碗麵得不少錢吧？」

黃茂林吞下一口飯。「我也是聽說的，咱們這邊雖說離得不遠的地方有官道，但這條道不大好走，近來官府把這條道重新修了修，聽說以後走這條道的人越來越多。這不，有人聽見風聲就來了。先把麵館開起來，到時候南來北往的人路過，誰不想吃口熱的呢！」

梅香剛開始跟著高興，又問他。「那你以後天天早上去麵館吃麵？」

黃茂林繼續吃飯。「得看看價格，要是太貴了也不能去吃。」

梅香想了想。「若不是太貴，你還是去吃吧，別餓壞了肚子。」

黃茂林正吃著飯，忽然低聲對梅香說道：「真修了官道，以後客商多了，機會也多呀。」

梅香眼睛發亮。「茂林哥，你想要做甚？」

黃茂林笑了。「嗨，我就是個磨豆腐的，還能做甚，到時候再說吧。」

等他吃完了飯，梅香拿出個布包，拆開了給他看。「這是給你做的一身衣裳，裡面有三雙鞋，你的一雙，還有大伯、大娘一人一雙，兩個荷包，你和你弟弟一人一個，繡松樹的是你的，繡竹子的是你弟弟的，還有一條帕子，是給你妹妹的。我手藝不大好，你別嫌棄。」

黃茂林笑得眼睛都成了一條線。「這真是，我一根線沒出，倒得了這麼多東西。」

梅香又把布包繫好，遞給他。「都是我該做的。你拿去吧，等會買豆腐的人多了，你快去吧。」

黃茂林吃飽喝足，又拿了一堆東西回到對面去了。

張老爹笑呵呵的。「茂林呀，這才幾天，就穿上媳婦做的衣裳了。」

黃茂林撓撓頭。「張老爹，什麼都瞞不過您老的眼。」

張老爹笑了。「這樣才對嘛，你對我好我對你好，兩好才能處得好。你手裡要是有閒錢，給人家姑娘扯些布，也算回禮，別總是買吃的，姑娘家家的吃太多長胖了不好看。」

黃茂林反駁他。「張老爹您可不實誠，我看張大娘不胖得很。」

張老爹抬腿就要踢他屁股。「放狗屁，你大娘哪裡胖了。」

黃茂林哈哈笑著跑回自己攤子上去了。

晌午回家，黃茂林把梅香做的東西都給了楊氏。

楊氏仔細看了看，也忍不住點頭。「這丫頭的針線活真沒話說，還不滿十三周歲呢，針腳這樣細密。」

楊氏又摸了摸鞋底，謔，真厚實。楊氏有些訕訕的，這鞋底，有她給黃茂林納的鞋底兩個厚。

黃炎夏一邊吃飯一邊吩咐楊氏。「明兒妳先去扯些布，給茂林送到韓家去，算是給媳婦的，不算在聘禮裡頭。」

楊氏笑了。「是呢，定下的媳婦，按規矩得給新媳婦先做兩身衣裳的。」

黃茂林試探著對楊氏說道：「阿娘，梅香說阿娘整日家裡家外的忙活，還要照看弟弟妹妹。要是忙不過來，以後我的衣裳鞋襪，給她做也行。」

楊氏愣住了，黃炎夏反應快，打圓場道：「媳婦孝敬妳呢，怕妳做婆母的累著了。」

楊氏立刻找著了臺階，笑著回答黃茂林。「那敢情好呢，我有時候忙狠了，都是交給淑嫻做的。淑嫻畢竟還小，針線活做得比梅香差了一大截，要是梅香能分擔一些，我可算提前享到媳婦的福了。」

黃茂林笑了。「妹妹還小呢，以後定然也是不差的。」

楊氏點頭。「可不就是，以後要多跟嫂子們學一學。唉，可惜梅香太小了，真想讓她早些嫁過來。」

楊氏面上笑著，心裡不大痛快，她給黃茂林做針線，就算沒有盡十分的心，也是費了心血的，如今韓家丫頭二話不說就要把活兒接過去，外人定以為她做後娘的刻薄繼子了。更重要的是，黃茂林的一應衣衫鞋襪不讓她做了，她又少了一份進項。黃炎夏對兒子捨得，每年都要做幾身衣裳，哪回扯布楊氏不從中摳一些，蚊子腿再小也是肉呢。

但她不高興也沒辦法，黃茂林既然這樣跟她說，就是不想讓她做了，她索性也就放手，以後路還長著呢，哪還能被個丫頭片子拿捏住了。

黃炎夏聽見了，就對黃茂林說道：「既這麼著，我把你今年冬天衣衫的布料錢都給你，你自己讓你媳婦給你做。」

楊氏聽了又肉疼，黃炎夏雖然不知道布料好壞，但每年大兒子花了多少錢他心裡都有譜，若按照原來的價錢給，布料還是原來的布料，這小子還能落下一些結餘，這本來該是她的錢啊！

不管楊氏心裡如何想，臉上仍舊笑咪咪的誇讚梅香賢慧。

第二天，黃茂林去韓家崗，先把冬日的料子錢給了梅香。「到時候我給妳帶些棉花過來，我去年的襖子短了，妳給我接一截。」

梅香笑著點頭。「我阿娘說了，四天後去交糧稅，你要是有功夫，煩勞你跟我們一起去吧。」

黃茂林點頭。「明兒到鎮上，我再跟嬸子細說。」

說完，黃茂林賊頭賊腦的看了看四周，明朗和明盛牽著牛和驢出去了，蘭香還在呼呼大睡呢，大門關著，就他們兩個在門樓裡。

黃茂林把頭低著蹭過去，額頭離梅香的額頭也就一指寬的距離。

梅香嚇了一跳，就要往邊上躲。

黃茂林一把拉住她，用雙手捉住她的雙肩，大著膽子用額頭抵住她的額頭。「梅香，我可想妳了。」

梅香的臉頓時爆紅。「胡說，昨兒不才見過。」

黃茂林看著她的眼睛。「我，我想時時刻刻都跟妳在一起。」

梅香把臉扭到一邊。「快些住嘴，不許說這樣的話，沒個正經樣。」

黃茂林又把她的頭扳正。「這哪裡不正經了，都是正經話。」

梅香頓時又羞又急。「你再胡說，我打你了。」

黃茂林嘿嘿笑了。「妳才不會打我，妳捨不得。」

梅香頓時睜圓了眼睛，抬起手在他肋骨下捏到一塊肉，狠狠擰了一下。

黃茂林疼得直叫喚。「哎呦哎呦，怎的這般狠心。」

梅香乘機躲到一邊去，又轉身跑進廚房，給他拿了些吃的放在豆腐板上。「你快些去賣豆腐！」

黃茂林不再裝相，給梅香留下三張千豆腐，瞇著眼對梅香笑了笑，挑著擔子走了。

到了交糧稅那一天，葉氏起得很早，匆匆做了飯吃，提前把牛和驢都餵飽了，又把糧食都裝到車上。

韓敬杰也帶著大兒子和二兒子一起來了。「三嫂，妳都裝好了。」

葉氏點頭。「是呢，咱們早些去吧。」說完，葉氏帶好東西，囑咐過梅香看好家裡，帶著明朗一起跟著車隊一起走了。

這去交糧稅，若是人多，還不知道要等到什麼時候呢。葉氏帶足了水，早上還做了一個又大又厚的鍋盔，全部切成塊，給梅香留了三塊，其餘都帶走了。

韓敬杰家裡地少，交的糧稅也少，就搭著葉氏的車一起送到鎮上。梅香家二十多畝地，交的稅也不少，好在朝廷糧稅並不高。時下規矩，地主把田地賃給人種，佃戶除了交給地主家的租子，其餘糧稅並不過問，全由主家負責。

梅香家的田一畝地種稻子只能產出三百多斤，韓敬杰交給梅香家裡一百八十斤，自己落下一半。這是給同族人種，租子收得沒有那麼高，若是賃給外族人，怕是得兩百斤朝上的租子了。

韓敬奇家裡也有牛，他帶著韓明輝趕著自家的車，梅香家的車有韓敬杰照看，韓敬奇放心得很。

剛過了青石河沒多遠，遇到迎頭而來的黃茂林。他與前面的韓敬奇等人打過招呼之後，就到後面陪著葉氏和明朗。

黃茂林悄悄和葉氏說道：「嬸子，今兒發財哥正好在呢。」

葉氏笑了。「有勞你了。」

前面牛車和驢車慢慢的走，他們幾個在後頭跟著。等到了鎮上交糧稅的地方，已經來了不少人了。

張里長和王里長都在，縣衙裡來的不光有衙役，還來了個書吏。一年兩季的糧稅是朝廷的大事，縣太爺把錢糧師爺和縣衙六房的書吏們都派到各個鎮上，再三交代，務必要辦妥此事。

平安鎮來的是戶房書吏，姓宋。宋書吏坐在那裡不說話，任由兩名衙役和兩位里長在那裡忙活。

衙役給來交稅的人都發了號牌，一家一家來。查看糧食成色、秤重、記錄，各家有多少田地，里正那裡都有記錄，該交多少糧稅一清二楚。

韓家崗今兒除了韓敬奇三家，還有別的兩家，眾人都耐心等待。

第三十四章　置聘禮上門收租

黃茂林跑到前頭去打聽了，回來跟葉氏等人說道：「二伯，嬸子，前頭還有十六、七家呢，咱們至少得等大半個時辰。」

韓敬奇點頭。「不急，咱們慢慢等。」

等到了韓家人交糧時，韓敬奇帶頭，然後是葉氏帶著明朗。

葉氏頭一回幹這活兒，有些忐忑，明朗走到葉氏前頭，帶著自家的號牌去了。

那衙役見他一個小孩子，不免有些輕視。等韓敬杰幫著把糧食抬了過來後，衙役就開始挑挑揀揀。

王里長管著韓家崗那一片，見到明朗，不免和宋書吏說了幾句韓家的事情。王里長曉得那些衙役全靠這個時候多扣秤來盤剝百姓，但衙役吃飽後走了，挨罵的就是他了。韓家丫頭聽說野蠻得很，若是惹急了，回頭抽冷子到他家報復，他可吃不起。

張里長在一邊聽到了，也跟著說了兩句。鎮上這一片歸張里長管，韓家母女正經幹營生，從不鬧事，且黃茂林託張發財在張里長面前說好話，張里長答應了，若是被為難，好歹照看一些。

書吏們都是明白人，凡是里長們能幫著說兩句的，自然是不能盤剝狠了，把里長們往死裡得罪也不行。宋書吏笑了笑。「既然家裡讀書郎多，必定是實誠人家。」

他又高聲對正在挑揀的衙役說道：「小王，快一些，莫要磨蹭。」

衙役一聽就明白了，這是讓他不要存心為難，立刻又換了口氣。「雖然毛病多，好在乾淨，也曬乾了，算中上等吧。」

葉氏忙向衙役道謝，能算中上，就算很好的了。

等三家人都交過了糧稅，都快到晌午飯時刻了。葉氏往黃茂林手裡塞了兩塊鍋盔，又倒了杯水給他喝，打發他回家去，自己跟著韓敬奇等人一起回韓家崗了。

忙活一上午，眾人肚子裡都空空的。葉氏拿出鍋盔，一家送幾塊，剩下兩、三塊她和明朗就著已經涼掉的水吃了，墊墊肚子。

交過了糧稅，葉氏心頭的大石算是落地了。她一個寡婦，這等外頭的事情，操持起來異常艱難，好在有眾人相幫，總算都順利熬過來了。

韓敬杰家裡還好，因為時常要用梅香家的牛，幫著幹活也算還人情。

但韓敬奇那裡，就得另外想法子還人情了。頭先韓敬奇幫著幹了半天農活，夜裡幫著看稻子，前些日子送的油炸糖糕都不夠還那個人情的，這回又欠下一筆人情債。

葉氏心裡有些煩躁，想了想，等過些日子，黃家若來下聘，把二房人都請來吃頓飯，其餘的，慢慢還吧。

交過了糧稅，葉氏清點家裡的存糧。她自己只種了五畝地，一畝地產糧三百多斤，但這回交糧稅是交二十七畝地的稅，她自己收的糧食去掉了不少。這一年的結餘，主要還是靠收上來的租子。

還沒等葉氏去催，韓敬杰送來了今年的租子，十五畝地，一畝地一百八十斤，總共兩千七百斤糧食。韓敬杰自己把糧食扛了過來，一袋又一袋，都堆放在院子裡。

葉氏怕地面回潮，還往底下鋪了稻草

韓敬杰放下最後一袋子糧食後，擦了擦汗水。「三嫂，您查看查看。」

葉氏客氣道：「兄弟交的糧食，自然都是好的，你三哥以前總跟我說，旁人家的定要看看，敬杰兄弟家的再不用擔心。」

韓敬杰笑了。「三嫂，三哥看得起我，我自然更不能對不起三哥三嫂。您仔細查看查看，不然，我也不放心走呢。」

葉氏聽他這樣說，這個時候也顧不上面子了，仔細查看了各個袋子的糧食。

韓敬杰果然就是韓敬杰，他交的租子，和交給朝廷的皇糧一樣乾淨，沒有一粒不好的。

葉氏把最後一個袋子口紮好。「我就說，你三哥不會哄我的。」

韓敬杰笑了。「三嫂看過了，咱們都放心。既糧食都無妨，我就先回去了，這麻袋明兒我再來拿。」

葉氏笑著把韓敬杰送出了大門。

等回來後，葉氏和梅香一起，把糧食逐一放到東耳房裡。

加上韓敬杰送來的，梅香家已經有三千多斤稻子的存糧，等韓敬義送來租子後，就有四千多斤新鮮稻子。

一年一季稻子、一季小麥，還有紅薯、豆子、花生等各色雜糧，葉氏娘兒幾個能吃多少呢，等到了明年快要收麥子的時候，可以賣掉一批稻子。

葉氏問過韓敬平，為甚不在剛收好稻子的時候賣。韓敬平告訴葉氏，天時難預料，誰都不知道明年會不會有天災。若風調雨順時不多存些糧食，萬一遇到大災，只能活活餓死。

葉氏當時聽得心驚肉跳，現在輪到她當家了，她謹記韓敬平的話，糧食一定要多存一些。有了這幾千斤糧食，葉氏夜裡睡覺都能更安穩。

韓敬杰送過租子後，葉氏久候韓敬義不至。

葉氏心裡冷笑，老大怕是想賴租子了。

葉氏在心裡盤算，再給他幾日功夫，若不來，她就得去催了。

又過了兩天，黃茂林家裡也交了糧稅。交完糧稅，今年的大事算是完成了。對別人家來說，總算能歇歇，對黃家來說，即將又要操辦一件大事，那就是去韓家下聘禮。

黃炎夏給了楊氏一部分銀子，讓她準備聘禮。楊氏才吃了虧，這回不敢妄動，認認真真置辦各色聘禮。

莊戶人家的聘禮簡單，但黃炎夏是個要面子的人。他大哥黃炎斌是個木匠，他是磨豆腐的，雖然幹的都是辛苦活，可兄弟二人的家資在整個平安鎮都能排得上號。

因兄弟二人差的歲數大，黃炎斌家的兒媳婦娶得早，孫子都和黃茂源一般大。但鄉下的聘禮規格多少年都沒怎麼變過，黃炎夏便照大哥家娶兒媳婦的標準來置辦聘禮。

楊氏那邊，頭一樣最重要的，是尺頭料子。楊氏去趙老板店裡買了細棉布、粗棉布、細麻布和絹布四種素色料子，又另外扯了四種顏色的花布料子，給梅香做衣裳穿。

黃炎夏雖然打劫了楊氏的私房補貼了兒子十兩銀子，但那是私下的行動，也不好說出來。銀簪子的事，他也有責任。為表歉意，他又讓楊氏給新媳婦買了一對銀耳環和一枚銀戒指，算在聘禮裡頭。

除了料子和首飾，再就是牲口，這是黃炎夏親自買的，他訂了兩頭羊、兩扇豬肉、一對活鴨。

還要準備一擔乾果，黃家有花生、芝麻、紅豆和綠豆，這幾樣就夠湊半擔，再從茂松家裡收了一些山菌，從鎮上買的紅棗，再加上自家曬的豇豆和茄子，林林總總又是一擔。

再來要準備一擔喜餅，街上有專門做喜餅的，給了定錢後，到時候直接去挑就是了。說是喜餅，其實就是饅頭。最好的是白麵饅頭，還有摻了玉米的黃麵饅頭。黃炎夏自然要定白麵饅頭，這是臉面問題，不能含糊。

還得有一擔喜果，這個也要從街上買。果子可不便宜呢，糕點鋪的東西，都是糖和油堆出來的，可不得費錢了。

黃炎夏從糕點鋪買了雞蛋糕、糖果子和芝麻糖片，然後再加幾斤饊子，湊成半擔。剩下的半擔，楊氏自己在家裡開油鍋炸油條，幾百根油條塞滿半擔。

吃食和料子準備好了，剩下的就是聘銀了。黃炎夏比照大房娶媳婦，下了十兩聘銀。楊氏心疼得直抽抽，但一想到茂源娶親時也能有這麼多，頓時又不吱聲了。

就在黃家熱熱鬧鬧準備聘禮的時候，韓敬義磨蹭了幾天，仍舊沒送來租子。

葉氏上街的時候，與杜氏通了氣，請求娘家兄弟上門幫忙收租子，黃茂林聽見後，也要一起去。

第二天一大早，葉厚則帶著兄弟子姪一起上門了。黃茂林賣過豆腐後，直接連家都沒回，把擔子放到梅香家裡，在梅香家吃了早飯，陪同著一起過去。

葉氏見到娘家人之後，心裡很高興，忙給葉厚則等人搬凳子。「大哥吃了早飯沒？家裡如何了？還忙不忙？」

葉厚則坐下了。「都吃過了，這幾日不忙。昨兒妳大嫂回來後跟我說了，我們今兒上午都過來了。這樣，厚福，你帶著孩子們先在這裡等著，我與你姊姊帶著明朗一起去。畢竟都是血親，不能鬧大了。若是能說好了，你們直接過去搬糧食。」

葉厚福點頭。「都聽大哥的，若是說好了，您讓明朗回來說句話，我們一起過去搬糧食。」

葉厚則立刻起身，吩咐葉氏和明朗。「走吧。」

葉氏三人到了大房後，韓敬義見葉厚則來了，忙起身來迎。「葉兄弟來了。」

他比葉厚則大一些，故而喊句兄弟也不為過。

葉厚則笑著寒暄。「韓大哥在家呢，伯娘在不在？」

崔氏正好出來了，葉厚則立刻給崔氏問好。「伯娘，好久不見，您老身子骨怎麼樣了？我阿娘也時常念叨您呢。」可不時常念叨，葉老太太時常背地裡把崔氏罵個臭死，自己的親骨肉她也要作踐，吃屎長大的死老婆子！老天爺不長眼，女婿那麼好卻沒了，咋不讓這個死老婆子去伺候公婆去！

崔氏見葉厚則給她問好，立刻笑著應了。「大姪子來了，好久不見了，我好著呢，你阿娘身子骨好不好？快進堂屋坐。」

韓敬義把葉厚則迎進堂屋，並讓他坐在東邊大椅子上。

葉氏也帶著明朗給崔氏問好，崔氏見她娘家人在，笑咪咪的和葉氏說話。「妳都忙好了？要是還沒忙完，來說一聲，讓妳大哥去給妳搭把手。」

葉氏笑了。「多謝阿娘關心，都忙好了，前兒二哥帶著我們把糧稅也交了。」

崔氏笑道：「那挺好，親兄弟搭把手是應該的。」

那頭，韓敬義和葉厚則一直寒暄著，東拉西扯，從地裡收成說到孩子婚嫁，又說到田畝價格，扯了半天，他也沒說租子的事情。

葉厚則笑了。「韓大哥果真是忙碌，這不，怕你太忙沒工夫，我妹妹特意託人叫我來幫忙收租子，省得你還要送過去。你家裡老人孩子一大堆，要操心的事情多著呢。」

韓敬義的笑容頓時凝結在臉上，半晌後，又把那個笑容扯開。「可不就是，事情總是多，就沒來得及給三弟妹送過去，倒煩勞葉兄弟親自來了。」

葉厚則笑了。「都是實在親戚，說什麼煩勞不煩勞的。倒是韓大哥，妹夫不在了，你們幫著種田地，一畝地還要給一百六十斤糧食，這才是關愛後輩呢。」

韓敬義臉上的笑容越發僵硬了，他敢不給嗎？不敢，韓文富會盯著他。但他就是拖拖拉拉的一直沒給，他也不知道自己在拖什麼，彷彿多拖一天能少給一斤似的。

葉厚則都上門了，韓敬義見實在賴不掉了，只得吩咐董氏。「妳帶著椿香，去廂房裡裝幾袋糧食。」

韓敬義家的糧食都用穀圈裝了起來，沒有裝袋子，需要的時候，直接從穀圈裡頭舀。

葉厚則見狀，給明朗一個眼色，明朗笑著和崔氏打過招呼，就回家叫人去了。

還沒等韓敬義搬好糧食，葉厚福帶著孩子們呼啦啦全來了，葉思賢兄弟、黃茂林、梅香和明朗都來了。

董氏嘴角扯了扯，好傢伙，不過一千出頭的糧食，倒來這麼多人，跟土匪似的。

韓敬義等人聽見動靜，都往這裡來了。

葉思賢帶著弟弟妹妹們一起給大房長輩們問好，並拿出手裡的袋子。「姑媽，表妹剛才把家裡剩下的麻袋都拿過來了，秤我們也帶過來了。韓大伯，您別往你的袋子裡裝了，直接用我們的袋子吧，省得還要換過來。」

說完，葉思賢就拿過旁邊的木鍁，讓弟弟們拉好袋子口，他自己開始裝糧食。「大伯、伯娘歇會兒，讓我來吧。」

黃茂林家裡年年收租子，他在一邊仔細看過。韓敬義家的糧食都混在穀圈裡，倒不用分好壞。要是他都裝到袋子裡，才要當心呢，出了這個門，袋子裡有碎石雜物也得自己認了。

葉厚則在一邊打圓場。「韓大哥，讓他們小孩子動手吧，別累著嫂子和姪女。」

韓敬義笑得很勉強。「兄弟家的孩子們都能幹得很。」韓敬義這話是發自肺腑的，他虧就虧在第三個孩子才是兒子，他家大丫頭比葉思賢還大呢，若大丫頭是個兒子，他都能抱孫子了。

可再一看韓明全，還不滿十三歲呢，娶親還要好幾年，家裡重活也幹不了，若不是兒子太小，他也不用這樣費盡心思地想多攢些家業了。

看著三房人從穀圈裡往外搗騰新收的稻子，韓敬義覺得自己心在滴血。

葉厚則就在一邊笑咪咪的看著。「韓大哥莫急，有苗不愁長。你看我妹妹家，明朗還小呢，要不了幾年，他也能長成個男子漢，說不定還能考個功名，到時候，他們家又能起來了。這人啊，莫欺少年，修得後福才有好報呢。」

韓敬義聽見葉厚則話裡譏諷他，嘴角扯了扯，並未說話。

葉思賢幾個手腳快，很快就裝了好幾袋。

葉厚則一擼袖子。「厚福，來，咱兩個扛著秤，秤一秤重量。韓大哥，您來看秤桿。」

一麻袋稻子太重，那秤桿是加大號的，得兩個人扛在肩上才能用。

韓敬義想說不用，又怕吃了虧，忙過來湊著看，明朗就在一邊記數目。很快，一千一百二十斤糧食秤好了。

葉厚則放下秤。「韓大哥，這一季辛苦您了，以後，您是明朗的親大伯，還得您多照看孩子們呢。」

韓敬義又扯了扯嘴角。「葉兄弟客氣了，都是我該做的。」

葉厚則把秤一收，吩咐兄弟子姪們。「能扛的扛，扛不動的兩人抬，都動起手來。」

他的話音剛落，葉厚福扛起一包糧食，葉思賢也扛起了一包，葉思遠和黃茂林一起抬了一包。

梅香二話不說，扛起一包就走。葉氏慌得在後面喊。「梅香，當心妳的左手膀子，還沒好透呢！」

梅香一邊走一邊回答。「阿娘放心，我用右手。」

椿香在後頭看得瞠目結舌，心想三妹妹真是能幹，自己要是有她一半能幹，是不是就能活得敞亮一些。

葉厚則吩咐妹妹。「妳回去告訴他們把糧食都擺好，等會再來一趟，有兩趟就夠了。」

把人都打發走了，葉厚則一個人留在那裡跟韓敬義說閒話。

葉氏忙不迭的走了，告訴弟弟和孩子們要怎麼放糧食。

第二趟時，葉厚則也加入隊伍，葉氏和明朗合力抬起一包較小的糧食，這下子，所有的糧食全都扛走了。

葉厚則扛起糧食後，與崔氏道別。「伯娘，等下回我來了，再來看您。」

崔氏扯了扯嘴角。「有勞你惦記了。」

葉厚則笑了笑，帶著人一起走了。

第三十五章　釋情懷黃家下聘

到了梅香家，大夥兒一起把糧食都放好，葉氏把東耳房門鎖了，又讓娘家人和黃茂林坐到堂屋裡去，吩咐梅香給大家倒水。

葉思遠見黃茂林的眼睛一直圍著梅香打轉，笑了笑沒吱聲。他如何看不出，梅香和黃茂林之間眼神流轉裡透露出的全是小兒女情意。這才訂親幾天，兩個人就這麼好了，可見是真的兩廂情願。覺得他大哥說得對，他和梅香，大概是不合適的，缺了緣分，也缺了情分。他捏了捏懷裡未婚妻給他做的荷包，心裡又笑了，悄悄藏起以前不合時宜的小心思。

他已經訂親的媳婦是個溫溫柔柔的小姑娘，見到他會臉紅。李氏瞭解兒子，葉思遠性子靦腆，非得這樣溫柔的小姑娘，他才能相處得好。如外甥女那樣的，能幹是能幹，但自己兒子性子太軟，真不是良配，也只得黃小哥那樣八面玲瓏的才和外甥女相配。

葉氏苦留娘家人吃飯，葉厚則擺手。「時辰還早呢，我們回去還能幹會兒活，留在妳這裡白等一頓飯吃，人家知道了也要笑話。」

他瞥了一眼在院子裡跟在梅香身後的黃茂林。「再說了，過一陣子，黃家怕是要上門下聘，到時候我們再來。」

葉氏聽了，只得作罷。「今兒煩勞大哥和弟弟了，若沒有你們，我得多操多少心呢。」

葉厚福笑了。「姊姊不要跟我們客氣，我們不也整天跟著姊姊賣菜，一文錢租子都沒出。」

葉氏笑了。「提那做甚，都是手足，不說那些客氣話。」

葉厚福又笑了。「那姊姊也別跟我們客氣了。」

眾人都笑了，葉氏放下手裡的茶壺。「也罷，那我就不客氣了，你們既然不留下吃飯，我就不留你們了，等過一陣子，我託人給你們帶話，務必要來的。」

葉厚則點頭，起身就往外走。「妹妹自己忙吧，我們先回去了。」

葉氏把娘家人送到青石河邊才停下腳步，帶著孩子們一起回來了。

如今過了農忙，紅薯也收完了，就等著過一陣子種麥子了。葉氏想著家裡也無事，就打發黃茂林先回去，他家裡事情多，不能總白留著女婿在這裡。

黃茂林戀戀不捨的走了，走前，對梅香眨眨眼，梅香眼睛不看他，直接進屋了。

再說黃家，聘禮準備好之後，黃炎夏挑了個好日子去韓家下聘，就定在九月初二這一天，並提前把日子告訴韓家，葉氏也要提前做好準備。

黃炎夏提前通知了大哥黃炎斌一家，還有郭家和郭二姨家，又把和他一向要好的同族六弟黃炎禮叫上了。黃炎禮正是茂松的阿爹，因黃炎夏和黃炎禮關係好，茂源和茂松也玩到一起去了。

除了這些人，黃炎夏還把族裡一位懂規矩的叔父叫上了，人稱黃知事，族裡紅白喜事都少不了他，這回下聘禮的日子也是黃知事挑的。

九月初二的早上，正趕上背集，黃家人都起了個大老早，其餘幾家人先後也來了。在黃知事的帶領下，眾人一起往韓家去。

韓家那邊，葉氏昨兒買了不少菜，又把娘家人和韓文富等人都叫了來。

下聘可是大事情，重要的親戚都要請，娘家人和韓敬平的妹妹韓氏一個都不能少。葉家除了老太太和曼曼，全部都來了。韓氏因為肚子大了，就打發孟姑爺來了。

葉氏一大早把家裡收拾得乾乾淨淨，幾個孩子也穿得體體面面。

韓文富和蘇氏、韓文昌和歐氏、韓敬奇一家子一早就來了，崔氏怕今兒又被蘇氏搶了先，也帶著韓敬義一家子來了。

韓家族人和親戚到達後不久，黃家人到了。這回，沒有帶周媒婆來。

黃知事走在最前面，後面是一溜的聘禮。黃炎夏領頭，牽了兩頭羊，黃炎斌挑了半扇豬，黃炎斌的兒子挑了半扇豬肉，黃炎禮挑了一擔喜餅，郭大舅挑了一擔喜果，郭二姨夫挑了一擔乾果，楊氏挑了一擔尺頭，郭舅媽手裡提著兩隻活鴨，郭二姨手裡捧著一個紅色的木盒子。

黃茂林空著手來的，他今兒穿的是梅香給他做的一身新衣裳鞋襪，乾乾淨淨的。他本來個子就高，穿上淡青色的一身新衣裳，頓時整個人都亮堂了不少。

一大早，葉氏就打發明盛在青石橋邊候著，若看到黃家人，趕緊到家來通知。韓敬義和韓敬奇兄弟接到明盛的消息後，二人親自到大門口來迎接。

黃家聘禮又是羊又是豬的，惹得韓家崗的人都跑來看熱鬧。那羊是活的，兩頭羊少說值個二、三兩銀子。再看那兩扇豬肉，怕是兩百多斤的豬殺出來的肉，每扇豬肉都分成兩半，做一挑。

喜餅是白麵的，喜果更是豐盛，那一擔乾貨種類也不少，尺頭裡花花綠綠的塞得密密實實。最讓人好奇的是郭二姨手裡的那個紅漆木盒子，眾人一看就明白了，裡頭應該是聘銀。

這樣好的日子，整個韓家崗的人都是一個祖宗傳下來的族親，大家要上門看熱鬧，葉氏自然不能攔著，大門敞開著，任人進出。且看聘禮，也是時下的規矩，特別是黃家的聘禮一看就很厚實。葉氏心裡也想讓眾人看一看，退了王家的親事，女兒仍舊能找到好人家。

如今田裡地裡都不忙，莊戶人家都愛看熱鬧，半個韓家崗的人都來了。

黃家人把東西一擔一擔放在院子裡。

黃知事在院子裡高聲唱道：「黃韓兩家結秦晉之好，今黃家上門下聘禮，以表誠心。特告諸位貴親，有聘禮活羊兩頭、生豬肉兩扇、活鴨兩隻、尺頭料子一擔、喜餅一擔、喜果一擔、乾果一擔，另有聘銀十兩整、純銀耳環一對、純銀戒指一只。」

黃知事的話音一落，整個韓氏族人都轟動了，聘禮那麼厚也就罷了，聘銀也這麼多！我的天，加上這些東西，合起來快有二十兩銀子了！

二十兩！

二十兩！

二十兩是什麼概念啊，五畝上等田啊！

整個族裡，這麼多年了，有幾個姑娘能趕得上啊！

葉氏在聽見黃知事報的聘禮之後，忍不住笑著哭了。

杜氏忙擋在她前頭與黃家人寒暄，李氏偷偷給葉氏擦了擦眼淚。「姊姊，今兒是好日子，可別掉眼淚。」

葉氏嗯了一聲。「我，我就是高興的。」

李氏笑了。「我們都高興呢，外甥女得婆家看重，以後日子好過，姊姊高興過了，等會咱們好生招待黃家人，這都是實在親戚呢。」

葉氏點頭，擦了擦眼淚，不再哭泣，笑著上前和楊氏寒暄。

韓家人收下聘禮之後，韓文富帶頭，把黃家人都迎進正屋。

梅香今兒又要在屋裡待著呢，陪她的是椿香和蓮香。

椿香聽到院子裡的聲音，又高興又心酸。高興的是梅香的聘禮這樣厚，就算三叔不在了，以後梅香的日子也不難過。心酸的是她自己的聘禮本就不多，已經被父母都挪作它用了，等明年她出門子，到時候嫁妝寥寥無幾，到了婆家，她怎麼才能站得穩腳跟？

椿香內心百轉千回，也不敢多說，只跟著蓮香一起陪著梅香說話。

蓮香的小嘴巴都沒停過。「三姊，妳聽到了沒，好多啊！三姊妳這份聘禮，抵得上旁人家的三、四個了。」

梅香聽到後，心裡也高興。她的聘禮多，說明茂林哥在家裡還是有分量的，且黃家人看重自己。但她又怕椿香臉上難堪，忙岔開話題。「聘禮多自然是好的，但咱們家主要還是看人好才能應親的。」

蓮香忙不迭的點頭。「是是是，三姊說得對，大姊夫、二姊夫和三姊夫都好，不管聘禮多少，都是好夫婿。」

梅香忙去捏她的嘴。「這麼巧的嘴，以後定然也能得個好夫婿，再有兩個嘴巧的大姑子小姑子，天天拌嘴，日子最熱鬧不過了。」

蓮香哈哈笑了，椿香也笑了，暫時忘記了自己的煩惱。

黃家人進入堂屋後，先後落座了。那些聘禮仍舊擺在院子裡，所有擔子都打開，供族人參觀，周氏在一邊看著，防止有人手腳不老實。

大夥兒一邊看一邊嘖嘖稱讚，誰說梅香不好嫁的，看看啊，這聘禮比誰家差了？

眾人看過了熱鬧之後，漸漸散去，葉氏和兩個妯娌一起，把東西都收好了。

那兩頭羊牽到了西院裡，兩扇豬肉和各色吃食抬進了廚房隔壁的庫房，料子都收到葉氏房裡，回頭再和梅香一起仔細斟酌著如何用。

把東西收好後，雙方都在堂屋裡寒暄起來。娘親舅大，韓敬平不在了，梅香的大日子，葉厚則兄弟可以做一半的主。但韓文富和韓文昌都是靠得住的長輩，故而葉厚則也並不出頭，只客氣的和黃家人寒暄。

韓文富摸了摸鬍鬚。「黃家姪子，你們這份聘禮這樣厚，以後我們韓家嫁女兒的嫁妝也要水漲船高了啊。」

黃炎夏陪著笑。「七叔開玩笑了，聘禮厚不厚倒在其次，主要是我們都喜歡梅香這孩子，才多給她備了些東西。」

葉厚則也點頭。「梅香是個好孩子，還望親家以後能善待她。」

黃炎夏點頭。「這是自然的，親家大舅只管放心。」

黃茂林從進門後就跟個傻子一樣坐在那裡任人參觀，他也不用說話，只要笑就可以了。他今兒穿得體面，平日裡他勤快能幹的樣子長輩們都知道，得了這樣一個女婿，韓家人和葉家人都非常高興。

堂屋裡人太多，蘇氏作主，把女客們都迎到了西廂房。

說了一會話之後，葉氏開始準備晌午飯。今兒客人多，葉氏一個人忙不過來，董氏和周氏都來幫忙，正房西屋裡的椿香和蓮香也被叫去打下手，只留下梅香帶著蘭香在屋裡。

黃茂林正好坐在西屋門口，他趁著長輩們不注意，偷偷側身，透過簾子縫隙朝裡面看。正看著，蘭香忽然掀開簾子一角，對他笑了笑。

黃茂林摸摸她的頭髮，蘭香立刻又縮了回去。

梅香在屋裡無聊，就摸出了針線開始做。中途，葉氏往梅香屋裡去一趟。她仔細檢查了女兒的衣著裝扮，然後把梅香帶了出來，先給長輩們見禮，再給大家倒茶。

梅香微微低著頭，行禮時聲音大小合適，不慌亂不羞怯，郭大舅和二姨夫等人心裡暗自點頭，外甥果然有眼光，這丫頭長得排場，又不怯場，還能幹，確實不錯。

見過堂屋裡的男客，葉氏又帶著梅香去了西廂房，見過了郭舅媽和郭二姨等人。郭舅媽拉過梅香的手，把她通身打量了一下，然後就是沒口子的誇讚。「真是個好丫頭，這相貌、這氣派，配我們茂林正正好。」

梅香微笑著對郭舅媽說道：「謝過舅媽誇讚。」

眾人誇過了梅香之後，葉氏又帶著她回了房。路過房門口的時候，梅香偷偷瞟了一眼黃茂林，只見他正瞇著眼朝自己笑，梅香也對著他笑了笑，然後自己回房去了。

等飯做好了，蘇氏指揮妯娌幾個擺了四桌席面。堂屋一桌，坐了韓文富、黃知事、韓文昌、黃炎斌、黃炎夏、黃炎禮、郭大舅、郭二姨夫八個人，還有一個孟姑爺，大夥兒本來說湊在一起坐，孟姑爺自己往倒坐房裡去了。

倒坐房裡擺了一桌，黃茂林和孟姑爺兩代女婿坐了上席，旁邊是葉家兄弟和黃茂忠，其餘韓敬義兄弟和韓明輝兄弟坐著相陪。

西廂房南屋擺一桌，蘇氏和崔氏招待郭舅媽姑嫂、唐氏妯娌和葉家妯娌。西耳房又開了一桌，歐氏帶著葉氏妯娌幾個以及其他孩子們擠在一起湊一桌。

西廂房裡，楊氏今兒有些不好意思，葉氏除了和她客氣了兩句，多的並未和她多說。今兒有郭舅媽和郭二姨在，楊氏事事不出頭，她也怕簪子的事情抖露出來，郭家姑嫂兩個要是一起撕扯她，她理虧，哪裡是對手。她只管低頭吃飯，旁人問她她才說話。

郭舅媽並不知道銀簪的事情，見楊氏老實，也不去管她。

裡外四桌客，每一桌上氣氛都越來越熱絡，直吃了近一個時辰，才終於吃完了一頓酒席。女客那邊早就散了，只有男客這邊，喝得上了頭，才吃了這麼久。

酒足飯飽之後，葉氏妯娌又上了茶水和點心，黃家人又坐了許久，最後黃知事先提出要回去，韓文富和葉厚則等人直把黃家人送到青石橋邊才停住腳步。

等送走了黃家人，葉厚則也要回去。葉氏拎著菜刀去了東耳房，切了二十多斤好肉，放到籃子裡，又撿了三十根油條和三十個喜餅一起放到籃子裡，讓葉厚則帶回去。

時下規矩，男方家下聘禮，裡頭的吃食可以任由女方父母處置，葉氏處理豬肉自然是合規矩的。

葉氏給娘家人這麼多東西，怕崔氏話多，只得挑明了說：「大哥，頭先割稻子的時候，你們放下家裡的事情來給我幹了兩天活，減輕了我多少負擔。我也沒回去幫你們割一把稻子，我也沒有旁的好東西，這些吃的，大哥帶回去，總能吃幾頓，算是我孝敬阿娘的。」

葉厚則一聽就明白妹妹的意思，也不跟她客氣，讓兒子接下了框子。「我先回去了，家裡要是有什麼事情辦不了，不緊急的話，逢集告訴妳嫂子她們，若是緊急，就叫人給我帶話。」

葉氏點頭。「我曉得了，大哥放心吧。」

葉家人走了之後，韓文富和韓文昌等人也要回去，葉氏本來說讓眾人帶些東西回去，但大夥兒哪裡好意思等在這裡，擺擺手直接走了，葉氏只得一一相送。

好在這幾家都離得近，回頭再一一去送東西也不遲。

第三十六章　過壽辰攜手砍柴

等人都走了之後，葉氏先帶著梅香去了東耳房，那一頭豬有兩百多斤呢。葉氏預備往平日經常幫忙的幾家送一些，自家留一些，剩下的都賣了。

除了肉，那些油條和喜餅，都給各家分一些。

葉氏問梅香這樣處理是否可行，梅香紅著臉點頭。「阿娘處理得很好，只是，剩下這麼多，托屠戶賣的話，是送過去還是怎麼弄呢？」

葉氏想了想。「我挑去送給屠戶，直接賣給他。」

時下送聘禮都有送肉的，多寡皆看婆家家底。但送的肉肯定女方家都是吃不完的，如今才九月，做臘肉太早了，葉氏把肉賣給屠戶，也是常理。等往各家都送了一些肉之後，葉氏挑著剩下的肉就走了。

第二天一大早，葉氏和梅香吃過早飯，給黃茂林帶了些飯菜，外頭包了兩層舊棉襖。梅香的手好得差不多了，挑擔子她只用右肩，葉氏怕女兒傷沒好，自己挑了一大半的重量。

到了鎮上之後，黃茂林就在路口迎接她們。見面後，他立刻接下梅香的擔子，把娘兒兩個一起送到了攤位上。

葉氏囑咐梅香。「快，把飯菜拿出來，再不吃就涼了。」

因為裹得緊，還有些熱乎勁，黃茂林接過碗就低頭猛吃。

他一邊吃一邊和母女兩個說話。「嬸子，梅香，那頭的麵館開起來了，最家常的麵要兩文錢一碗。我看過了，那碗裡除了麵就是兩根青菜，看樣子少油無鹽，但好歹是熱的。以後天冷了，嬸子就不用給我帶飯了，我去買碗麵吃也是一樣的。」

葉氏問他。「一碗麵吃得飽嗎？」

黃茂林笑了。「能吃飽，若吃不飽誰還去呢。我還問了店家，吃麵能不能送些熱水，店家說可以。以後嬸子就不用帶水了，到時候我吃過麵倒一杯熱水來，咱們一人喝幾口，也夠管一上午了。大冷天的，誰也不總喝水。」

葉氏笑了。「還是茂林你有成算。」

黃茂林嘿嘿笑了。「嬸子總是誇我。」

葉氏忍不住又笑了。「你這孩子，誇你不好？我說的都是真心話。昨兒你們家送的聘禮那樣厚，給我們掙足臉面，我心裡高興著呢。」

黃茂林就著飯吃下一塊肉。「嬸子，因著簪子的事情，我阿爹心裡過意不去，又不好鬧出去，只能聘禮下厚些。再說了，我堂哥娶我堂嫂的時候，下的就是十兩聘銀，我阿爹比照著辦的。嬸子，這回的耳環和戒指是真的吧？」

葉氏忙點頭。「真的，都是真的。我昨晚上看了，那些料子都好得很，首飾都純得很。

你家裡有後娘，你阿爹還能給你置辦這樣好的聘禮，可見是真的用心在照看你。茂林，以後你要多孝敬你阿爹。梅香也是，以後進門了，定要孝順公爹。」

黃茂林又嘿嘿笑了，梅香紅著臉。「阿娘，這會說這些做甚呢，還早著呢。」

黃茂林吃完了飯，把碗放在一邊。「嬸子，梅香，我先回去賣豆腐了，妳們有事就叫我。」

葉氏擺擺手讓他去了。很快，杜氏來了，姑嫂兩個又絮絮叨叨說起昨兒的聘禮。

幾日後，梅香把給崔氏的衣裳做好了。除了一身衣裳，還有一雙新鞋，絮了一些棉花在裡頭，等下個月就可以穿了。

這期間，葉氏請韓敬杰把家裡的田地都整好了。門口大糞窖裡漚的肥，都勻勻的施到田裡，除了農家肥，葉氏還單獨用菜籽餅漚了一些肥，各個田裡都撒了一些。

梅香的傷已經兩個多月了，她感覺自己漸漸的好了，除了不去打樁，別的事情，她不能再讓阿娘一個人勞累了。

漚肥的事情，梅香要幫忙，葉氏死活不肯。最後往田裡挑的時候，梅香再也不肯讓葉氏一個人幹，挑起擔子一擔一擔的往田裡送肥料，她比葉氏跑得還快。

娘兒兩個一起施了肥料，然後就是下麥種和油菜種。等到崔氏過生辰的時候，還沒忙完。但崔氏過生辰是大事，葉氏停下手裡的活，先給婆母過生辰。

崔氏今年五十五了，逢五逢十總要大辦酒席。崔氏有三個兒子，往常過散生的時候，三個兒子輪著擺酒席，一年一家給她做壽。今年逢五整數，就在韓敬義家裡擺。

因韓敬平才去，崔氏雖然是老母親，但也不好大操大辦，只讓兒女們都帶了家人一起聚一聚。

酒席是在韓敬義家裡擺，葉氏前幾日送了十斤肉過去，又把黃家送來的乾果送去了一部分，等酒席那天，她再過去幫忙，別的就不用操心了。

正日子這一天，葉氏吃過早飯之後，把幾個孩子穿戴妥當，就一起往大房去了。

到了之後發現，二房韓敬奇一家子已經來了。

葉氏帶著孩子們給崔氏問好，又說了一堆的吉祥話，崔氏雖然平日喜歡挑剔媳婦，今兒是她的生辰，她也笑咪咪的。

葉氏忙把自己給婆母的衣裳新鞋和紅封奉上，崔氏笑著接過了東西，董氏在旁邊賠笑，她倒是想去接呢，怕崔氏事後找她算帳。

葉氏給了錢和東西，就帶著孩子們安安靜靜的坐在一邊。

過了一會，韓敬平的妹子韓氏和韓敬義的大女兒菊香都回來了。

葉氏看到韓氏後心裡有些不大痛快，她是梅香的親姑媽，姪女下聘的日子，她說肚子大了行動不便，葉氏也能理解。本以為今天仍舊是孟姑爺帶著孩子們過來，沒承想韓氏自己也來了。

葉氏心裡嘆了口氣，也好，等以後他們這一輩人都死了，孩子們之間也不用往來了。

崔氏今兒最高興，她最疼愛的小女兒回來了。她又得了這麼多孝敬，心裡暢快死了。

不管眾人心裡如何想的，表面上都高高興興的幫著置辦了兩桌酒席，男一桌女一桌，幫崔氏過了五十五歲生辰。

又過了一些日子，梅香家的麥子和油菜都種下了。梅香感覺自己的胳膊徹底好了，這一回榨油，她也打了一槽，她才確認自己是真的全好了。

梅香心裡特別高興。「阿娘，天越來越冷了，西院的柴火不多了，過幾天咱們得到後山上去砍柴火了。」

葉氏點頭。「明天下午就去吧，以後逢集下午砍柴火。」

梅香應了。「阿娘，山裡除了砍柴，還能不能打到別的東西？」

葉氏笑了。「這一片的山，往裡去都不曉得盡頭在哪裡，但咱們這邊的人，都是進山砍柴火，走得都不遠。」

說完，葉氏警戒的看了梅香一眼。「我可跟妳說，不許私自跑到山上去。妳不曉得，山裡頭有狼呢，壯漢們都怕，別說妳了。就算妳力氣大能鬥得過狼，但若被那牲畜咬一口，身上要爛一大塊，有的熬不過去就死了，就算能熬過去，身上碗口大個疤，妳一個姑娘家家的，那還要不要活了？」

梅香訕訕的笑了。「我不會一個人進山的，阿娘放心吧。」

第二天上午，梅香把那件加了一截的夾襖給了黃茂林。

黃茂林忙從兜裡掏出錢遞給葉氏。「嬸子，我阿爹說了，以後我的衣衫就要煩勞梅香給我做了。但這料子錢和棉花什麼的都是我們家出，這是這個冬天和過年的料子錢，我都給您，買什麼樣的我也不懂。」

葉氏接過了錢。「你阿爹有心了，你去年的棉襖呢？回頭拿給我們，我讓梅香給你改改，然後再給你做一件新的留著過年穿。」

下午，娘兒兩個補了一覺之後，起來挑著空擔子，帶著柴刀，就往後山去了。

家裡有作坊，特別費柴火。去年冬天，葉氏和韓敬平砍了一個多月的柴火，整整三大垛，柴火棚裡都要裝不下了。今年只有她和梅香，怕是要忙活得更久。

娘兒兩個各分一頭忙活，天還沒黑，娘兒兩個各挑了一擔柴火回去了。

第二天上午，黃茂林如約又來了，葉氏已經出去幹活去，梅香正在家裡忙碌一些瑣碎的事情。

整個院子靜悄悄的，西廂房裡，明朗正在看秦先生給他的手抄，明盛在寫字。梅香一個人在東院水井邊洗東西，蘭香不曉得跑到哪裡去了。

黃茂林把手裡的東西放在門樓凳子上，悄悄摸到梅香身後，用雙手捂著她的眼睛。

梅香笑了。「你來了。」

黃茂林放下手。「妳咋曉得是我呢？」說完，他蹲在梅香旁邊。

梅香一邊洗手裡的東西，一邊跟他說話。「你進門我就聽見了。」

黃茂林咳嗽了一聲，他還以為自己靜悄悄的，沒想到梅香都知道了。

梅香又問他。「你家的麥子和油菜都種下了？」

黃茂林點頭。「都種下了。我家的田大部分都賃出去了，倒不是太忙碌。」

梅香忽然低聲問他。「茂林哥，你家裡有多少田啊？」

黃茂林瞇著眼睛笑了。「這麼快就打聽我的家私了？」

梅香斜看了他一眼。「你們家下這麼厚的聘禮，我怕回頭萬一哪裡不襯手，豈不是要埋怨我。」

黃茂林捏了捏她的臉蛋。「妳別擔心，我家有三十多畝地呢，保證以後讓妳每日都吃得飽飽的。」

梅香呸了他一口。「我家又沒餓著我。」

黃茂林見她臉紅的小模樣，心裡癢癢的。剛好，梅香起身，要去水井裡打一桶水。黃茂林也跟著起身，猛地，他衝上前拉住梅香的雙手，緊緊捏著。

梅香嚇了一跳，要掙脫，沒掙開，再見他也是滿臉通紅，梅香頓時扭捏起來。「你快些放手，別讓明朗看見了。」

黃茂林看了一眼正院，院牆正好擋住了，明朗一點也看不見這裡。他忽然膽子炸開了一樣，雙手一帶，把梅香帶進懷裡，然後緊緊摟著她。

「梅香，我，我可想妳了。」

梅香頓時驚得心裡撲通直跳，感受到那兩條有力的胳膊，她頓時覺得手腳有些發軟。鎮定了片刻之後，梅香軟著聲音嗔他。「茂林哥，你快些放開我。」

黃茂林何曾聽到過梅香這樣嬌軟的聲音，頓時心怦怦跳得更快了，再聞著她脖頸間的香味，他越發捨不得放手，摟得更緊了。

黃茂林整個人也懵懵懂懂的，只是憑著本能做出這樣衝動的行為。過了一會後，他怕葉氏回來看見，萬般不捨的鬆開了手。

梅香整個人從頭到脖子都紅得厲害，見黃茂林鬆開了手，也不去看他，直接往水井邊去打水。

黃茂林搶過水桶。「我來吧。」

等過了一會，二人之間少了一些尷尬，才開始正常交流。

梅香問黃茂林。「茂林哥，你進過山嗎？」

黃茂林看了她一眼。「妳想進山？」

梅香點頭。「我聽說，往裡走，能找到許多名貴的木材呢。」

黃茂林搓了搓手。「是不假，但聽說裡頭有狼呢，嬸子怕是不會讓妳去的。」

平安鎮這一帶，因為有一片山，山的北面都看不到頭，故而普通的樹木不值錢，只有那些稍微名貴一點的，才能賣得上價格。

像黃炎斌這樣的木匠，需要什麼木料，都是自己進山砍，莊戶人家打家具，普通的木料也使得。

梅香看了黃茂林一眼。「我阿娘說，以後趕集回來，下午去山上砍柴。你們家不也要砍柴？我想著，不如以後背集的上午去，就咱們兩個去，讓我阿娘忙活菜園裡的事情。你砍的柴火你挑回去，你只要跟我做伴就行。只是，我阿娘肯定不會答應我。要是你去說，說不定能成呢，我阿娘覺得你有成算。」

黃茂林一聽說可以和梅香單獨相處，頓時蠢蠢欲動了起來。「那我等會和嬸子說說？」

兩人說定了，等葉氏回來之後，黃茂林就開始遊說。

葉氏死活不答應，讓兩個孩子去山裡，她可不放心。一來山裡危險，二來，雖然訂了親，畢竟還沒成親呢，怕人說閒話。

梅香在一邊說道：「阿娘，您去了山裡，我還不放心呢，總是要看著您。」

葉氏頓時啞然。

黃茂林乘機添一把火。「這樣，嬸子，讓我先帶著梅香去幾次，要是您覺得哪裡不妥當，回頭再讓她跟您一起去也行。說真的，妳們兩個一起進山，我還不放心呢。我們家也要砍柴呢，天天煮豆漿，費柴火得很。」

葉氏無奈，只得點頭應了。「那你們不許走太遠。」

梅香直點頭。「阿娘放心吧，定然不會走太遠的。」

但梅香哪裡是那樣聽話的人，第二回，她就往山裡頭跑了好遠，黃茂林隨著她一起往裡去。

梅香興沖沖的去，結果失望而歸。名貴樹木哪是那麼容易得的，而且，她不認識什麼好木料，黃茂林認識的也不多。

去了四、五次，啥都沒找著，只能繼續老老實實砍柴。

梅香不死心，繼續往裡越走越深。她遇到過野兔、野雞，但她不是獵人，也獵不到。且阿娘教她，山神的東西都是有數的，若非大災之年，不能隨意取用。

往山裡去，路越來越難走，有時候還會遇到一些沒有主的孤墳。好在有黃茂林陪著，梅香也不害怕。

黃茂林剛開始有些擔憂，後來也放開膽子，拉著梅香的手，在山裡面摸索。每次回去都很晚，葉氏以為小兒女貪玩，也並不追究。

就這樣，直等到下第一場大雪，梅香終於在一個山谷裡找到並排生長的幾棵黃楊木。這是黃茂林認識的為數不多的名貴木材之一，他確定，這就是黃楊木。

梅香高興的圍著樹木打轉。「茂林哥，你說，這幾棵樹能賣多少錢？咱們把它帶回去，託你大伯賣了，咱們兩個五五分成。」

黃茂林也笑了。「我也不曉得能賣多少錢，不管賣多少錢，我不要，都給妳吧。」

梅香搖頭。「那哪能呢，你跟著我往這裡來，擔著風險呢。」

黃茂林看了看四周。「梅香，這裡太僻靜了，咱們先砍一棵回去，路上做好記號，過兩天再來吧。」

梅香點頭，兩個人帶了鋸子來的，很快齊根放倒一棵樹，一起拖了回去。

葉氏知道後，她先狠狠的懲罰了梅香一頓，讓她站在廊下，一遍又一遍的說我錯了，而且讓弟弟妹妹們圍觀。

黃茂林摸了摸鼻子。「嬸子，都是我的錯，是我帶著梅香去的。不過，這樹是真的，還有好幾棵呢，我都做了記號，去了就能找到。」

葉氏想了想。「這樣，咱們也不懂木材，你回去和你阿爹商量商量，若是你們家願意，明兒咱們兩家一起去，把樹砍回來，賣給鎮上的木器行，得了銀錢咱們兩家分。我可說好了，下回你們再敢往裡頭去，成親之前，你就別來了。」

黃茂林大驚。「嬸子，我再不敢了。」

葉氏忍不住笑了。「我還以為你是個有成算的，沒想到跟著她一起瞎胡鬧。」

黃茂林撓了撓頭。「嬸子，梅香提要求，我，我不曉得如何回絕她。」

葉氏聽到後，笑得更深了。

第三十七章　賣木材置辦田地

葉氏教訓過黃茂林後，自己下廚房做飯去了。

梅香仍舊在廊下罰站，一遍又一遍的念叨「我錯了，以後再不敢了」。

葉氏做飯的功夫，黃茂林把明朗幾個都打發進了屋，自己陪著梅香站在廊下。

梅香閉著眼睛念叨，黃茂林聽得想笑，他悄悄對梅香說道：「嬸子那頭聽不見，妳歇一會吧。」

梅香睜開了一隻眼睛，仍舊繼續念叨。

葉氏在廚房裡聽得一清二楚，並未發話。直等到飯菜擺上桌子，她才讓蘭香叫了姊姊進來吃飯。

梅香一進屋就打了個噴嚏，葉氏遞上一碗熱湯。「快些喝了，以後可不能再亂跑。」

梅香嗯了一聲，接過湯一口喝光了。

吃過飯之後，黃茂林就和葉氏幾個告別，連那一擔柴火都沒要。葉氏怕他路上滑倒，也並未勸他把柴火挑回去。

等他到家的時候，黃炎夏等人已經吃過飯了。外頭下雪，空氣忽然變得冰冰冷冷的。黃炎夏攏了個火盆，一家人圍在一起坐了下來。

黃茂林知道黃楊木的事瞞不過楊氏，直接當著她的面說了。「阿爹，我有件事情要跟您說。」

黃炎夏嗯了一聲。「你說。」

黃茂林想好了說辭才開口。「今兒我和梅香到山裡頭去了，發現了幾棵黃楊木。」

黃炎夏聞言手頓住了。「發現了什麼？」

黃茂林點頭。「阿爹您沒聽錯，是黃楊木，有好幾棵呢，梅香砍了一棵，我怕拉不動，就沒砍。嬸子和我商量過了，讓阿爹明兒一起去，把剩下的幾棵樹砍了，賣得了錢，咱們兩家分。」

黃炎夏緩緩放下火鉗。「你怎麼確定那是黃楊木？」

黃茂林從懷裡掏出一塊粗麻布，打開一看，裡頭包了一截樹枝。「阿爹，您看看。」

黃炎夏接過後，剝開樹皮，仔細一看，果然不假！

黃炎夏嗖的收回了手。「茂林，這事除了韓家，還有誰曉得？」

黃茂林搖頭。「我們誰都沒說，這樹，是我和梅香往裡頭走了快十里路才發現的。」

黃炎夏把樹枝重重的放到了旁邊的凳子上。「誰讓你往裡走那麼遠的，你不要命了！」

黃茂林嘿嘿笑了一聲。「阿爹，我以後再不敢了，我們砍柴走著走著，沒承想就走了那麼遠。」

黃炎夏看了他一會，低下頭繼續往火盆裡加柴火。「那山裡危險得很，你們既然拉回來一棵，也能賣個幾兩銀子，剩下的就不要了。」

還沒等黃茂林說話，楊氏立刻開口了。「當家的，黃楊木可值錢了，幹甚不要呢？多叫幾個人就是了。」

黃炎夏頭都不抬。「你們僥倖進去一次，沒有碰見豺狼野豬。以後有人得到了風聲，一窩蜂都往山裡去，萬一被狼吃了，豈能放過我們？都說是我們帶壞了頭！」

黃茂林勸黃炎夏。「阿爹，都說富貴險中求，那裡頭成了材的，少說還有七、八棵，若能運出來，少說能得四、五十兩銀子，咱們一家能得二十多兩呢。二十多兩銀子，咱們賣豆腐要賣多久？咱們帶上火把和柴刀，我和梅香帶路，山裡說是深，其實半個時辰就走到了。對外就說，就說要打家具了，去弄些木料回來，也不怕別人看見。」

楊氏聽了直點頭。「當家的，我聽說冬天到了，那熊瞎子都趴窩裡不動了。平日山裡都是樹葉，那豺狼躲起來人都看不見。等這場大雪一下，豺狼走過都有腳印，再不用擔心這畜牲背後傷人的。」

黃炎夏瞥了她一眼。「妳倒懂這個。」

楊氏陪笑道：「當家的，孩子們眼瞅著都大了，以後花錢的地方越來越多呢。咱們家看似有三十多畝地，到時候分到兩個孩子頭上，一人也就十幾畝地，累死累活也攢不下幾個銅板。」

楊氏因為從小家裡窮，對金錢的渴望無比熱烈，聽說有二十兩銀子唾手可得，她如何能不心動。就算銀子不歸她管，茂源多少也能分一些。

黃茂源和淑嫻在一邊靜靜的聽著不說話。

過了半晌，黃炎夏低聲說道：「茂源，淑嫻，出去把嘴巴閉緊了。茂林，跟我去找你大伯。」

說完，爺兒兩個就一起去了大房。

黃炎斌看過之後，喜道：「果真不假，是黃楊木，這東西可值錢了。成材的原木，一棵能賣四、五兩銀子呢。」

黃炎夏把自己的擔憂說給了大哥聽，黃炎斌沈默了一會後，笑道：「老二，你也太謹慎了些。山裡的樹木海了去，誰家做家具不進去砍，怎的咱們就砍不得？過幾日咱們就去，你們既然和韓家說好了五五分，就給韓家一半。剩下的，你給我一些辛苦費就行。」

黃炎夏笑了。「大哥說笑了，給韓家一半是自然的，剩下的，咱們兩家平分。」

黃炎斌直擺手。「你要是這樣說，那我就不去了。」

黃炎夏自小多得大哥照顧，有了好事自然想著大哥，但大哥從來不肯占他便宜，他也沒法。「既這麼著，大哥，你拉一棵回來，算你的，這樣可行？」

黃炎斌想了想。「那也行，大哥就沾你們的光了。茂林，明兒你和你丈母娘說好，後天上午就進山。」

黃茂林點頭應了。

第二天在街上，葉氏問他。「茂林，那山裡還有幾棵樹？」

黃茂林想了想。「那長得高大的，估計還有七、八棵，還有幾棵小的。」

葉氏點頭。「你回去跟你阿爹說，前兒那一棵算我們的。後天進山，我和梅香一起去，我們能拖回來幾棵我們就要幾棵，多的我們不要。」

黃茂林愣住了，半晌後點頭。「那，那我就聽嬸子的。」

當天下午，葉氏回村後，與路上碰見的族人談話，刻意放出了風聲。冬日裡無事，她想進山砍一些木料，回頭給梅香打嫁妝。正好明兒親家的親大哥黃木匠進山，她們跟著一起去，能挑到更適合的木料。但又怕雪天路滑不好走，要是摔了可不划算。

給閨女打嫁妝是正經事，眾人都勸她跟著黃木匠一起，人家是行家，能挑到合適的木料，不行就帶上梅香和黃家姑爺，這兩個孩子能幹得很。

葉氏一邊為難，一邊第二天帶著梅香一起和黃家人進山去了。

黃炎斌只留了兩棵小樹，其餘大的小的全部放倒了。黃家人讓葉氏母女先挑，能拖多少算多少。

梅香笑了。「大伯，真的任由我拖？」

黃炎斌點頭。「那是自然，這樹還是妳挑頭帶著茂林來尋的，我們都是跟著妳發一筆小財呢。」

既然他這樣說，梅香就不客氣了，先拖了兩棵大樹，她覺得這樣太不划算，又在每棵大樹上綁了一棵小樹，等於她一個人拖了兩大兩小。

黃茂忠看得瞠目結舌，天爺，這個弟妹也太能幹了，讓他來拖，最多也只能拖一大一小。

葉氏只能拖一棵小樹，還剩下五棵大的，四棵小的，黃家四個男丁全部拖走了。

葉氏路上與黃家人商議。「親家大伯，我也不懂木材的事兒，您是行家，還是要託您幫我一起賣了。」

黃炎斌點頭。「親家母放心，等我找好買家，到時候妳把東西送過去，一起脫手了。」

兩家說好之後，各自回家去了。

過了三、五日，黃茂林帶來消息，黃炎斌找到了買主。鎮上的木器行願意先收了，大的按五兩一棵，小的按半價。

黃炎斌知道對方壓了價，但也不得不脫手。一來這東西留在手裡時間久了會被人知曉，到時候惹來麻煩。二來，這種名貴的料子，黃炎斌也沒處理過，不敢輕易下手，只能按原木價來賣。

本就是意外之財，黃炎夏和葉氏都同意了。葉氏當天上午就帶著黃茂林和梅香一起，把木料拖到黃炎斌家，對外說給梅香打嫁妝。

三日後，黃茂林送來了二十二兩銀子併五錢。葉氏把明盛和蘭香打發到廚房裡吃零嘴，帶著梅香和明朗一起收了銀子。

梅香摸了摸銀子，開心的險些沒飛起來。「阿娘，這真是二十二兩銀子啊！咱們家的田地和油坊，忙碌一年也不一定能得這麼多呢！」

葉氏點了點她的額頭。「家裡又不缺妳吃喝，怎的這樣財迷！」

梅香瞇著眼睛笑。「阿娘，銀子又不扎手，多攢些銀子，以後弟弟們去考試，可費錢了。」

明朗聽得心裡愧疚不已，姊姊冒著危險進山，得了銀子，先想到的還是家裡。

葉氏笑了。「這是妳的功勞，怎麼能都給家裡。這樣，我作主了，分一半給妳，算作妳的嫁妝。」

梅香睜大了眼睛，看了眼黃茂林，頓時紅了臉。「阿娘，您說到哪裡去了，我去納鞋底了。」

說完，她丟下銀子就回房間去了。

葉氏笑得更深了，她之所以這樣說，其實是說給黃茂林聽的，或者該說，要說給黃炎夏聽的。

果真如葉氏所想，黃茂林回家後，黃炎夏就側面打聽韓家的事情。

「你丈母娘忽然得了這筆銀子，她兩個兒子兩年讀書的費用都不用發愁了。」

黃茂林搖頭。「嬸子說了，分出一半給梅香做嫁妝呢。」

黃炎夏點了點頭。「你丈母娘是個明白人，這樣，咱們家這回得的銀子，我也分給你一半。」

當日黃炎斌說只要一棵，黃炎夏又強行分給他一棵小的，二房剩下五大三小。

楊氏插了一句嘴。「當家的，這，還沒分家呢。」

黃炎夏沒理她，先對小兒子說道：「茂源，你記住了，以後你要是在外頭能找到來錢的路子，就算你和你大哥沒分家，你也可以留下一半，這是咱們家的老傳統。若都等著吃大鍋飯，最後一個兩個都成了懶漢，誰還願意幹活，白等著吃兄弟的就是了。」

楊氏心裡想了想，就算分給茂林一半，還剩下十三兩多呢，以後茂源也能得一些，遂不再說話。

黃茂林看了看黃炎夏，見他不像是試探自己。「那，兒子就謝過阿爹了。」

黃茂林得了銀子，加上自己頭先剩下的一兩多銀子，本來空蕩蕩的錢匣子，頓時又充實了起來。

葉氏得了這筆銀子後，把梅香關在家裡，家裡柴火暫時夠用一陣子，先不進山了。

冬月中旬的一天，大房董氏忽然來報，小姑子韓氏生了個兒子，邀葉氏一起去送月禮。

恰逢那天是集，葉氏一大早把梅香送到鎮上，趕回家換了衣裳，帶上蘭香，和大房二房一起往小姑子家去了，明朗兄弟二人都在家裡讀書。

梅香就一個人在鎮上看攤子，她在這裡幹了大半年，來趕集的人都認識她，知道她力氣賊大，等閒壯漢都不是她的對手。且這丫頭的男人就在對面賣豆腐呢，和那巡街的張家黑小子還有交情，一般人也不敢來惹梅香。

等賣完了豆腐，黃茂林過來陪著梅香。

黃茂林問梅香。「我家裡明兒要打餈粑，妳喜不喜歡吃？我給妳帶幾塊。」

梅香點了點頭。「我喜歡用油煎著吃，可我們家今年沒有種糯米呢，我阿娘說，明兒去和二伯家換一些。」

黃茂林被太陽曬得瞇起了眼。「去二伯家幹甚呀，明兒我給妳揹幾十斤去，夠你們打一鍋的。」

梅香捂嘴笑了。「你可別，你後娘曉得了，又要說你像隻老鼠了，成日裡往外淘騰家業。」

黃茂林把頭湊過來，聞了聞她身上的香味。「我給妳支個招數，妳給我阿爹做雙鞋，我阿爹心裡高興，我後娘再不敢說甚的。自從阿爹抄了她的私房錢，她老實多了。」

梅香睨了他一眼。「一雙鞋換幾十斤糯米，我可賺大了。」

黃茂林笑了。「咱們兩個，還說什麼賺不賺的。」

說完，他把頭湊得更近了。「我跟妳說，聽說周地主家的大兒子在縣裡賭博，輸了不少銀兩，被人家賭坊扣下了，要剁手指頭，他家正準備賣田地贖人呢。妳回去問問嬸子，想不想買田，這回周地主要脫手五十畝上等田呢。」

梅香吃驚。「輸了這麼多？天爺，五十畝地，好幾百兩銀子啊。」

黃茂林點頭。「是呢，我阿爹已經看中一塊十幾畝的地，我手裡有十五兩多銀子，我先問阿爹預支幾個月的零用錢，讓阿爹分給我四畝。妳回去跟嬸子說，若是要，到時候咱們兩家一起買。」

梅香點頭。「我回去問問我阿娘。」

梅香回去後把這件事情告訴了葉氏。

葉氏想了想。「這樣，頭先茂林給了妳十六兩銀子，這回妳又得了十二兩銀子，拿出二十四兩，去買六畝上等田，記在妳名下，剩下的以後給妳買嫁妝。」

梅香扭捏了一下。「阿娘，咱家裡不買嗎？」

葉氏想了想。「咱家裡暫時不買，等妳弟弟們再長大一些，能頂門立戶了，多少田買不到？不過，雖然買了田是記在妳名下，但這幾年的收成都算家裡的。」

梅香連忙擺手。「都算家裡的，我不要。」

娘兒兩個商議過之後，就拋開了話題。

第二天上午，黃茂林真挑來了一擔糯米。

葉氏驚訝。「茂林，怎的送了糯米來？」

黃茂林笑了。「嬸子，聽說妳家裡今年沒有種糯米，都到這個時候了，總要打餈粑呀，我阿爹就讓我挑了八十斤糯米來。」

葉氏笑了。「你阿爹也太客氣了。」

黃茂林從米袋子裡掏出四、五塊瓷粑。「梅香，把這瓷粑切兩塊，用油煎了，咱們先嘗嘗我家新打的瓷粑。」

葉氏睨了梅香一眼。「定是妳問茂林要的。」

梅香笑了。「我不白吃的，我要給黃大伯做一雙鞋呢。」

葉氏曲指敲了敲她的頭。「做一雙哪夠，要過年了，給他家裡一人做一雙，茂林過年穿的新棉襖和鞋襪也要動手了。我可不給妳幫忙，都是妳自己招來的。」

梅香笑得瞇起了眼。「阿娘放心吧，我都能做好的。」

葉氏笑著打發梅香去煎瓷粑去了，黃茂林給她燒火。

才吃過飯不久，梅香不敢多煎，一人嘗兩小塊也就夠了。

吃過了瓷粑，葉氏就和黃茂林說了買地的事情。

聽說梅香要買六畝嫁妝田，黃炎夏二話不說點頭了，到時候一起買，然後分開記名。

楊氏聽到後，心裡很不是滋味。這小倆口還沒成親就有了十幾畝私房田，可茂源還跟個傻子一樣就曉得憨吃憨睡。

但不管楊氏心裡如何落寞，黃炎夏動作快，一個人吃下了二十畝地，兒子四畝，兒媳婦六畝，他給家中又置辦了十畝地。

葉氏拿到六畝地的地契後，反覆看了看，高興的對梅香說道：「這些以後都給妳做陪嫁，明朗，這都是你姊姊自己掙來的，你們兄弟莫要有意見。」

明朗直擺手。「阿娘只管給姊姊買，我們再不會有一點意見的。」

葉氏摸了摸明朗的頭。「這六畝地咱們家沒出一文錢，以後你姊姊出門子，我定然還要再給她置辦東西的。你和弟弟是男子漢，要像你阿爹一樣，到外頭去拚事業，家裡姊姊妹妹陪嫁多，到了婆家才能腰桿子硬。」

明朗點頭。「阿娘說的，兒子都曉得。」

葉氏又教導幾個孩子。「你們看，周地主家裡有那麼多田地，就因為沒養好孩子，家業很快就敗了。你們都記住了，以後外頭那些不三不四的事情，千萬不能沾上。」

孩子們都點頭道好。

葉氏笑了。「我知道你們都是好孩子，不過白囑咐一聲。好了，明朗你讀書去，這地契我先收起來了。」

幾個孩子各自忙活，葉氏回房把地契收好了，心裡盤算著把這六畝地仍舊給韓敬杰種。

第三十八章　動手腳生辰之禮

年前，葉氏和二房一起打了餈粑，又讓屠戶來把家裡的四頭豬帶走了，並讓他給自己家裡留了五十斤肉。等屠戶送來肉，葉氏給崔氏送了五斤肉和幾塊餈粑，今年的孝敬分例總算都完成了。

剩下的日子裡，葉氏就一門心思帶著梅香上街賣菜賣油。年前菜好賣，韓家的芝麻油又是獨門生意，母女二人狠賺了一筆。等趕過最後一個集，這一年的忙碌總算到頭了。

大年三十這天，娘兒幾個歡歡喜喜的吃了年夜飯，然後一起包餃子。梅香擀餃子皮，葉氏和兩個兒子一起包。蘭香就拿著火鉗在火盆裡撥來撥去，最後還烤了兩個餃子吃。

葉氏一邊包餃子一邊給孩子們講她小時候聽到的故事，明朗每隔一陣子就要洗手把香爐裡的香火續上。

包過餃子之後，娘兒幾個都洗了洗。葉氏打發梅香帶著明盛和蘭香一起睡覺，她和明朗一起守夜。娘兒兩個熄了燭火，圍在火盆邊，小聲說著話，整個屋子裡寧靜安詳。

正月初，大家都忙著拜年走親戚。初三那天，黃茂林到韓家來吃了頓飯，趁著葉氏不注意，強行塞了個紅包給梅香。

一晃，就到了上元節。

正月十五對平安鎮一帶的人來說，比過年還要忙碌，因為十五夜裡的飯和過年規格一樣。吃了十五夜飯之後，還要到先人的墳墓上祭拜。

除了這些，今天夜裡，平安鎮有名的舞龍隊伍要到韓家崗來。

一家人吃過一頓豐盛的夜飯之後，葉氏帶著四個孩子，用兩個大竹筐裝滿香燭紙炮，一起去了韓氏家族的墳山。

在韓敬平墳前，葉氏沒忍住，撲到墳墓上開始嚎啕大哭。孩子們見她痛哭，也忍不住都哭了。

兩口子成親後，恩恩愛愛，相互支持努力拓展家業了十幾年，忽然大雁單飛，葉氏當時悲痛得無以復加。後來，為了幾個孩子，她放下悲哀，憑著一股毅力，帶著女兒挑起家業。葉氏以為自己已經接受了事實，可一看到韓敬平的墓，那些被她遺忘的恩愛歲月和悲哀傷痛，又全部湧上心頭。

葉氏的哭聲引來了不少族人，蘇氏把她攬進懷裡。「姪媳婦，妳要是難過就哭一哭，等哭過了，日子還要過呢。看看妳身後，妳有四個孩子呢。他們都沒長大，像那窩裡的小雀兒一樣，都張著嘴巴等著妳餵食。這都是敬平的親骨肉，你們夫妻和睦。就算他一句話沒留給妳，妳咬著牙也要把這幾個孩子好生帶大了。」

葉氏哭了一陣子後，擦了擦眼淚。「看我，一時沒忍住，倒驚著嬸子和諸位了。」

蘇氏拍了拍她的肩膀。「無妨，妳好好的，敬平會保佑你們的。」

葉氏點了點頭。「我都曉得，嬸子放心吧。」

蘇氏打發走族人，自己也走了，把地方留給娘兒幾個。

痛哭一場之後，葉氏平靜了下來，讓幾個孩子跪在墳前，一起給韓敬平磕頭燒紙。

葉氏自己在旁邊放鞭炮，順帶把墳墓上的雜草理了理。她看了看墳墓周圍，等以後她百年了，也要葬在這裡，到時候，兩口子再也不分開。

離開墳山一段距離後，葉氏怕幾個孩子沈浸在悲傷裡不能自拔，主動活絡氣氛。「等會玩龍的來了，咱們都跟著去玩。」

梅香也湊趣。「阿娘，明年要給妹妹買個新燈籠，這個都用兩、三年了。」

葉氏笑了。「明年給你們一人買一個。」

梅香笑著搖頭。「我不要，我都多大了。」

娘兒幾個回到家後，意外的發現黃茂林立在大門口。

葉氏驚道：「茂林，今兒十五，你怎的來了？」

黃茂林笑了。「我們祭拜過祖先之後，我阿爹玩舞龍去了，我阿娘帶著弟弟妹妹一起玩去了。我本來要去找發財哥的，但他有事情，我一個人無事，就過來看看。嬸子才從山上回來？」

葉氏拍拍身上的塵土，打開大門上的鎖。「可不就是，我們才祭拜完回來，快進來坐。

肚子餓不餓？我給你們弄些吃的。」

黃茂林笑著搖頭。「夜裡吃得多，這會哪裡還會餓呢。嬸子只管忙您的，我就是過來玩的。」

葉氏帶著幾個孩子進了堂屋，點上油燈。

「那才好呢，年前你家裡忙，我也就不說什麼了。這些日子又不忙，你得空了只管過來。等夜裡舞龍的來了，你先帶著他們出去玩。」

葉氏讓黃茂林坐下，拿出炒花生給他吃。黃茂林剝了花生，塞到蘭香手裡。火盆裡的火快要滅了，葉氏又加了幾根柴，那乾柴乾得很，立刻就燒了起來。

梅香直把弟弟妹妹們往後拉。「別燎著衣裳了。」

正說著，忽然，韓明輝帶著蓮香和明尚來了，後面跟著韓敬杰的兒子韓明岳兄弟四人。葉氏又搬來幾把小凳子，讓他們一起坐下。

一屋子的孩子，你一句我一句，場面熱鬧得不得了。

說了一會兒後，不免無趣，韓明尚說要玩猜大小，還從懷裡掏出個骰子來。

黃茂林看了葉氏一眼，周家大少爺出事後，葉氏對這上頭管得十分嚴格。

葉氏笑了。「大過年的，你們願意玩就玩吧。只一樣，不許賭錢，平日裡也不能玩。」

得了葉氏的首肯，明朗把小桌子搬到堂屋中間，又另外攏了個火盆放到小桌底下，一群男孩子立刻就玩了起來，每逢骰子轉起來的時候，喊聲震天。誰輸了誰鑽桌子底，還要學狗叫。

葉氏帶著三個女孩子和韓明岳最小的弟弟一起坐在門邊的火盆邊，一邊吃零食一邊說話。屋裡熱鬧的氣氛，孩子們歡快的笑鬧聲，立刻趕走了葉氏娘兒幾個心頭的悲傷。

日子就是這樣，有了孩子，有了奔頭，多少悲傷最後都會漸漸消失。

等一群孩子玩了好久之後，外頭忽然傳來鑼鼓聲。

韓明輝把骰子一拋。「舞龍的來了，走，去看看！」

一群孩子和葉氏打過招呼後，立刻都跟著韓明輝衝了出去，明朗兄弟也跟著去了，蓮香則回去找周氏。

葉氏見黃茂林巴巴的跟著梅香，心裡好笑，對梅香說道：「我帶妳妹妹去找妳敬杰嬸子玩，妳和茂林也一起去看舞龍的吧。快到咱們家的時候，提前回來給我幫忙。」

葉氏說完，檢查了一下蘭香的衣裳，給她戴上頂小棉帽，往她兜裡裝了些零嘴，就帶著她找柴氏去了。

家裡頓時就剩下梅香和黃茂林兩個人。

梅香笑了笑。「茂林哥，你等我一下，我去換雙鞋，戴個帽子。」

梅香自己收拾好了之後，把堂屋裡的蠟燭吹了，屋裡頓時暗下，好在外頭有月亮，她踩著輕快的步伐，歡快的往門樓裡去了。

才一進門樓，黃茂林兜頭就摟住了她。

梅香嚇了一跳，然後又害羞起來。「茂林哥，你快鬆手。」

黃茂林把頭埋進她的肩窩，輕聲說道：「我把門插上了，沒有人會看見的。」他的聲音在耳邊小聲迴盪，呼出的氣噴到梅香的耳窩裡，梅香頓時感覺心怦怦直跳。

自那日在水井邊他唐突了一回後，黃茂林如同開了竅一樣，日思夜想，總是想再唐突她一回。兩隻手越發使勁，只恨不得兩個人緊緊貼在一起。

過了半晌，黃茂林在黑暗中用額頭抵著梅香的額頭，然後低頭摸索著開始找地方，呼吸相聞之間，黃茂林找到了梅香的小嘴，他憑著本能，像隻小蜜蜂一樣輕輕啄了幾口。又感覺不滿足，繼續深入探索。

梅香被嚇著了，先是扭動著掙扎，誰知黃茂林越抱越緊，還把身子緊緊貼著她，恨不得和她合成一個人才好。

梅香覺得腦袋迷迷糊糊的，過了一會，她有些害怕，強行推開了他，帶著哭腔抗議。「茂林哥，不能這樣。」

黃茂林怕嚇著她，忙摟著她安慰。「我，我不是故意的。妳別生氣，我就太喜歡妳了，才忍不住。妳別哭，都是我不好，我以後再不這樣了。」

過了好一會，梅香才平復過來。「我沒生氣，咱們去看舞龍的吧。」

黃茂林摸摸她的頭。「妳別怕，我不會傷害妳的。走，我帶妳去看舞龍的。」

這一次，梅香沒有害怕，只是臉在黑暗裡紅了紅，然後讓他牽著手，打開了大門，二人一起出去了。

舞龍隊伍已經來了有一陣子，後面跟著長長的看熱鬧的隊伍，有韓家崗的，還有外村的。那條龍特別特別長，上百個人齊力撐起那條龍，眾人不停的變換位置，龍也跟著變換姿勢遊走。

黃茂林拉著梅香在人群裡穿梭，有時候遇到熟人，梅香就甩開他的手。

舞龍隊繞著韓家崗走了一大圈，在各家門口都停留了一會兒。葉氏和梅香提前回家做好準備，只等龍一到，立刻開始放鞭炮。

直等到子時，舞龍隊才走，韓家崗眾人看過了熱鬧，都覺得有些困頓，各自回家睡覺去了，黃茂林也戀戀不捨的走了。

夜裡，梅香一個人躺在床上輾轉反側，回味著門樓裡的事情。她從剛開始的害怕，慢慢到羞怯。可羞歸羞，梅香想到當時的感覺，頓時又覺得心裡有些甜蜜蜜的。

茂林哥說他喜歡自己才這樣做的，真是的，壞胚子。

梅香羞得用被子蓋住臉。想了一會後，帶著羞怯和甜蜜就漸漸睡著了。

七、八里路之外的地方，黃茂林怎麼也睡不著，他回味著唇齒間的香味，也羞紅了臉，立刻用被子蒙上頭，漸漸的也睡著了。

日子晃悠悠的，到了二月初三，這一天，是梅香的十三周歲生辰。

莊戶人家的女娃過生辰，大多都是靜悄悄的。葉氏疼孩子，家裡又殷實，早上起來下肉絲麵條，還煮了五個雞蛋，梅香兩個，弟弟妹妹們一人一個。

葉氏把蛋剝了放到梅香碗裡。「過生吃個蛋，無災又無難。過了今兒，妳又大一歲，按虛歲算，妳都十四了。」

梅香把碗裡兩個雞蛋挑了一個給葉氏。「我出生，阿娘受苦，阿娘也吃一個。」

葉氏平時煮雞蛋都是煮四個，一個孩子一個，她自己並不吃，但兩個女兒都會往她嘴裡餵兩口。今兒多了一個，梅香自然不會吃獨食。

吃過了飯，葉氏帶著女兒上街去了。

黃茂林也知道今兒是梅香的生辰，擺好攤子之後，就在路口等著。等待的過程中，他忍不住掏出懷裡的紅布包，打開看了看。

裡頭是一枚純銀戒指，戒指很細，樣式也簡單，上面刻了兩條對稱的花紋。是他昨兒在劉家花了四錢銀子買的。

他知道梅香還沒出孝，戴不了那些花花朵朵，但銀子是素色，總是無礙的。

看了兩眼後，他又塞進懷裡。這些日子，梅香總是躲著他，黃茂林忍著內心的蠢蠢欲動，不敢再唐突她，只一味陪笑說好話。

等葉氏母女來了之後，他幫著抬油桶，擺放各種蔬菜。

葉氏笑問他。「你今兒又吃麵了？」

黃茂林點頭。「是呢，嬸子今兒倒來得遲一些。」

葉氏笑了。「今兒我們梅香過生辰，早上特意擀麵條吃，費了功夫，就來遲了一些。」

等擺好了東西，黃茂林嘿嘿笑，看了梅香一眼，見梅香也斜看了他一眼，他掏出那個紅布包。

「梅香，今兒妳過生辰，我也沒什麼好東西送給妳，這是我昨兒下午去劉家買的一只銀戒指，妳拿去戴。」

梅香伸頭看了一眼銀戒指，戒指很小巧，一看就是給小姑娘戴的，梅香很是喜歡。但這個禮物有些貴重，梅香抬頭看了一眼葉氏。

葉氏看著女婿一臉期待的表情，她忍不住笑了。「梅香，茂林給妳的，妳拿著吧。天暖和了，妳記得仔細打理他的衣衫鞋襪。」

梅香紅著臉接下了紅布包，拿著戒指看了看，然後欣喜的戴到了手指上，給葉氏看。

「阿娘，正正好呢。」

葉氏又笑了。「真是正正好呢，妳就戴著吧，銀子素色的，倒不怕人說。」

梅香又紅了紅臉，摸了摸戒指，黃茂林笑咪咪的看著她。

葉氏見街上人多了，忙打發黃茂林去賣豆腐。

回到家後，梅香就開始著手給黃茂林準備春衫。

他有多少衣裳，梅香心裡大致都有數。外頭的衣裳都有了，但裡衣也該準備了。葉氏把家裡的細棉布給了梅香一些，梅香照著黃茂林的尺寸，給他裁了兩套裡衣。

除了黃茂林的，弟弟們也要做新鞋了。再有個把月，明朗兄弟就出了一年的孝，又能去鎮上讀書了。他們身上的衣衫鞋襪都要重新打理，能拆了用的重新拆了用，實在不能用的，只得丟了。

二月初的天，還冷得很，梅香還穿著夾。

早晨黃茂林來賣豆腐的時候，把自己的兩件舊衣裳帶來了。

「梅香，這衣裳袖子都磨壞了，妳給我補補。」怕梅香不理他，他特意找了個理由。

梅香接過來看看，邊緣果真是磨爛了，看樣子要重新縫邊。

梅香笑了。「放心吧，明兒就給你。你等一下，我給你做了兩身衣裳，你拿回去穿。」

梅香回房就把那兩身裡衣拿出來，全部包在一個藍色花布包裡。

黃茂林不知道是裡衣，當場要打開看看，梅香忙阻攔了他。「你回去再看吧。」

黃茂林看了她一眼，見梅香臉紅紅的，嘿嘿笑著收回了手。「那我回去再看。」

葉氏今兒早晨在家裡沒出去，聽見黃茂林的聲音，從西院裡出來了。「茂林來了。」

黃茂林笑著和葉氏打招呼。「嬸子在忙呢。」

葉氏笑了。「倒不太忙，都是些小事。時辰不早了，你趕緊去賣豆腐吧。梅香，給茂林拿一個煮紅薯。」

梅香忙跑進廚房，把碗裡那個紅薯給了他。「我放了一會了，不燙嘴。」

黃茂林接過紅薯，和母女二人打過招呼，挑著擔子就走了。

等回家後，他打開花布包一看，發現裡面是裡衣，自己也臉紅了。

他悄悄關好房門，也顧不上冷，試了試，合身得很。他也不脫下來，直接把外頭的衣裳都穿上。

穿好衣裳後，黃茂林把另外一套裡衣放到箱子裡，蓋上蓋子，然後踩著輕快的步子，出門去了。

第三十九章　麥收忙槐花餅香

早春時節，天氣一天比一天暖和，田地裡的麥子和油菜都拚命的長，葉氏也帶著女兒用心的打理菜園和上街擺攤。

明朗知道自己很快又要到鎮上讀書去了，越發用功。到了鎮上，若是和別人差距太大，可不丟人。他不光自己努力，連弟弟的功課也一起抓。

黃茂林的日子一如既往的忙碌充實，磨豆腐的功夫他不說嫻熟，至少每個環節都能自己單獨幹了。

這些日子，他感覺自己吃得更多，個子長得快，力氣也變大了很多，連說話的聲音都有了很大的變化。

張發財笑話他長大了，可以娶媳婦了。黃茂林聽了後心裡暗自高興，他越長大，能幹的事情越多，不光能減輕阿爹的負擔，還能幫梅香幹更多的活。

至於娶媳婦，咳咳，黃茂林現在不敢想，最多是偶爾半夜偷偷爬起來洗裡褲。

倒是梅香，過了生辰之後，她忽然開始抽條長個子。眉眼越發秀氣，腰肢越發細了，頭髮越長越烏黑，最讓她不好意思的是，她總感覺胸口隱隱作疼，抬手抬高了，都能扯著那裡。梅香又害怕又害羞，怕的是以為自己得病了，羞的是這部位怎麼好意思跟人說。

最後，還是葉氏覺得女兒長大了，偷偷跟她說了許多事情，梅香這才放下心來。

黃炎夏眼見著大兒子一天比一天能幹，心裡很是欣慰，街上的事情，他基本不過問了，全憑兒子作主。

白日漸長，氣候漸暖。等家裡三隻母雞先後抱出一窩小雞後，又到了一年一度的春季農忙。葉氏因為家裡開著油坊，故而家裡就沒有種菜籽，所有的田地都種麥子。

想到去年割稻子時葉氏的忙碌和疲憊，這一次，梅香衝到了葉氏的前頭。

黃茂林這些日子又開始隔天來幫忙，磨鐮刀、搓草繩、幫著榨油，都說一個女婿半個兒，葉氏這個女婿，比韓明全那樣整個的兒子都中用。

韓家開鐮第一天，黃茂林賣過豆腐後連家都沒回，把擔子放在韓家，梅香給他盛了一大碗炒飯，幾個人吃了飯之後，一起到田裡割麥子去了。

明朗本來也要去，梅香攔住了他。「再有幾日，你就要去秦先生家裡了。這會趕緊把功課都溫習好，田裡有我呢，你不用操心，好生讀書。」

葉氏如今再沒有了去年那樣的惶恐，有女兒、女婿在，她也不在乎明朗去割的那點麥子，遂同意了梅香的意見。

梅香既然挑起大頭，做飯的任務又落到葉氏頭上。等晌午太陽快到頭頂的時候，葉氏回去做飯去了，梅香和黃茂林仍舊低頭割麥子。

黃茂林動作嫻熟，但梅香耐力持久，兩個人各自開了一行，有時候你跑到我前頭，有時候我又反超越你。每次相遇的時候，二人都相視而笑。

農忙是大事，黃茂林也顧不上逗梅香，笑過之後，仍舊低頭幹活。

兩個孩子幹活累，葉氏伙食準備得也好。過年時的臘肉還剩有十來斤呢，夠這個農忙季了。菜園裡萵筍、蒜苗什麼的都有，葉氏給兩個孩子一人帶了一大碗飯，還有一大碗湯。她一邊吃飯一邊往兩個孩子碗裡夾菜。「你們都在長身子呢，又幹這麼重的活兒，多吃些。」

梅香一邊吃飯一邊對黃茂林說道：「茂林哥，你吃了飯就回去吧，這裡有我呢。」

黃茂林笑了。「自從妳手好了之後，我想給妳幫忙都找不到由頭了。」

梅香也笑了。「你家裡事情也多，我暫時還能幹得過來。」

黃茂林又問：「嬸子，明兒您上街不？」

還沒等葉氏回答，梅香先答他了。「阿娘，明兒我把您送到街上，我先回來割麥子，您賣過菜回來做飯就行。」

葉氏笑了，知道女兒能幹，也就不和她爭。「好，都聽妳的，如今妳當家，妳怎麼安排我怎麼做。」

若不是去年梅香傷了手不能下田，她真不放心女兒一個人在街上。

梅香嘿嘿笑了。

葉氏又囑咐她。「等會帽子上的手巾搭好，別曬著了。」

梅香點頭，她如今也怕曬呢，曬黑了不好看。以前她倒不在意這些，如今忽然知道美醜了，越發不肯曬一點太陽，不管去哪裡都要戴帽子。

三人吃了飯之後，葉氏把黃茂林打發回去，和女兒一起下田割麥子。

這次割麥子，因梅香的傷已經好全，葉氏就拒絕了韓明文等人的幫忙，只有韓敬杰和韓敬奇的幫忙她沒有拒絕。

麥子割好了，挑到稻場上後，就等於完成了一半。

葉氏不想再麻煩娘家人，她自己帶著梅香，牽著牛，拉著石滾，一場一場把麥子都脫了粒。韓敬杰全指望用梅香家的牛拉石滾，故而每天都會來幫著幹一會兒，指點母女兩個。

等麥子收回來之後，韓敬平滿了周年，葉氏帶著孩子們去祭拜過他，給孩子們除了孝，明朗兄弟也要正式回去鎮上讀書了。

這一日，黃茂林一大早也過來了。

葉氏給兩個兒子換上新衣裳和鞋襪，親自送他們到秦先生家，還帶上今年的束脩。

因葉氏是個寡婦，到了秦家後，明朗兄弟二人自去找秦先生，秦太太親自招呼葉氏。

葉氏給秦太太見了禮。「秦太太好，兩個孩子以後又要麻煩您照顧了。」

秦太太笑著給她倒了杯茶。「韓太太客氣了，兩個孩子都懂事得很，在學堂裡從來不搗亂。」

秦太太說完，又讓旁邊的女兒給葉氏見禮。

秦太太有兩兒一女，兩個兒子大一些，跟著秦先生讀書，這個女兒最小，才九歲，整日跟著秦太太，也認識幾個字。

秦姑娘小名玉茗，秀秀氣氣的，給葉氏見過禮之後就坐在一邊，葉氏高興的把玉茗好一頓誇讚。

兩個婦人客氣了許久之後，葉氏從懷裡掏出個紅布包，放到桌子上。「這是兩個孩子這一年的束脩和每日晌午的茶飯錢，請秦太太查看。」

秦太太見到葉氏的紅布包，笑了。「兩個孩子去年交了一年的束脩，唯讀了三、四個月的書，今年這又缺了三、四個月的，我們怎能都按一整年收。」

說完，秦太太打開布包，把裡頭的銀子拿出一半塞到葉氏手裡。「我們只收一半，剩下的韓太太帶回去。我們當家的最好個清名，我要是多收了，他定要跟我囉嗦的。」

葉氏聽她這樣說，只得把那一半銀兩收了起來。「我們家離得遠，晌午兩個孩子回不去，還請秦太太多為照看。」

秦太太笑著點頭。「韓太太放心，晌午飯是我親自準備的，每日都有葷有素。」

葉氏忙解釋道：「秦太太做事，我們哪裡有不放心的。只是他們還小，若是哪裡做得不對，還請先生太太多為管教。」

秦太太知道她寡婦家家的把孩子看得比常人重，拍拍她的手。「韓太太放心，我們當家的說兩個孩子讀書有天分。您再辛苦幾年，等他們大了，就輕鬆多了。」

葉氏笑著點頭。「都是先生教導得好，有先生和太太在，我再沒有什麼不放心的。」

兩人互相客氣了許久，葉氏獨自回去了。

梅香在家裡帶著妹妹，和黃茂林一起，把西院的柴火搬出來劈開。

劈了些柴之後，梅香見時辰還早，葉氏又沒回來，她低頭和黃茂林商量。「茂林哥，咱們去打些槐花回來吃好不好？」

黃茂林見她兩眼亮亮的，頓時心裡柔軟得能滴出水來，也輕聲笑著回答她。「好呀，我看青石河旁邊有好幾棵槐花樹呢，妳拿著籃子，我爬上去摘。」

梅香瞇起了眼睛。「那你爬樹的時候小心一些。」

黃茂林也瞇著眼睛笑，還乘機用額頭抵了一下她的額頭。「妳放心吧，我從小就跟著發財哥學爬樹，索利得很。槐花餅好吃是好吃，就是有些費油呢。」

梅香歪著頭看他。「我只在餅的兩面稍微抹一點油，做這個餅，比炸鍋巴省油多啦。」

黃茂林吃吃笑了。「以後妳去了我們家，我們家沒有油坊，妳不能炸東西吃了怎麼辦？」

梅香紅了臉，抬起下巴對他說道：「那我就抄了你的私房錢，去街上買點心吃。」

黃茂林見她抬起白嫩的小下巴神采飛揚的小模樣，心裡癢癢的，飛快的抬手摸了一把她的下巴。

梅香被驚到，立刻拍了一下他的肩膀。「好好說話，不許動手動腳。」

「好好，我不動。我的私房都給妳，不用妳抄。」黃茂林收回了手。

梅香斜眼看了他一眼。「咱們去打槐花吧。」

蘭香在一邊早就等不及了。「姊姊，姊姊，打槐花，吃餅。」

梅香找了個籃子，裡頭裝了廚房的剪刀。

二人鎖上門，抱著蘭香，一起往青石河那邊去了。

今兒天氣特別好，所有人都已經換上單薄的衣裳，暖風吹得人渾身都懶洋洋的。青石河岸早就綠意盎然，各種鳥兒在枝頭叫個不停。

到了地方後，二人找了棵比較好爬的槐樹，黃茂林帶上剪刀，蹭蹭兩下就上去了。

梅香止不住的提醒他。「抓牢了，別摔著。」

黃茂林在上頭迅速將槐花一枝一枝的往下扔，梅香蹲下身就開始撿槐花。

兩個人齊動手，很快就弄好半籃子的槐花。

「茂林哥，夠了，要不了太多。」梅香在樹底下喊。

黃茂林聽到後，蹭蹭蹭下來了，二人又帶著蘭香一起回去了。

梅香找了兩個小板凳，和黃茂林坐下一起收拾槐花。那花開得已經炸開了的不要，已經老了；花苞太小了的也不要，怕味道不好。只挑那不大不小，且上頭乾淨的。

半籃子槐花，最後只揀出一大碗。

梅香把槐花洗乾淨，找出一個大湯盆，往裡頭倒一些麵粉，再把槐花倒進去，加水後用手抓成糊，撒一些鹽放裡頭。

梅香把鍋洗乾淨了，讓黃茂林燒火，放入一些菜籽油，等油燒熱的時候，用手團了一個麵糊團，壓扁後放到鍋裡，很快再放第二個、第三個……

梅香油加得少，小火慢慢煎，底下那面金黃後，用筷子把餅都翻了個面，繼續煎。

蘭香搬著小板凳坐在一邊，早就饞得口水直流。

黃茂林看著梅香在灶上忙碌個不停，走動的過程中繡著石榴花的裙襬一直在飛舞，他感覺心裡異常柔軟。

這大概就是過日子吧，以後等成了親，每天都會是這樣，他燒火，她做飯。他又看了一眼蘭香，到時候，還會有幾個小娃兒，日子熱熱鬧鬧的，多讓人嚮往啊。

黃茂林面帶微笑的暢想著以後的美好日子，冷不防的，眼前忽然出現一雙筷子，夾了一小塊槐花餅。

「你嘗一口。」梅香送到他嘴邊，黃茂林立刻一口吞下，嚼了兩下，頓時感覺嘴裡香得不得了。

梅香用菜盆把鍋裡的餅裝起來，用剩下的麵糊又煎了一鍋。

她找了兩個小碗，給蘭香裝了一碗，讓她自己慢慢吃，她自己裝了一個，用筷子夾碎了，自己吃一口，餵黃茂林吃一口。

槐花餅煎得又香又脆，吃起來滿口留香。

正吃著餅，葉氏回來了。

才到廚房門口，葉氏就笑了。「你們又在做什麼好吃的？」

梅香立刻起身給葉氏裝了一個餅。「阿娘，我們去打槐花做煎餅，剛起鍋的，可好吃了，您快嘗嘗。」

黃茂林也起身給葉氏搬了個小板凳。

「這麼饞嘴的丫頭，以後去了婆家可怎麼辦喲！」葉氏接過碗，坐在小板凳上吃了起來。

黃茂林笑了。「嬸子放心，我們家也時常做東西吃的。」

葉氏給蘭香餵了一口餅。「你們家厚道又殷實，我自然是放心的。你們不曉得，外頭好多人家養女兒，就怕養饞了嘴，以後不好說婆家。好在我們家裡開著油坊，家常也沒虧著她們幾個的嘴，可不就養出了兩個饞丫頭。梅香還好，如今說給你們家了，我再不用擔心的。我們小蘭香這麼饞，以後說不到婆家可怎麼辦喲。是不是呀乖乖？」

葉氏摟起蘭香親了一口，蘭香嘿嘿笑了繼續吃餅，她哪裡聽得懂那些，只曉得餅好吃是真的。

黃茂林笑著打圓場。「等以後蘭香大了，她哥哥們都頂門立戶了，說個好婆家再不是難題。嬸子今兒去了可順利？」

葉氏點頭。「我把束脩交給了秦太太，秦太太只收了一半，說是去年只上了個年頭，今年也少了幾個月，不能都要，我也就沒客氣。」

黃茂林又問：「以後早晨上學要去得早，下午回來得遲，要是熱天也就罷了，天長。冷天可怎麼辦呢？」

葉氏也在思考這個問題，以前韓敬平每日接送兩個孩子，韓敬平不在了，如今要怎麼辦呢？

黃茂林看出了葉氏的為難。「嬸子，以後逢集的時候，讓他們兄弟跟著您一起走，下午我去接他們回來。背集的早上，您再辛苦辛苦，送一送他們，下午我去接他們。」

葉氏忙拒絕。「那哪裡能成，若是一次兩次也就罷了，天長日久的，不能總是讓你跑去接送。再說了，明朗都十一歲了，也不小了。等過幾個月，他過了生日，又大一歲。到時候讓他自己走也使得，這一路都是大路，且方莊那裡也有個娃，到時候他們約著一起走，倒不用怕。」

黃茂林點頭。「若是需要的時候，嬸子只管跟我說。」

葉氏笑了。「先不說那些了，一人吃一塊餅也就罷了，留著肚子吃晌午飯吧。梅香，把這餅給茂林帶一些回去，給弟弟妹妹嘗一嘗。」

梅香又問：「阿娘，秦先生家裡怎麼不讓孩子們住下呢，整日這樣跑來跑去，多累。」

葉氏搖頭。「先生的安排，自然有先生的道理，我們照著做就是了。」

夜裡，明朗回來的時候天都黑了。

他放下書箱後就坐下吃飯，學堂裡飯食雖然也是有葷有素，但哪有家裡的飯菜香。

葉氏忙給兩個兒子夾菜。「明天早上跟我們一起去，以後每天我接送你們。」

明朗立刻搖頭。「阿娘，不用接送，我都多大了。出了青石橋沒多遠，我就可以叫上方孝俊一起，我們三個一起走，不用怕。」

葉氏知道方孝俊，那孩子比明朗還大一歲，是個斯文的少年郎。聽見兒子這樣說，她也就不再說話。

明朗吃了幾口飯之後，又跟家人解釋。「阿娘，讀書哪裡能不吃些苦頭呢。先生家裡房舍也不少，但一直沒讓我們住下，就是想讓我們多經歷一些路上的風雨，打熬打熬筋骨，磨練一下意志。若連這些苦頭都吃不了，以後科舉考試外赴做官，更多的煎熬還在等著我們，豈不更受不住。」

葉氏聽得直點頭。「果然，還是秦先生有遠見。」

梅香也豁然開朗。「既這麼著，那你以後就自己來去了。明盛，記得要聽哥哥的話。」

明盛把臉從碗裡抬起來，笑著嗯了一聲。

第四十章　度波折披荊斬棘

明朗兄弟復學後，家裡整日只剩下娘兒三個。母女二人上街或者一起出門幹活時，都要把蘭香也帶上。

好在蘭香大了一歲，也聽話，倒不難帶。

等各家的油菜籽都收回來曬乾之後，先後有人紛紛往韓家油坊送油菜籽。往年韓敬平除了在家裡收，還會拉著車到各個村子主動上門收菜籽。若是等人家上門，那稍微遠一些的，搞不好就跑到余家去了。

葉氏自從守寡後，除了上街賣菜賣油，家常不大出去和人打交道。但收菜籽是大事，豈能耽擱。葉氏咬了咬牙，也顧不得許多，拉著牛車，帶著兩個女兒，往遠一些的村子收菜籽去了。

各家存了多少菜籽、什麼樣的成色、兌換率多少，梅香都一一記下，主家看過無誤後，按上手印，到時候只管來韓家油坊打油。

自從梅香好了之後，她整日研究如何讓菜籽出油率更高，炒菜籽的火候、磨粉的細度、打榨的力度……她一樣樣研究，慢慢也能讓出油率高一些。出油率高了，利潤就高，偶爾客人打的油多，還能送個一兩半兩的。

這回收菜籽，葉氏母女一動，佘家也跟著行動。兩家甚至在路上遇到過，韓家母女雖然勢弱，但梅香威名之盛，佘家父子幾人也不敢來欺壓。

開玩笑，這丫頭連牛都能鬥得過，誰敢撩她的虎鬚？

韓佘兩家因是同行，向來跟冤家一樣。雖然表面和氣，暗地裡你爭我鬥。韓敬平死後，佘家恨不得放兩掛鞭炮慶賀，一心以為從此平安鎮就是他們的天下了。哪知這寡婦不好生在家守寡，居然到街上擺攤賣菜賣油，且生意還漸漸壓過了自家。

佘家又急又氣，年前還讓人放出風聲，說韓家油坊的油不乾淨。有客人上門挑事，梅香揪著那個婦人問她誰說的，那婦人見韓家母老虎發威，怕挨揍，只得把佘家供了出來。

梅香二話不說，揪著她的領子去找佘家的麻煩。

佘家不承認，那婦人對著佘家娘子就是一陣破口大罵，最後，此事不了了之。眾人沒在韓家的油裡吃出髒東西，佘家倒是鬧了個灰頭土臉。

收菜籽收到一半的時候，葉氏和梅香忽然發現，再沒有人願意把菜籽給韓家。

黃茂林稍一打聽就明白了，佘家為了壓過韓家，這回下了血本，提高了菜籽油的兌換率。莊戶人家可不管你韓家佘家，人家只認誰家能換更多的油。

梅香一聽那種菜籽油的兌換方法，就曉得佘家這根本是賠錢賺吆喝。自家的出油率比佘家高，她都不敢那樣換，佘家這樣玩，怕是想鬥一把狠的，一次把韓家擠對關門了。

梅香思索了良久，仍舊不得法子。

葉氏憂心忡忡。「要不，咱們也往上提一提？」

梅香搖頭。「阿娘，怎麼提？提多少？如今余家已經提到根本沒有利潤了，若一味往上提兌換率，最後都是白幹。阿娘且放心吧，余家這樣做，就是想讓我們著急。」

黃茂林也贊同。「嬸子，咱們先別提，看看余家後頭怎麼幹。我回去問問我阿爹，看看他有什麼法子。」

韓黃兩家如今是親家，一榮俱榮，一損俱損，黃炎夏十分重視這件事情，當天夜裡，帶著兒子一起去找大哥黃炎斌商議。

黃炎斌沈默了許久。「老二，這余家家底也可以，他要是這樣長久折騰下去，若韓家仍舊死扛著不提高兌換率，怕是最後會被擠對得關門了。」

黃炎夏點頭。「如今最大的問題是附近的菜籽都被余家收走了，就算親家把兌換率提得和余家一樣，手裡沒有那麼多菜籽，最後也是拚不過啊。」

黃炎斌看了黃茂林一眼，斟酌著問他。「茂林，你丈人家裡家底也不薄，這一回和余家是見了刀刃了，不是你死就是我活。韓家要麼放棄，要麼就拿出氣魄和余家拚一把。」

黃炎夏看了大哥一眼。「大哥，你的意思是？」

黃炎斌點頭。「老二，你還記得十幾年前，馮木匠和我鬥法的事情？」

黃炎夏也點頭。「自然記得。」

黃炎斌繼續說道：「馮木匠降價，想逼死我，我只得做了桌椅板凳到鄰近的鎮上賣，雖辛苦些，最後還是熬過來了。反倒是他，降了價就不好再往上提，最後搬起石頭砸自己的腳。」

「大哥的意思，讓親家母從別處打主意？」黃炎夏聽懂了大哥的意思。

黃炎斌喝了一口茶。「不錯，我不懂榨油，聽茂林的意思，余家這種做法沒有賺頭，那就純粹是為了壓制韓家，只要韓家能從別的地方收到菜籽，索性和他拚一拚，最後看誰先撐不住。」

黃炎夏放下手裡的茶杯。「如今外頭的鎮子還沒聽說余家提高兌換率的事情，若趕在這消息前頭出去收菜籽，倒也可行。」

黃炎斌笑了。「這回到外面收菜籽，怕是要拿現錢買。許多人家種的菜籽多，都換油吃也不划算，能多換兩個活錢也是好的。茂林，讓你岳母壓一壓價，用最少的錢收最多的菜籽回來，先屯著。」

黃茂林聽了後直點頭。「大伯，還是您這主意好！拿錢買斷菜籽，後面怎麼換油就是我們說了算。若是只收菜籽不給錢，人家聽見余家兌換率更高，怕是要來把菜籽要回去。」

黃炎斌哈哈笑了。「可不就是。而且，旁邊的鎮子少說也有一、二十里路，人家也不想大老遠的來換油。」

黃炎夏想了想。「茂林，這幾日你除了賣豆腐，別的時間都去給你丈母娘幫忙。她們母女兩個到外面去收菜籽，不瞭解梅香的人怕是會欺生。」

黃茂林得了吩咐後，立刻又去了韓家。

葉氏聽到黃家兄弟的建議，內心如同壓了一塊石頭一樣沈重。但她別無選擇，余家亮了刀刃，她必須要和余家拚，不然，若是自家倒了，幾個孩子以後怎麼辦？

葉氏沈默了許久，對梅香說道：「明兒上午上街，下午就出發。茂林，既然你阿爹讓你給我們幫忙，這些日子，就辛苦你了。」

黃茂林點點頭。「嬸子不要和我客氣，我來的路上想過了，咱們就把東西兩邊的鎮子先收上一部分，加上嬸子家裡去年剩的，還有這些日子收的，夠用個半年就行。我就不信，那余家還真能一直虧本幹半年。」

梅香也給葉氏打氣。「阿娘，不怕，有我呢。不就是收個菜籽，如今天還不是很熱，咱們上午賣了菜，回來吃了飯趕上車就走，把近處的收了。第二天上午再去遠一些的地方，帶上吃食和水，晌午不回來，十來天的功夫就夠了。」

黃茂林又提醒葉氏。「嬸子，每日的現錢不要帶多了。我的意思，蘭香妹妹還是不要帶了，把她放到誰家裡幫忙看著。若是我們和人起了衝突，妹妹在那裡怕遭人欺負。」

葉氏聽得心驚肉跳，半晌後回過神。「也行，我把蘭香放到你二伯家裡，讓蓮香幫忙看著。」

說定了事情，葉氏就打發黃茂林回去，然後就去了韓敬奇家裡。

聽了葉氏的做法，韓敬奇臉色凝重。「既然是黃親家兄弟二人出的主意，看來是可行。他兄弟二人幹了多年的買賣，比我有見識。弟妹只管去，把蘭香放我家裡，讓蓮香和明尚帶著。」

葉氏千恩萬謝的走了。

母女兩個決定了出遠門收菜籽，立刻就行動起來。第二天一大早，上街回來之後，匆匆吃了飯。黃茂林把擔子送回家，把錢交給黃炎夏，吃了一大碗飯，忙趕往韓家崗。

楊氏笑著打趣。「茂林可真是個好女婿。」

黃炎夏看了她一眼。「親家遇到了困難，他去搭把手是應該的。這回若是能熬過去，把余家鬥垮了，以後韓家拿下整個平安鎮，家業豈不更興盛。」

一提到和錢有關的事情，楊氏頓時來了精神。韓家至少是親戚，那余家和她一文錢關係都沒有，出這樣的損招，楊氏也盼著余家趕緊關門。這個裡外之分，楊氏算得清清楚楚，遂開始整日詛咒余家。

往常，趕集後大家都要午休，今兒不論是黃茂林還是葉氏母女，都顧不得疲憊，一起趕上牛車就走了。

蘭香見阿娘和姊姊把她丟在二伯家裡，哭著跟了好遠，葉氏狠了狠心不去看她，最後還是蓮香把她哄回去的。

葉氏心裡憋著一口氣，帶著女兒、女婿一起出發了。黃茂林趕著牛車，母女兩個在一邊跟著。

平安鎮東邊的馬店鎮的人還不曉得余家提高兌換率的事情，往常大家都是把菜籽送到油坊，今兒忽然有人拿錢買，眾人都轟動了。

馬店鎮的油坊坊主陳掌櫃聽說後，心裡非常好奇。沒費多少功夫，陳掌櫃打聽清楚了緣由，心裡把余家罵了個臭死。這樣破壞規矩，早晚關門！

陳掌櫃心裡倒不急，他已經收到了許多菜籽，那些賣給韓家的，都是家裡菜籽有富餘的。陳掌櫃見韓家收了幾天之後，立即把余家提高兌換率的事情傳播了出去。

葉氏母女在馬店鎮收了五天，余家的消息漸漸走漏。她們就開始轉向西邊的路橋鎮。

路橋鎮有人想欺負娘兒幾個，賣菜籽時在葉氏身上動手動腳，梅香一腳把那家門口的石墩子踢飛了。

「瞎了你的狗眼了，去平安鎮打聽打聽，韓大姑奶奶的親娘也是你個狗東西能動手腳的！再不老實，我把你丟到山裡去餵狼！」

誰，那石墩子少說也有七、八十斤重，這丫頭一腳就踢飛了！

路橋鎮有人在平安鎮有親戚，隱隱約約聽說過韓家的事情，剛開始以為是謠言，再一看，竟然是真的！

那動手腳的立刻老實了。「姑奶奶莫生氣，我吃了屎了，一時糊塗，再不敢的！」

梅香發了威，剩下的事情就好辦了。她們一不扣秤，二來笑臉相迎，那些菜籽多的人家，紛紛都拿出來賣給她們。

這樣過了十來日，娘兒三個收了幾大車的油菜籽，花了不少銀兩。這一路上，異常辛苦。餓了，就啃兩口乾糧，渴了就喝兩口冷水，也有些好心的人家偶爾會給口熱水喝。有時候太累了，就靠在車把上休息一會。

每天跑那麼遠的路，回家後仍舊有一大攤子事情在等著，來不及多歇一口氣，又是無休無止的忙碌。黃茂林更是辛苦，一大早起來磨豆腐，賣過豆腐後下午來不及補覺，也跟著一起去。

葉氏原來也是還把他當女婿，這一回他跟著母女兩個一起吃苦，又憐惜他沒有親娘，心裡越發把他當做自己的兒子看待。她一邊慶幸自己當初聽了明朗和梅香的話退了王家的婚事，一邊又心疼兩個孩子跟著她吃苦。

黃茂林和梅香一路雖然也累，但小兒女之間一個眼神一個動作都能消除疲憊。黃茂林偶爾從路邊採朵野花給梅香玩，有時候又說笑話給母女兩個聽。

黃茂林駕車的功夫越發嫻熟，葉氏也不再如剛開始那樣膽怯。至於梅香，她就像一把蒙了灰塵的寶劍，這次的經歷，不僅沒有壓垮她，反而讓她鬥志越來越強。

葉氏時常看著大女兒的神色，彷彿就像看到了韓敬平一樣，越困難越勇猛，逆境中他們能爆發出更大的力量，披荊斬棘、勇往直前。

家裡有了大半年的菜籽存量，葉氏心裡頓時鬆了口氣。

隨著時間的推移，越來越多人往余家去換油。平安鎮的居多，馬店鎮和路橋鎮住得離這邊近的人家也都跑來了。余家父子幾個整日榨油不斷，仍舊供不應求。

若是生意真這麼好也就罷了，可這裡面沒有賺頭啊，余家人心疼呀，漸漸撐不住了。

梅香反其道而行之，除了到鎮上賣油時價格不變，對那些拿菜籽到油坊換油的，她反而進一步降低韓家油坊的兌換率，逼著所有人都去余家換油。

余家最後實在吃不消了，爺兒幾個索性稱病，把家裡的存油處理乾淨後，不再榨新油，收來的菜籽也放在那裡，暫不做處理。

梅香聽到消息後，又把菜籽油兌換率提高到原來的水準。余家不榨油，整個平安鎮的人家漸漸開始往韓家去，梅香越發忙碌，三天兩頭榨油，也有些供不應求。

受了這麼多日子的委屈，葉氏母女兩個終於迎來了轉機。

葉氏背地裡哭了很多場，她一個寡婦帶著幾個孩子過日子，本來就艱難，余家還趁火打劫。若不是女兒和女婿推著她往前走，她一個人怕早就垮下來了。自此，家裡油坊的事情，葉氏漸漸都聽憑女兒作主，自己只在一邊打下手。

韓家油坊迎來了轉機，各路親朋都鬆了一口氣。

等栽完了秧，余家又偷偷開始榨油，想按照原來的兌換率換油。有些人家不肯，就去鬧。

葉厚則叫上幾個族人，帶上菜籽，要按照余家頭先的最高比例換油。余家不肯，他們就不走，嚷著怎的前頭的人都能換，我們就不能換了？余掌櫃看不起我們？

余掌櫃悔恨不已，當初為甚鬼迷了心竅，非要想把韓家弄死。若是不出這昏招，兩家平安無事，哪裡有這樣為難的局面。

梅香趁著余家一蹶不振，漸漸吃下了更大的地盤，穩穩的壓住了余家一頭。

頭先的苦熬都換回了成果，等到夏天快過完的時候，梅香家賺到往年同時期兩倍的利潤。

葉氏賺了錢，開始各處還人情。梅香太忙了，她一邊幫著女兒給婆家做針線，一邊親自扯了些花布，給蓮香和椿香一人做了一套夏天穿的裙子，酬謝她們幫著帶蘭香。

除了這些，她往大房二房都送了油和肉，也往娘家送了一桶油和一條肉。

至於黃茂林，更是不用說了，吃的穿的用的，但凡明朗兄弟有的，必定有黃茂林的。

日月窗間過馬，很快又到了中秋節。

葉氏帶著梅香炸油條。「茂林今年可給咱們幫了不少忙，除了給他做衣裳，明兒把油條多給他一些。」

梅香低下頭，臉紅了紅，她不敢跟葉氏說黃茂林私底下跟她動手動腳的事情。

前些日子梅香榨油忙，黃茂林經常過來幫忙。葉氏太忙，有時候家裡就梅香和黃茂林兩個人。幹活的時候，黃茂林不時就蹭到她身邊了。一會摸摸頭和臉，一會過來摟著說悄悄話，甚至有時候跟那回在門樓裡一樣輕薄她。

梅香從剛開始的害羞拒絕，到最後面紅耳赤扭手扭腳，黃茂林見她不再哭著掙扎，知道她必定也是喜歡的，每回都要占夠了便宜才行。

梅香的身體正在瘋長，她身上一丁點變化黃茂林都能發現。他甚至知道梅香哪裡一碰就會痛，有一次故意壞心眼的摟著她，用臉在她身上輕輕蹭兩下。梅香當時臉爆紅，立刻把黃茂林按在地上的稻草窩裡打了一頓。但她又不捨得使勁，最後反而被黃茂林按到稻草窩裡好一陣輕薄。

第四十一章　談生意智鬥董氏

剛割過了稻子，把糧稅交了，官府忽然下令徵集各村鎮民夫，對旁邊的官道進行徹底的修整。按照往年慣例，各家各戶，三丁抽一、五丁抽二，凡十三歲以上五十歲以下，皆算成丁。不想去，可以，給錢就是了。

分了家的，各算各的，沒分家的，都一起算。如梅香家，沒有成年男丁，倒不用去服徭役。如葉家那樣的，就得去一個了。

有人為了不服徭役，分了家。但分家也有弊端，朝廷徵收戶稅，都折算在糧稅裡頭。故而，不論分家還是不分家，都是各有利弊。

明朗還小，這次服徭役躲過了。葉氏心裡仍舊免不了擔心，過兩年明朗長大了，到時候怕就躲不過了。今年黃茂林家裡只有兩個成年男丁，也不用去，再等兩年，黃家就跑不掉了。

服徭役苦得很，一去幾十天回不來。在那裡吃不好睡不好，整日幹重活，連個歇息的空檔都沒有。若是幹活幹得差了，輕則挨罵，重則還要挨打。

為了防止大部分人拿錢買徭役，縣衙把標準定得高，一個人二兩銀子，官府花錢另外雇人。有些男丁多的人家，除了抽去的人，另外還有人報名，可以多掙錢。

官道原是前朝時修建的，棄用了這麼多年。也不知怎的，忽然又要啟用。背後原因百姓們不懂，只知道官道一旦修好了，南來北往的客商會越來越多，平安鎮在官道拐點上，必然又要繁華起來了。

等早晚開始穿夾衣的時候，官道終於修好了。

葉氏等人隔天上街，漸漸發現偶爾會有陌生人到鎮上採買吃食和草料。有些眼睛毒的人聞風而動，鎮上的麵館又多了一家，後來竟然又開了一家小飯館，只賣家常飯菜，價格不貴，好吃管飽，生意紅火。

這一日，又在街上。

梅香見一群陌生人牽著馬匹進了街口那家小飯館，心裡思緒不斷。

她小聲和葉氏商議。「阿娘，新開的這家飯館和那幾家麵館，每日需要不少東西呢。米、菜、油，這幾樣，咱們家都有富餘的。與其等到每年賣給縣裡的糧商，還不如自己想辦法處理了，省得被糧商壓價。」

葉氏看了她一眼。「妳又想做甚？」

梅香笑了。「阿娘，咱們去跟那幾家商議商議，我們可以給他們送菜送油，比市價低一些，但量要大。若能吃下這幾家，咱們以後就輕省多了。」

葉氏想了想。「送菜倒是可以，菜籽油也要送？如今余家也不怎麼幹了，咱們家又不缺生意。」

梅香搖頭。「阿娘，咱們這獨家生意能維持多久呢？要不了多久，沒有余家，也會有旁人家來分一杯羹。您看，路過鎮上的外地人越來越多。咱們占個先，一家家談下來，以後成了老主顧，就算有人重新開油坊，咱們家也能穩如泰山。」

葉氏覺得有道理。「那要如何去談呢？」

梅香見對面的黃茂林正閒著，對他招了招手，黃茂林立刻過來了。

梅香把想法跟他一說，黃茂林重重的點頭。「嬸子，這樣倒是使得。咱們一起去，你們家送菜，我家送豆腐。送上門，總比他們自己來買要方便些。嬸子，咱們先去和那家飯館談，他家每日要用不少菜呢。若能談妥了，再去和剩下的麵館談。」

葉氏皺緊了眉頭。「那何時去說合適呢？」

黃茂林想了想。「嬸子，您等我把豆腐賣完，咱們兩個一起去，讓梅香在這裡看著。」

葉氏如今比較信服女兒、女婿的話，只得點頭。「好，那你先回去，等會子咱兩個一起去。」

等黃茂林忙好了之後，立刻過來找葉氏。

梅香想了想，從攤子上揀出幾樣菜，用籃子裝好。「阿娘，不管這回成不成，您把這些菜送給他，落下個人情，以後也好說話。」

葉氏接過了。「妳說的有道理，那我們先過去了，有事情叫我們。」

梅香點頭，葉氏帶著黃茂林走了。

到了路口那家小飯館之後，黃茂林先找了店老板。「王大叔忙呢，生意興隆呀。」

王老板也認識黃茂林。「黃少東家來了，豆腐都賣完了？」

黃茂林咧嘴笑。「可不就是，今兒您買了那麼多豆腐，託您的福，我比往常早一些賣完了。」

王老板正在忙著切菜，見黃茂林帶著韓家娘子過來，知道這二人必定有事。他又和葉氏打了招呼。「韓娘子來了，快坐。都忙完了？晌午別回去，在我這裡吃頓便飯。」

葉氏笑著把籃子裡的菜拿出來放在旁邊的案板上。「王老板新開的店子，我也沒有什麼賀禮，這幾樣菜，給您晌午招待客人。」

王老板忙放下菜刀。「喲，韓娘子太客氣。我還說請您吃晌午飯呢，您倒先給我送菜來了。」

黃茂林乘機說道：「王大叔，您這裡每日得用不少菜呀。出去買菜也得忙活一陣子吧，還得占用個勞力。」

王老板忽然就明白了黃茂林的意思。「可不就是，才開張，萬事都還沒個章程，每日忙亂得很。」

葉氏也開口和王老板商議。「王老板，我看您生意這樣好，就想與您商議。我以後每個集給您送些菜，比市價便宜一些，您這裡的菜都包給我可行？另外，您用的菜籽油，我也可以成桶賣給您。我女婿家裡的豆腐就更不用說了，您這裡每日都少不了的。我們是誠心來的，您若有意願，咱們可以仔細商議商議。」

王老板呵呵笑了。「韓娘子說得不無道理，只是，我這裡要的種類多，您家裡什麼菜都有不成？」

葉氏想了想。「王老板，旁的不說，凡是平安鎮有的菜品，我家裡定然是都有的。就算我沒有，我從別人家進，也保證不會多問您要錢。不是我自誇，我家的菜，論品相論價格，在這幾條街上，都能算得上好的。」

黃茂林也跟著說道：「王大叔，我嬸子做買賣您還能不曉得，從來不坑人，不多占主顧一文錢便宜。如今平安鎮就韓家一家油坊了，一文錢價格沒漲，就這品行，您還有什麼不放心的。」

正說著，王太太來了，聽說葉氏兩個來的意思後，仔細問了問價格，立刻拍板作主，讓葉氏每日給她送哪些菜，一個月又定了一些菜籽油。

葉氏當場和王太太說定了價格，從下個集開始送。

說過了菜，王太太也從黃茂林這裡訂了一些豆腐，逢集多一些，背集少一些，但都要送上門，豆腐可不比菜，必須是當日新鮮的。

那頭，梅香正焦心的等待著，心不在焉的把最後剩下的菜都處理了。過了好久，總算見到葉氏又帶著黃茂林回來了。一看二人的神色，梅香就知道辦妥了。

「阿娘，茂林哥，如何？」

葉氏笑著點頭。「說定了，後天就給王家飯館送菜送豆腐。走，回家。」

回家的路上，葉氏非常高興。能多一份穩定的收入，總比娘兒倆坐在街上白等要強。

回家後，葉氏一邊做飯一邊和梅香商議事情。「過一陣子椿香要出門子了，我看妳大伯大娘還沒開始給她置辦嫁妝呢。」

梅香撇撇嘴。「我聽蓮香說，大娘準備了四床被子，給椿香姊姊做了幾身衣裳，陪嫁兩個箱子，多的沒有了。」

葉氏愣住了。「椿香的婆家可是下了二兩銀子的聘銀的，還有那麼多吃食呢。這些東西才值幾個錢？」

梅香搖頭。「阿娘，大伯大娘作主，咱們不好說什麼。」

葉氏嘆了口氣。「椿香這丫頭也是可憐，還不如她姊姊菊香。」

梅香問葉氏。「阿娘，椿香姊姊出嫁，咱們家送什麼添妝？」

葉氏搖頭。「到時候看妳二伯娘，咱們跟著妳二伯娘就是了。」

梅香忽然笑了，神神秘秘的對葉氏說道：「阿娘，不若咱們把添妝送厚一些，就等到椿香姊姊出門那一天給，到時候大伯娘總不好再摳下來，東西都成了椿香姊姊的。等到以後咱們兩家再有事情，大伯娘總得回禮呀。」

葉氏頓時笑了。「妳總是有這麼多促狹的主意，給椿香多些添妝我倒不是不捨得，她是個好孩子。只是，咱們這樣幹，妳大伯娘背地裡就要罵咱們了。」

梅香哈哈笑了。「阿娘，咱們就算把家業全部送給大伯、大伯娘，他們肯定也是不高興的，還說我們送得遲了。既然這樣，咱們就不必看他們的臉色了。椿香姊姊可憐，咱們這樣幫她一把，也算積德行善。」

葉氏把鍋裡的菜鏟了起來。「唉，總歸是妳大伯大伯娘不重視這個二丫頭。當時妳大伯大伯娘盼兒子盼得眼睛都大了，沒承想一連生兩個丫頭。也不怪他們那樣寵著明全，誰家成親七、八年才得個兒子不慣著呢。」

梅香又撇撇嘴。「阿娘，兒子也得看是什麼樣的兒子，丫頭也得看是什麼樣的丫頭。」

葉氏立刻笑了。「是是是，要是都像妳這樣能幹的丫頭，給一百個我都不嫌多的。」

梅香也笑了。「我跟阿娘說正經的，阿娘倒打趣我。」

葉氏往鍋裡倒了兩瓢水。「吃飯吧，下午還要去菜園幹活呢，椿香的事情，到時候再說。」

隔兩日又逢集市，葉氏上街後讓梅香看著攤子，她和黃茂林一起往王家飯館去送菜和油。

從王家飯館出來後，葉氏問黃茂林。「茂林，你阿爹如何看這事的？」

黃茂林高興的對葉氏說道：「我阿爹贊同得很，還說要是剩下的幾家談不妥，他親自去談，務必要拿下這幾個大主顧。」

葉氏高興的點頭。「還是你們腦子活，我就曉得每日在這裡白等著。」

黃茂林笑。「嬸子謙虛了，前兒和王老板談的時候，您可比我老道多了。」說話的功夫，兩個人各自回到了攤位上。

才坐下，李氏來了。葉氏當日和王家談的時候，敢誇下海口，心裡就惦記著娘家的。

葉氏告訴李氏這事兒，囑咐她。「弟妹，以後你們每日來早些。王家每隔幾天會把要什麼菜跟我說，我這裡出一半，你們那裡也出一半，咱們兩家一起送。等後頭若是能再談下幾家，量就更大了。」

李氏喜得直搓手。「這真是，我們又沾姊姊的光了。」

葉氏笑了。「大哥和厚福總是去給我幹活，我也沒什麼回報的。如今有了這等好事，單我一家也吃不下，可不就得拉上你們一起做。」

接下來的一些日子，葉氏和黃茂林一邊做生意，一邊和那幾家談。有談攏的，有沒談攏的。有一家只要菜，有一家不要菜，但是要白麵。

葉氏把送菜的生意自己攬了過來，送白麵的就給了黃茂林。兩家都得了好處，誰也不虧。

有了這幾個大主顧，葉氏每個集往鎮上挑的菜更多了，葉家那頭也越發用心開始種菜。葉氏這樣幫襯娘家，葉厚則兄弟上門更勤了。梅香只管照看著油坊裡的事情，尋常田地裡的小事情，都不用她動手，除非到了真正的農忙季節，她才下田一起幹活。

日子晃悠悠的就到椿香出門子那一日。

一大早，椿香就被董氏拉起來了，洗漱、開臉、盤頭。開臉和盤頭都是蘇氏做的，蘇氏是族長太太，且兒女成群，丈夫和兒子都好，眾人都覺得她福氣好，她漸漸成了族裡女孩子們出門子盤頭的專用娘子。

葉氏頭先和周氏一起，給椿香添了一些尺頭，別的並沒有。

今兒椿香正式出閣，族裡各家都來了人。嫁女兒不興放炮，雖然人多，卻總感覺有些冷清，葉氏摸了摸懷裡的那對銀耳環，對董氏鄙夷的眼光笑而不語。

族裡人都看到了椿香的嫁妝。寥寥無幾，連聘禮的三分之一都不到。

椿香木呆呆的坐在那裡，任人擺弄。前些日子婆家人來商議婚事，聽說了這些嫁妝之後，婆母狠狠剜了她一眼，椿香當時嚇得差點沒哭出來。

韓家這邊在韓文富夫婦的操持下，各項事情有條不紊的忙碌著。

等時辰到了，接親的人來了。

接親娘子到了之後，葉氏當著眾人的面，從懷裡掏出那對銀耳環，要塞到椿香手裡。「椿香，今兒妳出門子，三嬸也沒什麼好東西送給妳。這是三嬸從劉家買的一對純銀耳環，給妳做添妝。」

椿香頓時呆住了，三嬸不是給過添妝了？怎麼還有一對銀耳環？

周氏也從懷裡掏出一支簪子。「椿香，二嬸沒有三嬸手面大，這支簪子雖然摻了不少錫，也值六、七錢銀子，都給妳帶上。」

在外頭的董氏聽見了，頓時像聞見肉味的蒼蠅一樣，立刻衝了進來。「二弟妹，三弟妹，妳們也太客氣了。前兒不是給了尺頭做添妝的？椿香她小孩子家家的，如何能看得好首飾，都給我吧，我替她管著。」

婆家的接親娘子聽見了，立刻笑著對董氏說道：「親家母，椿香可不小了。今兒她就要出門子，以後也是大人了。不過是兩件首飾，她如何能看不住呢。」

董氏把臉一拉。「她還沒走出這家門，就是個孩子，就得聽我的話。」

一向老實的椿香頓時眼淚就在眼眶裡打轉，鼓足了勇氣忽然大喊一聲。「阿娘！」

董氏嚇了一跳，若不是今兒椿香出門子，定然劈手就是一個巴掌了。

椿香強行忍住了眼淚，對董氏說道：「阿娘，您放心吧，二嬸和三嬸給我的東西，我一定能看得好好的。家裡事情這樣多，阿娘整日忙亂，我都要出門子了，怎麼還能讓阿娘替我操心。」

董氏頓時呆住了，這個老實得像鵪鶉一樣的女兒，居然在今天這個日子裡跟她強嘴，還要帶走銀簪子和銀耳環！董氏立刻瞪圓了眼睛，就要發作。

蘇氏聽見了，立刻進來了。「敬義媳婦，妳在這裡做甚呢？外頭正叫妳呢！」

董氏忽然回過神來，眼神像刀子一樣刺向椿香。

椿香低下了頭。

忽然，外頭叫吉時到了，葉氏立刻拿起周氏手裡的簪子，和自己手裡的銀耳環一起，用紅布包包好，塞到椿香懷裡。「好孩子，以後要過好自己的日子。妳記住了，自己的日子才是最重要的。若是旁人真不把妳當回事，就算了吧，全當這輩子少了些緣分。」

椿香的眼淚忍不住掉了下來。「多謝二嬸、三嬸，我都記下了。」

周氏立刻笑道：「看看，都說椿香是個懂事孝順的孩子，果然不假，還沒走出家門呢，就開始戀家了。」

新娘子出嫁的時候哭一哭，這是規矩，旁人是做做樣子，椿香卻是真的哭了。她不是因為捨不得家，而是因為難過。

但不管她高興還是難過，吉時一到，婆家人就把椿香接走了。

董氏恨得眼睛直滴血，那簪子和耳環，加起來值一兩多銀子，全讓這死丫頭帶走了！以後梅香、蓮香和蘭香出閣，董氏還得添一樣的東西。

周氏和葉氏相互看了一眼，然後都忍不住笑了。

第四十二章　香豆腐美名遠揚

吃過宴席之後，葉氏就帶著四個孩子回家了。

在路上，梅香就忍不住和葉氏說悄悄話。「阿娘，大伯娘剛才恨不得把椿香姊姊活吃了，這以後椿香姊姊回娘家還能有個好。」

葉氏嘆了口氣。「咱們也只能做這麼多了，剩下的路，就得她自己走了。」

果然如梅香所料，三日回門的時候，椿香才一進門，董氏一把拉過二女兒。「椿香回來了？這幾天我和妳阿爹天天想著妳呢。女婿快坐。」

一向備受忽略的椿香高興的笑了。「阿娘，我都好得很。」

董氏拉起椿香到她房裡去了。親娘和三日回門的女兒說一些私房話，這是慣例，眾人也不能攔著。

梅香瞇著眼睛看著東屋的門簾，豎起耳朵聽裡面的動靜。

忽然，裡頭傳來董氏尖銳的叫罵聲。「妳個沒成算的死丫頭，黑了心肝不顧娘家死活！那首飾那樣矜貴，讓妳給我保管妳不聽，轉臉就給了妳婆母。妳個不要臉的死丫頭，才嫁了男人幾天，眼裡就只有男人沒有父母了。」

董氏罵得難聽，堂屋裡，椿香的男人立刻拉下了臉。

周氏和葉氏立刻衝了進去，拉住董氏，椿香正趴在床上嗚嗚的哭。

周氏脾氣急。「大嫂，妳這是做甚？回門的姑娘，妳做親娘的不說多疼愛一些，怎的還能打她？妳糊塗了不成！」

董氏收住了手，仍舊氣得直罵。「這個死丫頭，氣死我了！」

周氏哼了一聲。「大嫂，妳打的是椿香嗎？妳打的是咱們家的臉面！以後人家曉得咱們家居然對著回門的姑娘拳打腳踢，蓮香和蘭香說不到婆家，妳負責？」

葉氏也很生氣。「大嫂，誰家女兒的嫁妝還給親娘管的？大嫂妳莫要糊塗，妳再鬧，我只能去叫七嬸過來了。」

聽見蘇氏的名頭，董氏頓時像被人掐住了脖子一樣，又恨恨的盯著兩個妯娌。「還不是妳們幹的好事，若是交給了我，哪裡能有這事。」

周氏鄙夷的看了董氏一眼。「大嫂，妳是真傻還是裝糊塗？我們挑著出嫁當日給椿香，就是不想讓妳黑了。妳聽懂吧？連對自己的女兒都這麼刻薄，妳的心是石頭做的不成！」

葉氏瞇著眼看了董氏一眼，跟著周氏一起出去了。

掀開簾子後，周氏笑著對大夥兒說道：「娘兒兩個慣常這樣，說著說著還急了起來。這不，兩人自己又好了，倒不用咱們擔心。」

椿香的男人勉強笑了笑，對崔氏說道：「阿奶，我阿娘喜歡椿香得很，說她聽話孝順，是難得的好媳婦。」

崔氏打了個哈哈。「可不就是，我五個孫女呢，論能幹梅香是頭一個，論孝順聽話，椿香是頭一個。」

椿香當日得了首飾，第二天就把東西交給婆母保管，崔氏總不能去問她婆母要東西。椿香的婆母性子雖然也厲害，但人家講道理。首飾的事情她已經清楚了緣由，椿香把東西給她，她二話不說接下東西，先誇讚了椿香一頓，並許諾過一陣子就還給椿香。

董氏沒要到東西，一整天都不高興，最後還是崔氏罵了她幾句，她才不敢再拉長臉。

這一日，在鎮上，黃茂林如往常一般守著豆腐攤，天越發涼了，今兒沒有太陽，有些陰陰的，還颳起了風。黃茂林雖然穿得不少，但乾坐在這裡吹風，總歸是不大舒服。

他起身走了走，和旁邊的張老爹扯著閒話。

忽然，有個陌生人站在他的豆腐攤旁邊，黃茂林忙過去招呼。「您需要豆腐？」

客人把豆腐攤子掃了兩遍。「就這些東西？」

黃茂林又笑著問：「客人想要什麼樣的豆腐？」

那人是外鄉人，也不好表現得太挑剔。「你這豆腐，沒有一樣能帶在路上久放的。水豆腐沒法帶，那千豆腐放兩天就壞了，旁的豆腐就更別提了，還得找個鍋炒了才能吃。」

黃茂林仍舊客氣的笑道：「您說的是。只是我們家暫時只有這些了，客人難道見過別的豆腐？」

那人也不好再挑剔。「我也是聽人家說的，有種豆腐，能放好些日子，且裡頭有味道的，生著也能吃。小哥這裡既然沒有，我就不耽誤你做生意了。」

說完，那人就走了，留下黃茂林在那裡思索。還有這樣的豆腐？這是什麼豆腐？能直接吃？還經放？這人莫不是在驢我？

不管是水豆腐還是千豆腐，都是可以直接吃的，但味道寡淡，還是做熟了好吃。

黃茂林雖然覺得這個客人說的有些不大可靠，但他心裡卻裝下了這件事情。

往豆腐裡頭加味道，加鹽？加糖？不論哪一樣，都貴得很呢。但怎麼加呢？什麼時候加呢？

黃茂林回家後，如往常一樣交了帳，然後幫著家裡幹活。

過了兩日，黃茂林實在忍不住了，和黃炎夏說起這件事情。

黃炎夏反問他。「你想做？」

黃茂林點頭。「阿爹，論起做豆腐，您比我老道。只是，這位客人說得跟真的一樣。我想著，咱們不若多試兩回，若不成，也就死心了。」

黃炎夏一邊忙著手裡的活計，一邊跟兒子說話。「做成一樣豆腐可不容易，中間得拋費不少東西呢。說起來，咱們這裡的豆腐種類確實不多，我原來學手藝的時候，我師父跟我說過，在那豆腐之鄉，豆腐的種類比咱們這裡多多了。好在整個榮定縣的豆腐咱們家都有，我也就沒想過別的。」

黃茂林想了想。「阿爹，往後外頭來的人越來越多，若是真能做出一、兩樣新鮮樣式，咱們也能搶個先。」

黃炎夏在心裡權衡了許久，兒子正是有拚勁的年紀，也罷，讓他幹去，能成最好，不能成，他以後也就能老實磨豆腐、賣豆腐。

「你既然願意幹，我給你一個月的時間。每天給你二、三斤豆腐，需要什麼料子，你用私房錢自己買，不能問家裡要。能做成了，我再把你掏的私房錢補貼給你，以後的利潤，我還分你一半。可若是做不成，就算你自己的損失。」

黃茂林喜得直點頭。「阿爹放心，我定然不會隨意拋費東西的。」

父子兩個說好了之後，黃茂林就一頭栽進了研究新式豆腐之中。

他先是直接往豆漿裡加東西，結果讓水豆腐變鹹了，做出來的豆腐形狀也不好看。做了好幾天，仍舊沒做出個像樣的東西，在街上賣豆腐時，他也有些心不在焉。

梅香見他沒精神，悄悄問他。「茂林哥，你是不是生病了？我看你懨懨的。」

黃茂林勉強笑了笑。「我沒有生病，就是遇到了事情解決不了。」

梅香把頭湊過去問他。「是什麼事情？我能不能給你幫忙？」

黃茂林見梅香這樣俏咪咪的問他，又忍不住笑了。

趁著葉氏不注意，他偷偷摸了摸梅香的頭。「有個外地的客商問我要一種豆腐，我沒有，我做了好多天，都不得要領，倒是糟蹋了不少好豆腐。」

梅香一聽就明白了。「想做一樣以前從來沒見過的東西可不容易呢。我當初想提高菜籽出油量，花費了多少心思呢。炒菜籽炒壞了好幾回，打榨的時候太使勁，差點把油槽打壞了。茂林哥，你腦子比我還活泛，不要急，慢慢來。」

黃茂林有些頹喪的用手指敲了敲凳子。「我阿爹給我一個月的功夫，這都七、八天了，再等幾天，要是做不出來就算了。」

梅香笑了。「一個月還長著呢，說不定哪一天忽然就得了。」

黃茂林見梅香一直安慰自己，也不好再垂頭喪氣。「我就想著，若能多出個花樣，也能多得些進項。妳看這街上，以後人越來越多，好多人都開始悶聲發財了，就我們家仍舊毫無進益。時間久了，我們就要被人家甩出去好遠了。」

梅香心裡也有些迷茫。「茂林哥，你說的對，我家裡今年雖然把余家壓下去了，暫時吃了獨食，以後說不定又會有人來爭。想要不被人家壓垮，沒有些看家的本事還真不行。」

黃茂林忙安慰她。「妳不要操心，等過幾年明朗大了，說不定他們兄弟都能考上功名，到時候你們家就好了。」

梅香瞥了他一眼。「明朗就算考上功名，我也不能在家裡靠著兄弟一輩子。」

黃茂林忽然瞇起眼睛笑。「妳別擔心，有我呢，妳靠著我就行。」

梅香臉紅了一下。「哪能什麼事情都指望你一個人呢，我總要分擔些。」

黃茂林忽然茅塞頓開，自己想家裡多些進益，一來是想減輕阿爹的負擔，二來不就是想讓梅香以後能過上好日子麼，若為了還沒影的事情讓梅香跟著發愁，豈不是本末倒置。

黃茂林笑著看向梅香。「咱們走一步算一步，妳已經很能幹了，剩下的都交給我吧。」

梅香有些扭捏的微微低頭。「那你也別發愁了。」

黃茂林點頭。「明兒晌午我去找妳玩。」

梅香忽地抬頭，又紅著臉低下了頭。「你來就是了。」

她本來想說不讓他來的，怕他背著阿娘跟她動手動腳。可黃茂林這些日子忙著研究新豆腐，去韓家去得少，梅香又有些惦記，心裡隱隱期盼著他能天天過來。

得了梅香的鼓勵，黃茂林回家後又不死心的繼續研製心豆腐。

在失敗了許多次後，黃茂林心想，要經久耐放，豆腐必定少水，要少水，那豆腐成型的時候就要壓狠一些。

黃茂林帶著疑問，一步步探索，最後做成了一塊含水量非常少，且十分有彈性的豆腐。他嚼了一口，脆脆的，還怪好吃的。他把那塊豆腐切成絲，讓楊氏和韭菜一起炒了。

詬，味道還不錯！

第二日，他又做了塊同樣的豆腐，然後單獨存放，等過了七、八天，豆腐才開始要變壞的樣子。

黃炎夏也開始上心了。「如今天冷，想來放個十天八天都沒問題，等到了熱天，怕是放不了這麼久。」

黃茂林想了想。「阿爹，不如咱們把這豆腐再壓狠一些，水少一點，定能放得更久。」

黃炎夏點頭。「再往裡頭加些味道，看看如何。」

黃家父子本以為加些味道就好了，哪知道直接往熟豆漿裡加鹽，同時又點鹵，豆腐不成個樣子，味道也怪怪的。

黃茂林又調了料子醃製，這回總算有味道了，但豆腐仍舊是白色的，為了和水豆腐區別開，他又用醬油煮了煮，最後做出來的豆腐顏色很深，味道也夠足，放了好幾天都沒壞。

黃炎夏看到最後的成品後，忍不住點頭。「不錯不錯，味道可以，就是這成本不低，怕是不大好賣。」

黃茂林想了想。「阿爹，這東西成本高，咱們先少做一些，價格賣貴一點。鎮上那些家底厚的，還有那路上的客商，總會有人買的。」

黃炎夏再次點頭。「以後你每日負責做這個豆腐，旁的豆腐我來做。」

黃茂林拿起豆腐又嘗了一口。「阿爹，您給這豆腐取個名兒罷。」

黃炎夏頓時也難住了，這取名哪是那麼容易的。

淑嫻在一邊站著，拿起豆腐聞了聞。「阿爹，這豆腐怪香的，不如就叫香豆腐吧。」

淑嫻本來是說著玩的，哪知黃炎夏和黃茂林一起點頭，都說這個名字好。

楊氏笑了。「妳阿爹和妳大哥說正經事情，妳倒是會打岔。」

淑嫻嘿嘿笑了。

黃炎夏見家人都在場，咳嗽了一聲。「都坐下，我說件事情。」

眾人見他忽然正色，趕忙都坐下了。

黃炎夏見家裡人都坐下了，對大夥兒說道：「這豆腐是茂林做出來的，茂源，你還記得我頭先跟你說過什麼話沒？」

黃茂源撓了撓頭。「阿爹，您是說分一半的事情？」

黃炎夏笑著點了點頭。「難為你還記得，我以為你這糊塗蟲都忘光了。」

黃茂源嘿嘿笑了。「阿爹說的，我都記著呢。」

楊氏笑得有些勉強。「當家的，這東西是茂林做出來的，他功勞不小。不過，做這東西也要從家裡拿豆腐，都是一家人，這帳怎麼才能算得清呢。」

黃茂林急忙擺手。「阿爹，我不要，都給家裡。上回木材的事情，沒要家裡出本錢，我得了一半也就算了。這豆腐雖是我做出來的，但黃豆、磨豆腐的功夫事、賣豆腐的攤子，哪一樣不是家裡的。」

黃炎夏也想到了這個問題。「你們說的對，成本是家裡的，給你一半自然不合適。這樣，什麼本錢都不讓你出，賣得的錢，不算成本，先分你兩成。」

楊氏聽見分兩成，心裡雖然不得勁，但總比分一半好多了，也不再反對。「茂林功勞大，分他一些也是應該的。」

黃茂林偷偷看了看眾人的神色，見家裡人不像是試探他，才點頭應下了。「那我就多謝阿爹阿娘了。」

楊氏點了點黃茂源的額頭。「你也跟你大哥學一學，別整日就曉得憨吃憨睡。」

黃茂源又嘿嘿笑了。

說好了分成，黃炎夏第二日就讓黃茂林做了頭一批帶到街上去賣，這一批只有十斤，價格暫定五文錢一斤。

聽說黃茂林做成了新式豆腐，梅香高興的跑過來看。

黃茂林今兒頭一次賣這個，跟黃炎夏商議之後，把一塊豆腐切成了細絲，誰想買先嘗一根。

他先用筷子夾了一根給梅香，梅香用帕子擦了擦手，接過了豆腐，吃了一口後，仔細品嘗，止不住的點頭誇讚。「果真不錯，又香又脆，茂林哥，你真是能幹。」

得了梅香的誇讚，黃茂林頓時笑得臉上開了花，又夾了一根給她。

梅香直擺手。「你留著賣錢，這個東西金貴得很呢。」

黃茂林笑了。「妳拿去給嬸子嘗一嘗。」

梅香聽見他這樣說，用手帕包好，拿回去給葉氏嘗，葉氏吃過後也覺得很不錯。

待問過價格後，葉氏忍不住咂舌。「這麼貴，一斤香豆腐抵得上好幾斤千豆腐，也就有錢人捨得吃了。」

萬事開頭難，這一上午，黃茂林只賣出去五斤，還是鎮上幾個大戶買的。那些聞風來看熱鬧的，嘗過了後都覺得好，就是太貴了，沒捨得買。

黃茂林知道這東西剛開始必定不好賣，但這東西成本在這裡，又難做，他不想降價。只有讓大家一開始都知道這東西矜貴，最後才能賣上價格。

香豆腐能放，第二個集，黃茂林把剩下的帶來了，又做了幾斤新鮮的。他耐心等候，誰來說都不肯降價。那些家裡殷實的也不在乎這三五文錢，聽說後都來買了一些回去嘗鮮。

黃茂林沒事就吆喝幾聲，有兩個路過的外地人聽說後，呼啦一下子買走了七、八斤。

漸漸的，黃家香豆腐在平安鎮打響了名頭。許多人家裡來了客人，都會來買一些回去。這東西好吃，比肉便宜，又比豆腐矜貴，招待客人算是道好菜了。

剛開始，黃茂林每次只做十斤，來晚就沒了。等此次都不夠賣了，他才漸漸開始增加分量，但始終不會做太多。

黃炎夏說不給他幫忙就真不幫忙，但到了月底盤帳的時候，他一文錢不少黃茂林的。除了賣香豆腐的分成，黃炎夏仍舊每個月給他兩百文零花錢。

等黃茂林一天能賣掉近三十斤香豆腐的時候，他一個月能分到近五百文錢。

第四十三章　東院情購買地皮

日子轉眼又到了臘月。

隨著臘月的到來，黃韓兩家越發忙得腳打後腦勺，梅香和黃茂林作為家裡的主要勞力，更是不得閒。

往常黃茂林背集的上午還能到韓家來看看，這陣子，黃家香豆腐越來越好賣，黃茂林整天都在豆腐坊裡忙活。

原來只是鎮上的富戶和路過的客商買，後來稍微殷實一些的富農也會買，到了臘月間，各家各戶都想買一些回去。隔壁鎮子的一些人見平安鎮越發熱鬧，貨物種類多且價格也不貴，都跑到這裡來採買年貨，黃茂林的香豆腐又增加了一些銷路。

梅香家如今是平安鎮唯一一家的油坊，不論是上街還是平日在家，客人就沒斷過。為了確保存油量，梅香整日像隻忙碌的小蜜蜂一樣轉個不停。好長一段時間裡，她和黃茂林也只能上街的時候見一面。

葉氏今年仍舊把四頭豬都賣了，留下五十斤肉。但今年她讓屠戶給她留了一些豬油，這不，昨兒才送來的，葉氏預備上午在家熬豬油。葉氏先幫梅香炒了油菜籽，後面的活梅香一個人就能幹了，葉氏就自己去熬豬油去了。

葉氏留的都是成板的好油，熬出來的油渣成色都好。

等葉氏把豬油都熬好了，梅香有些累了，索性不再幹了，就過來看看。

「謔，阿娘，這豬油渣真不錯，咱們用這個包饃饃吃呀。」梅香趁著熱，從盆裡抓了一塊豬油渣塞到嘴裡。

葉氏忙喊道：「小心燙嘴，這東西有時候外頭涼了，但裡頭能把人嘴巴燙得起泡。我也想包饃饃吃呢，但這會和麵也來不及了，餡兒也沒調。」

「那就下午包吧，反正中午弟弟們不在家，等他們夜裡回來了，咱們一起吃，豈不更好。」梅香一邊吹一邊把豬油渣吃完了。

葉氏笑了。「那樣也好。」

葉氏讓梅香去把門口小板凳搬來，梅香才一出廚房門口，忽然發現黃茂林就站在門樓裡朝自己笑。

梅香驚喜的快步走了過去。「茂林哥，你怎的來了？今兒不做香豆腐了？」

黃茂林見到梅香也很高興。「我剛才把豆腐都壓好了，來妳這裡看看，下午回去趕快一些，也能做得完。」

「外頭風大，到廚房裡來吧。」

兩個人回到了廚房，葉氏笑著對黃茂林說道：「不曉得你晌午要來，家裡什麼菜都沒有準備。」

黃茂林忙擺手。「嬸子不用跟我客氣，把我帶來的一塊豆腐煮了就行。」

葉氏正在切蘿蔔。「我切兩個蘿蔔，加一點豬油渣一起炒，再把你帶來的水豆腐和大白菜一起煮了。梅香，妳去撈幾個醃辣椒，剁碎了炒雞蛋，我再蒸一碗雞蛋，咱們娘兒四個，這幾個菜也夠了。」

梅香去撈醃辣椒，黃茂林屁顛顛的跟在身後，家裡的醃菜缸就在東廂房南屋裡。梅香撈菜的時候，黃茂林幫她挽起袖子，乘機在她手背的肉窩窩上按了按，梅香雖然有些羞，也不敢大聲，怕葉氏聽見，只得橫了他一眼。

梅香長得細條條的，但她的手卻有些肉肉的，按照葉氏的說法，女兒這雙手自帶福氣。黃茂林很是喜歡，經常背著葉氏把她的兩隻小肉手拿過來反復搓揉，只恨不得揣進懷裡帶回家。

炒菜的時候，梅香在灶門下燒火，黃茂林搬著小板凳坐在一邊和蘭香玩稻草，葉氏在上頭掌灶。鍋裡的飯菜香飄了出來，廚房雖小，卻顯得異常溫馨。

等做好飯，葉氏要到堂屋去擺飯，黃茂林忙攔住了她。

「嬸子，就在廚房吃吧，大冷天的，飯菜端來端去，等吃到嘴都涼了。」

葉氏笑了笑。「你好不容易來一趟，倒讓你在廚房吃飯。」

黃茂林直擺手。「嬸子，我又不是客。」

葉氏也不再堅持，搬了個高腳寬凳子過來，把菜都放到凳子上，娘兒幾個各自坐著小板凳，圍著寬凳子一起吃飯。

等吃過飯，葉氏挑上擔子就去菜園了，明兒趕集需要不少菜呢。梅香準備繼續去東院把剩下的一槽油打了，黃茂林跟著梅香一起去了東院。

梅香換了一件細麻布外罩，裡頭是一條舊襖裙。那襖裙是掐腰的，雖然隔著寬大的外罩，黃茂林仍舊能看到梅香纖細的腰肢，還有胸前小巧的隆起。

黃茂林忽然感覺有些口乾舌燥，日常做的那些亂七八糟的夢都一股腦闖進腦海裡，他頓時感覺心怦怦跳了起來。

他覺得梅香這樣吆喝著小嗓子幹活的樣子美極了，他看著看著就有些迷糊。

梅香幹活的空檔對他笑了笑，他一驚，立刻回神了，起身往正院去，從廚房給梅香倒了一杯熱水，還去看了一眼蘭香。

等梅香打好了樁，那杯水都快涼了，梅香就著最後一點溫熱，咕嘟咕嘟都喝了。黃茂林拿出自己的帕子給她擦了擦汗。「妳歇會兒，我來把菜籽餅拿出來。」

梅香朝他笑了笑。「茂林哥，我剛才幹活的樣子有沒有嚇到你？」

黃茂林見她小臉通紅，眼睛亮晶晶的，忍不住用額頭抵住了她的額頭。「這個樣子才是妳本來的樣子，我就喜歡這樣的妳。」

梅香聽見這話後，頓時笑得開了花一樣，忽然，她拋棄了平日的羞怯，隨手把水杯放到一邊，一頭撲進黃茂林的懷裡。

黃茂林頓時喜從天降，立刻用兩隻手把她摟得緊緊的，低頭在她耳邊呢喃。「梅香，妳身上好香。」

梅香橫了他一眼。「胡說，我才出了汗，身上臭烘烘的。」

黃茂林吃吃笑了。「妳臭烘烘的我也喜歡。」

二人親暱了一陣子，梅香怕葉氏回來，趕緊推開他，兩個人一起把剩下的活都幹完。

剛把地上最後一點稻草碎屑掃乾淨，葉氏挑著一大擔子菜回來了，進門後就開始喊梅香。「妳妹妹醒了沒？」

梅香頓時自責不已，居然忘了去看妹妹。

黃茂林立刻打圓場。「嬸子，我中途去看了一回，妹妹睡得香得很。」

葉氏把菜放下。「都幹好了沒？」

梅香忙不迭的點頭。「都好了。」

葉氏顧不上整理菜。「梅香，去和麵，我來調餡，咱們包饃饃吃。趕快些，做好了給茂林帶一些回家去吃，他還要回去做豆腐呢。」

黃茂林忙擺手。「嬸子，不用那麼急。」

葉氏一邊幹活一邊笑道：「你早些回去，省得耽誤晚上睡覺，你明兒還要早起呢。」

幾個人一起動手，正包著的功夫，蘭香醒了。那餡兒是熟的，葉氏已經用大勺子餵梅香和黃茂林各吃了兩口，蘭香來了後，聞到餡香味，哪裡還忍得住，立刻嚷嚷著要吃。

葉氏點了點她的額頭。「小豬玀，成日吃了睡睡了吃。」

梅香哈哈笑了。「阿娘，妹妹可乖呢。」

葉氏笑了。「你們都乖，阿娘都喜歡。」

饃饃包到一半，葉氏立刻上鍋蒸。蒸熟了一鍋後，葉氏讓幾個孩子一人吃了一個，又給黃茂林裝了一些帶走，並立刻打發他回家去做豆腐。

黃茂林戀戀不捨的走了。

回家後，他把豬油渣饃饃給了淑嫻，讓她熱兩個和茂源先吃，剩下的晚上大家一起吃，他自己往豆腐坊裡做香豆腐去了。

到臘月中旬的時候，黃茂林再也沒有功夫到韓家來了。黃家豆腐坊整日都在磨豆腐，楊氏和黃茂源都跟著幫忙，家裡做飯洗衣裳的活都交給了淑嫻。韓家油坊整日也有顧客，還要上街照看攤位，葉氏母女兩個也忙得腳不沾地。

這天夜裡，吃過夜飯後，黃炎夏忽然說要和楊氏商議事情，把黃茂林也叫上了，黃茂源和淑嫻在一邊旁聽。

黃茂林好奇。「阿爹，有什麼事情？」

黃炎夏用火鉗扒拉了一下火盆裡的火。「今兒你大伯找我了。」

楊氏忙問道：「當家的，大哥有什麼吩咐？」

黃炎夏敲了敲火盆邊。「大哥要在鎮上買地皮了。」

楊氏愣住了。「買地皮做甚？」

黃茂林試探性的問道：「阿爹，大伯是不是想在鎮上蓋房子？」

黃炎夏點頭。「不錯，你大伯預備到鎮上買一塊地皮，蓋個院子當作坊，以後就在鎮上幹木匠。」

黃茂林反應過來了。「阿爹，您也想到鎮上買地皮？」

黃炎夏點頭。「我打聽過了，鎮上的地皮如今越來越貴了。我挑著豆腐擔子風裡來雨裡去幹了十幾年，難道你們兄弟以後也要跟我一樣？趁著現在還沒有人到鎮上開豆腐坊，咱們要是能提前一步站穩了腳跟，以後也不用這麼辛苦了。」

楊氏的內心也左右搖擺。「當家的，你說得我心裡也熱騰騰的，誰不想去鎮上住呢。只是，家裡這一大攤子，難道都扔了不成？」

黃炎夏笑了。「妳想哪裡去了，我說的是先買塊地皮，就算去鎮上，也要等他們哥兒倆大一些再說。房子早晚都能蓋，可那好地皮眼見著就沒了。原來鎮子上就兩條主街，如今有了三條主街，且每一條街都變長了許多，街中間的咱們買不上了，那靠邊沿一些的，再不下手就沒了。」

黃茂林點頭。「阿爹，您要是決定買就快些。我也聽說了，過了年就要有人開客棧，還有貨站呢，還有人想賣草料吃食，多的是人想到鎮上去。」

黃炎夏看向楊氏。「妳怎麼想的？」

楊氏看向黃炎夏。「當家的，我有兩個問題。第一，咱們家如今銀子夠不夠？第二，咱們有兩個兒子呢，他們兄弟早晚要分家各過各的，是買一塊還是兩塊？」

黃炎夏思索了許久，忽然看向黃茂林。「茂林，我跟你商量個事。」

黃茂林急忙應道：「阿爹只管說。」

黃炎夏放下火鉗。「我就不跟你客氣了，我預備買兩塊地，以後可以蓋兩個院子，你和你弟弟一人一塊。但咱們家還有豆腐坊，買的地皮定然不小，你也出些銀子，把你手裡的積蓄都給我拿去買地，你放在手裡也沒用。」

黃茂林摸了摸頭。「阿爹，去年買了四畝地，當時我手裡都空了。今年狠攢了一年，還有這幾個月賣香豆腐的錢，我也沒有多少，將將六兩銀子的樣子。」

黃炎夏笑了。「都給我，有六兩算六兩。」

見黃炎夏把黃茂林的私房打劫了，楊氏心裡暗自高興。

黃炎夏趁著年前就買了兩塊地皮，一塊大一塊小，他直接把兩塊地記到兩個兒子名下，黃茂林因為出了六兩銀子，得了那塊大的，黃茂源的小一些。

楊氏想著黃茂林出了銀子，也不再計較一大一小的事情。

這日早晨，爺兒兩個在豆腐坊磨豆腐，黃炎夏趁著楊氏沒起來，往黃茂林手裡塞了五兩銀子。

黃茂林急忙推脫。「阿爹，給我銀子做甚？」

黃炎夏瞥了他一眼。「給你的，你就拿著。買地的時候我就想過了，家裡有豆腐坊，總得有個院子大一些才能放得下。若是從家裡掏錢給你買塊大的，你阿娘必定不高興，我拿了你的私房錢，把大地皮給你，你阿娘便無話可說。你放心，咱們家還沒到買塊地皮就要你出私房錢的地步。快收好了，別讓你阿娘看見。」

黃茂林鼻頭有些發酸。「阿爹，我以後一定好生孝敬您。」

黃炎夏又瞥了他一眼。「哦，給你銀子才好生孝敬我？」

黃茂林不好意思的笑了。「阿爹故意打趣我。」

正說著話，楊氏出了正房門，爺兒兩個忙岔開話題。

等到了鎮上後，趁著杜氏還沒來，黃茂林抽空偷偷把這件事情告訴了葉氏和梅香。

梅香聽得心頭火熱。「阿娘，咱們家要不要買地皮？」

葉氏愣住了。「買地皮？家裡的田地和油坊都不要了？」

梅香想了許久，斟酌著勸葉氏。「阿娘想過沒，若是明朗和明盛以後都能考上功名，他們兄弟二人自然不能再開油坊了。若是一時半會的得不了功名，但油坊在鎮上，阿娘就再也不用起早摸黑的趕集賣油了。至於田地，咱們只種了五畝地，若是搬到鎮上，油坊說不定生意更好，那五畝地交給敬杰叔去種，咱們也損失不了多少。」

葉氏心裡有些煩亂。「這事兒，我夜裡回去再想想。」

黃茂林不好在這件事情上說什麼，他知道葉氏一時半會肯定轉不過彎來。

夜裡吃飯的時候，葉氏問了明朗的意見。

明朗一邊吃飯一邊思索，過了許久之後，對葉氏說道：「阿娘，兒子不敢說以後一定能考上功名，但阿爹阿娘和姊姊辛苦供我讀了這麼多年的書，兒子就算以後考不上功名，去給人家當帳房先生，或是做個別的營生，在鎮上都會方便些。」

葉氏沈默了半晌，對明朗說道：「你和明盛還在讀書，雖說如今家裡進項多，但我也不能把存銀都花了。若是你們都覺得好，咱們先買一塊地，記在你名下，你弟弟的，以後再說罷。」

梅香忙道：「阿娘，那主街上偏僻一些的地方，也就十來兩銀子，咱們家如今有近一百兩存銀呢。」

葉氏看了梅香一眼。「說是有一百兩存銀，妳兩個弟弟讀書，一年得花近十兩銀子。等過兩年要去考試，縣城、府城省城，那車馬費住店費，一次得多少錢？過兩年妳要出門子了，也得準備嫁妝。明朗再等個一、兩年也要說親，家裡哪一樣不要錢？再說了，一下子買兩塊地，未免太招人眼紅。先買一塊吧，以後再說。」

梅香不好意思的笑了。「還是阿娘想得周到。」

葉氏說完放下碗，摸了摸明盛的頭。「明盛盡管放心，等過兩年你大了，阿娘也給你買一塊地。就算到時候主街的地皮沒有了，阿娘給你買一塊次街的，分家時多給你幾畝地，定不會讓你吃虧的。」

明盛也七歲了，漸漸懂了些事情，笑著安慰葉氏。「阿娘，我不要，都給家裡。」

葉氏笑了。「既然你們姊弟都覺得可行，那就託你們黃大伯幫咱們買一塊。」

明朗笑著對葉氏道：「阿娘放心，不管兒子以後能不能考上功名，兒子一定會好生孝順阿娘，再不讓阿娘種田種地。」

葉氏遇到大事時會挨個問孩子們的意見，一旦家裡講好了意見之後，她會立刻行動起來。第二天，她就託黃茂林，讓黃炎夏幫忙看一塊地。

親家母也要買地皮，黃炎夏自然是高興的，這都是實在親戚，若是以後兒子能和舅子們離得近，相互也有個照應。

黃炎夏又去找了中人，才兩天的功夫，他就幫著看好了地皮，親自帶著葉氏和明朗去看過。

葉氏問明朗的意見，明朗見這裡離秦先生家裡不遠，雖說僻靜，但走幾步路就到主街了，很是滿意。葉氏當場付了銀子和中人錢，過了契書。

買了地皮之後，兩家都不急著蓋房子，地又跑不了。

葉氏原來還有些忐忑，等發現年前陸續有人去買地皮，頓時又慶幸自己聽了孩子們的話。

第四十四章　討沒趣明全訂親

葉氏買地皮的消息傳出去之後，本來想來問葉氏借錢的董氏頓時又偃旗息鼓了。

無他，董氏要給韓明全說親了。可說親說親，哪是那麼容易的。熟悉的人家都曉得，連比他小兩歲的弟弟明德都知道幫家裡幹活，他卻整日好吃懶做。

董氏先從親朋故交家裡找，她看中了幾家，人家紛紛委婉拒絕，董氏氣得在家裡大罵這些人家都瞎了眼。

這一日，董氏又去找媒婆。她眼光高，又捨不得出太多錢，找的是一般的媒婆。

媒婆已經被她煩得不行，妳家裡又窮，孩子整日幹啥啥不行吃啥啥第一名，人家好姑娘難道就該拿到妳家去填坑？

董氏又拉著媒婆一通的說。

「大嫂子，再煩請您給我家明全看一看。我們也不挑，只要家裡田地跟我家差不多，姑娘不是太醜，肯幹活勤快就行。」

經過幾輪的挫折之後，董氏咬咬牙降低了要求，再不肖想那家底厚的姑娘。

媒婆斜睨了她一眼。「韓大娘子，老實跟妳說罷，妳看中的人家，人家都不答應。妳自己都不想想到底是什麼原因？你們家全哥兒也不小了，妳就沒想著讓他多幹些活？妳把他教得勤快些，我們說媒也好說嘴呀。」

董氏尷尬的笑了笑。「大嫂子，看您說的，明全還是個孩子，多幹些活少幹些活又有什麼打緊的，家裡有我和他阿爹撐著，還能把孩子當牲口用不成。」

媒婆實在煩透了她這樣的口氣。「韓大娘子，我本事有限，您提的那些要求，我真辦不到。我說句難聽的話，妳家全哥兒又懶又饞，妳家裡家底又薄，這平安鎮的人誰還不曉得啊。我言盡於此，妳就別來找我了。」

說完，媒婆把董氏推到門外。

董氏被人攆了出來，心愛的兒子還被媒婆糟蹋得不行，心裡暗恨，對著媒婆的大門「呸」的狠狠吐了一口痰，悻悻的回家去了。

董氏把鄉下要價便宜的媒婆拜訪了個遍，也沒說來個兒媳婦。漸漸的，她也接受了現實，自己家底不厚，明全還有些孩子氣，想說親，一味的省錢怕是說不成。

最後，她不得不去找周媒婆，周媒婆本事大，沒有她說不成的媒。

周媒婆消息靈通，笑著問：「姪媳婦，妳這是碰了不少壁才想到我老婆子了？」

董氏尷尬的笑了笑。「嬸子說笑了，都曉得您老是金口，再沒有說不成的媒，我才來求您老，給我們家明全說個像樣的媳婦。」

周媒婆笑了。「姪媳婦，什麼樣的叫像樣的？依我老婆子看，相配的才是像樣的。若是不相配，再好都不是像樣的。」

董氏聽得愣住了，半天後又扯了扯嘴角。「我們也沒有太多要求，只要姑娘不是太醜，年紀不是太大，勤快願意幹活，不忤逆長輩，我們就不挑了。」

周媒婆哼了一聲。「姪媳婦，妳這要求還不高？能達到妳這要求的，說真的，人家不一定看得上妳家哥兒。我勸姪媳婦一句話，妳若真心想娶兒媳婦，兩條路，第一，回去用心教導你們家全哥兒，不說讓他挑起家業，至少把身上的懶筋都抽了，第二，花大錢找那死要錢的父母，買個勤快聽話的兒媳婦，妳想怎麼擺佈她都行。」

董氏咬了咬牙。「嬸子，我們近來一直在用心教導孩子，還請您老幫我們尋摸尋摸，有合適的，千萬先記著我們。」

周媒婆見董氏只提要求不提錢，心裡略微有些不滿意，敷衍了幾句就把她打發走了。

董氏回家後，和韓敬義商量了，準備讓韓明全下地幹活，至少得做做樣子，先把親事說好。韓明全懶了十幾年，忽然讓他幹活，他叫苦連天。韓敬義和董氏為了給他娶親，也只得狠心把他按在地裡幹活。

過了許久，所有媒婆都沒有給董氏回音。董氏越發挫敗，最後只能採納周媒婆的建議，想找那愛錢財的女方父母，半買半娶一個聽話勤快的媳婦回來。

可董氏不肯花那個大錢，眼珠子轉了兩下，立刻盯上了三房。

她胃口不小，預備向葉氏借十兩銀子，媒人錢、聘禮錢、節禮錢都有了，說不定她還能落下一、二兩。至於還錢的事情，董氏從來沒考慮過。

親姪子成親，做嬸子的手裡銀子那樣多，給個十兩八兩又怎麼了。

還沒等她去借錢，葉氏在鎮上買地的消息傳遍了韓家崗。董氏氣急，他們明全成親的銀子還沒著落，葉氏有錢倒先去鎮上買地皮了！

如董氏夫婦這樣的人，天生骨子裡就帶著一股無賴不要臉的品行。平時沾親帶故，別人的銀錢好似就成了她家的，親戚有難，她會第一個踩你兩腳。親戚發達了，她頭一個想沾光占便宜，占不到便宜就要詛咒人。

在她眼裡，給明朗買地皮自然沒有給韓明全說親重要，雖然那錢是三房的，但她卻覺得葉氏挪用了她兒子娶親的錢，立刻氣哼哼的跑去找葉氏。

「三弟妹，明全就要說親了，我們手頭不寬裕，三弟妹能不能借我十兩銀子？等明全娶了媳婦，妳做嬸子的臉上不也有光。」

梅香覺得大伯娘的腦子肯定是壞掉了，韓明全娶了媳婦他們臉上有什麼光？他打光棍也不關自家的事！

葉氏笑了。「大嫂，我才在鎮上買了塊地皮，花了十幾兩銀子呢。今年上半年，余家坑了我們一把，到現在我還沒緩過勁。翻年兩個孩子又要交束脩了，我每日一睜開眼，就要發愁從哪裡弄銀子。我一個寡婦，帶著四個孩子多不容易啊，實在沒有多的銀錢借給大嫂。」

董氏眼睛一瞪。「束脩遲一些交又無妨，秦先生還能把學生趕回家不成？三弟妹可不要小氣，明全可是妳親姪子呢。」

梅香哼了一聲。「韓明全遲一些娶媳婦又無妨，他要是個好的，還怕打光棍？誰家娶個媳婦全指望問人家借銀子的？大伯娘說的可真不假，咱們兩家可不就是親的？當初還想把我賣了，把明朗和明盛治死了呢，就是親大伯和大伯娘才敢有這想頭呢！」

董氏頓時噎住了。

葉氏仍舊笑著拒絕董氏。「大嫂，將心比心，誰不是把自己兒子看得最重要呢。我手裡的銀錢，將將夠養活我自己的孩子，實在沒有多的借給大嫂。不過大嫂放心，明全娶媳婦，需要我幹活的時候，我絕不推脫。」

董氏又想瞪眼睛，葉氏笑盈盈的看著她。

梅香乾脆把手裡的針線筐子往桌子上重重一放。「明全哥跑哪裡去了？這麼大個人了，整日遊手好閒怎麼能成！」

董氏頓時蔫了，她怕梅香個死丫頭又去打明全！

梅香可算是找到了大房夫妻倆的軟肋，只要她說去找韓明全的麻煩，這兩口子立刻就老實了。

果然，董氏悻悻的回去了。

梅香把大門一關。「阿娘，大伯娘的腦子定是壞掉了。」

葉氏用手指點了點她的額頭。「下次別跟她頂嘴，我肯定不會借她錢的。」

梅香又從鼻孔裡哼了一聲。「我聽她說的話就想生氣，忍不住就要衝她。」

葉氏搖頭。「妳這個樣子，以後去了婆家可怎麼辦喲。」

梅香嘿嘿笑了。「我才不怕，有茂林哥在，不用我回嘴。」

娘兒兩個這頭笑嘻嘻的，董氏回去後氣得當晚吃不下飯，一直在家裡指天罵地。

還沒等董氏這頭想到主意，周媒婆忽然託人讓董氏過去。董氏頓時喜從天降，忙不迭的趕過去了。

一進門，董氏立刻笑著恭維周媒婆。「哎喲，我就知道嬸子最是能幹的，這才幾天，可是有了好消息？」

周媒婆神秘一笑。「好消息是有，就怕姪媳婦妳接不住。」

董氏好奇的問道：「什麼好消息還能讓人接不住？嬸子只管說。」

周媒婆喝了口茶。「我這裡有個人選，想說給妳呢，但不曉得人家女方答不答應。」

董氏立刻坐直了身子。「嬸子，您可真是救命的菩薩。有您老指點，我還怕什麼呢。」

周媒婆放下茶盞。

「隔壁馬店鎮有個人家，姓趙，今年十三了。這姑娘家裡有二十多畝田地，上頭有三個哥哥，因她是最小的，又是唯一的女兒，家裡人寶愛了一些，性子有些驕縱。但這姑娘長得排場，又能幹。如今放出風聲要說人家，欸，我想著，你們全哥兒雖然懶散些，但他還小呢，聽說如今願意下田地幹活了，外鎮的人不曉得底細，說不定能成呢。」

董氏聽到這趙姑娘這樣好，頓時蠢蠢欲動，想了想之後又有些擔憂。「嬸子，這姑娘這樣好，怎的還沒說上人家？」

周媒婆又笑了。「妳以為人家嫁不出去？我跟妳說，這些日子，上她家的媒婆都沒斷過。但這姑娘有個條件，她要進門後就當家。」

董氏頓時倒抽了一口氣。「誰家小媳婦才進門，就要越過公婆和男人自己當家的？」

周媒婆斜睨了她一眼。「怎麼，姪媳婦等著擺婆婆的款啊？那我這裡真沒有合適的人選了，妳先回去吧，等有消息了我再叫妳。」

董氏立刻又開始賠笑臉。「看嬸子說的，不是我想擺譜，我家裡還有婆母和當家的呢，我哪裡能作主呢。」

周媒婆吐了嘴裡的瓜子皮。「無妨，人家姑娘說人家也不是立刻就能訂親了，你們回去商議商議，要是願意讓姑娘進門就當家，我可以捨下老臉去給你們說說。哦，還忘了跟妳說了，趙家要的聘禮並不高，可這嫁妝，就他們家疼閨女的樣子，定然是比聘禮還要多的。」

董氏的心立刻又熱了起來，回家後，她與崔氏母子商議這件事情。

韓敬義皺了皺眉頭。「當家？若是說家裡吃什麼用什麼，這些小事情交給兒媳婦，妳不是更輕省？」

董氏被噎了一口，內當家的管的不就是這些？若都交給兒媳婦，她成什麼了？

崔氏笑了笑。「老大家的，妳平日裡猴精猴精的，怎麼今日又糊塗了？她要當家，妳給她當就是了。妳是婆母，妳真要發了話，她還能不聽妳的？」

董氏頓時豁然開朗。「哎呀，還是阿娘有成算。可不就是這樣，一個十幾歲的丫頭，就算要當家，許多事情不還是要請示大人。」

韓敬義不管這些小事，他只聽說這姑娘家底厚，長得排場，人能幹又勤快，他頓時心裡一百個滿意，至於當不當家的事情，兒媳婦又管不到公爹頭上。

三個人統一了意見之後，董氏第二天立刻就去找了周媒婆。周媒婆從中間斡旋，趙家居然真答應了親事。

趙姑娘因為當家當慣了，忽然讓她去做小媳婦，一百個不願意，故而提出這個條件，沒承想韓家居然答應了。趙姑娘知道對方答應這個條件也是緩兵之計，但她一丁點不害怕，只要答應了，她就好行事。

梅香聽說韓明全火速定下了親事，姑娘一好二好再沒一丁點缺點。她心裡冷哼，這麼好的姑娘，能眼瞎了嫁給韓明全？

等到二十九的下午，趕完了最後一個集，葉氏收回所有的帳，這一年，終於有了個圓滿的結束。

秦先生已經給學生們放假了，明朗帶著弟弟在西廂房讀書。葉氏難得悠閒的帶著梅香一起操持家務，母女兩個正在廚房裡忙碌，忽然，黃茂林來了。

葉氏笑著讓他進了廚房。「外頭冷，快進來坐一會，烤烤火。」

鍋裡正在燉明天要用的肉，灶下燒了劈柴，梅香抱著妹妹往裡面坐了坐，給黃茂林讓了個地方。二人相互看了一眼，彼此笑了笑，並沒有說話。

葉氏正在把鍋裡的雞塊往外撈。「既然來了，多玩一會再走。」

黃茂林笑了，從懷裡掏出個布包。「嬸子，我阿娘昨兒買料子，多買了一塊，我拿來了，可以給梅香和蘭香妹妹一人做幾張帕子。」

葉氏笑了。「你家裡有料子，給你妹妹也使得。」

黃茂林摸了摸頭。「淑嫻說她用不完，就分了一半給我，讓我給梅香帶過來。」

葉氏心裡滿意，小姑子好相處，梅香以後日子也好過一些。「你妹妹可真是個好姑娘，聽說能幹得很。」

黃茂林點頭。「是呢，我妹妹平日話也不多，家裡的活兒，她雖然不如梅香幹得好，但什麼都願意幹。」

說完，黃茂林把那塊布塞到梅香手裡。

梅香收了料子，笑著對黃茂林說道：「正好，我那裡有一雙新鞋墊，還有我新打的兩個絡子，等會都給你，你拿回去送給你妹妹。」

葉氏笑著接話。「這還沒過門，淑嫻就這樣惦記妳，可見是個好丫頭。」

正說著話，明朗忽然進來了。「姊夫來了。」

黃茂林忙起身，明朗笑了。「姊夫坐，不用客氣，我不會給你行大禮的。」

葉氏忍不住笑了。「都是你作怪，頭一回郎舅正式見面非要行大禮，把你姊夫嚇壞了。」

明朗哈哈笑了。「姊夫放心，我不是那等臭講究的人。」

葉氏攏了個火盆，搬了四個小板凳放在火盆邊上。「都來烤火，今兒天真冷，怕是又要下雪。」

郎舅三個一起坐下了，葉氏把鍋裡用油煎的餈粑給五個孩子一人盛了兩塊。「我本來想讓茂林留下吃夜飯的，可這天黑得早，回去遲了怕路上瞎燈黑火的看不見，你們一人吃兩塊餈粑。」

黃茂林一邊吃餈粑一邊回道：「我就是今兒閒著沒事，過來看看。初二我要去舅舅家，初三我才能來嬸子家呢。」

葉氏笑了。「你只管去忙你的，初三我們在家裡等你。」

等吃過了餈粑，就讓黃茂林先回去。

「趁著身上熱乎，走路不冷。梅香，去把妳要給淑嫻的東西拿來，明朗也把門對子拿來。茂林路上走快些，省得冷。」

黃茂林接過了梅香和明朗給的東西。「我來了又吃又拿的。」

葉氏擺擺手。「快去吧，天要黑了。梅香，妳送茂林到門口，回來時把大門插上。」

梅香聽話的把黃茂林送到了大門口，黃茂林走之前，往她懷裡塞了個荷包。「這是一對銀耳釘，妳拿去過年戴。」

梅香怕外頭有人看見，趕緊塞進袖子裡，紅著臉對他說道：「多謝你了，我過年定會戴的，你快回去吧，天要黑了。」

黃茂林笑了笑，轉身走了，梅香直等他的背影看不見了，才插上了大門。

第四十五章　仙人跳議定婚期

才過完十五，這一日夜裡，明朗從學堂回來後始終悶悶不樂。

吃過飯之後，葉氏給梅香使個眼色，梅香立刻去洗碗，還帶走明盛和蘭香。

葉氏坐到兒子對面。「明朗，你是不是遇到了什麼難處？」

明朗勉強擠出個笑臉。「阿娘，被您看出來了。」

葉氏拉起他的手拍了拍。「跟阿娘說說，阿娘就算不能幫忙，你說出來心裡也痛快些。」

明朗低聲說道：「阿娘，今年又有縣試了。」

葉氏不大懂科舉的事情，反問明朗。「你今年要考嗎？」

明朗搖頭。「阿娘，我今年考不了，阿爹的三年孝還沒過呢。縣試按規矩是一年一次，但咱們縣裡讀書人少，上一任縣太爺就兩年主持一次。最近才換了縣太爺，聽說往後又是一年一次了。」

葉氏忙勸慰兒子。「你還小呢，倒不用在乎這一次，先把功課打紮實了。既然往後是一年一次，以後多的是機會去考。」

明朗沈默了許久，對葉氏說道：「阿娘，王存周和方孝俊都要去考了，我要等到後年才能考呢。」

葉氏忽然明白了兒子的心思。「明朗，咱們和王家已經沒關係了，他考他的，你考你的。他比你大四歲呢，就算在你前頭考中了也不稀奇。方孝俊和你關係好，若是能考中，你多一個這樣的朋友，豈不是更好。」

明朗笑了笑。「是兒子想多了，兒子就是怕王存周考上之後，王家人又來說閒話。」

葉氏又拍了拍他的手。「明朗，不要被這些小事情迷了雙眼，你只管按照自己的計劃來。科舉多難考呢，阿娘都準備好了讓你們再讀個十年八年的。」

明朗忙搖頭。「阿娘，我最多再讀五年書，要是考不上我就回來種田榨油。」

葉氏笑了。「五年不還早著呢，你好生跟著秦先生讀書，莫急。」

明朗看了看葉氏，點了點頭。「兒子聽阿娘的。」

明朗因為沒法去考試，更加用心苦讀，秦先生也越發喜歡這個有天分又勤奮的孩子。

時間就在葉氏娘兒幾個每日的忙碌裡悄悄溜走，轉瞬，又是一年過去了。

這期間，王存周過了縣試，府試沒過，方孝俊因為年紀小，連縣試都沒過。

而梅香已經十五周歲了。

這一日，黃茂林從鎮上回來，一家人圍著桌子吃飯。

楊氏與黃炎夏商議。「梅香也十五了，咱們是不是該去韓家把婚期定了？」

黃炎夏點頭。「這事妳來安排吧。」

楊氏點頭。「那，是不是該叫梅香到咱們家來瞧瞧？」

黃炎夏仍舊點頭。「茂林，你自己去與韓家商議，說定了日子後咱們去請，讓梅香來咱們家瞧瞧。」

黃茂林正在吃飯，突然聽見說這事情，頓時內心竊喜不已。

楊氏最近越發老實了，因為她娘家又給她丟臉了。

那紅蓮今年也十五歲了，頭先她家裡想把她嫁給黃茂林，可黃家父子不同意。紅蓮的親娘閻氏終於給她找了個人家，這人家家境是不錯，靠近縣城的一個財主家裡，可不是要娶正妻，是要納妾。

紅蓮哭著不同意，眼見財主家就要來下聘了，她一急，咬咬牙，盯上了黃茂源。

過年的時候，黃炎夏夫婦大年初三那天帶著兩個孩子去楊家。

晌午飯的時候，黃茂源不喝酒，吃飽了之後就下桌了。紅蓮叫了表弟、表妹去自己屋裡一起說話，說著說著她就哭了。

淑嫻忙著安慰表姊，黃茂源抓耳撓腮不知道要說什麼。

紅蓮自己擦了擦眼淚。「看我，大過年的，倒流起貓尿了。」

淑嫻幫著她整理頭髮。「表姊別哭，興許那家人是好人家呢。等表姊以後有了兒子，就能站穩腳跟了。」

紅蓮一邊擦眼淚，一邊對淑嫻說道：「表妹，我這樣子要是被我阿娘看到了，又要罵我身在福中不知福。煩勞表妹去給我打盆水洗臉好不好，洗臉盆就在堂屋裡的洗臉架上。」

淑嫻想了想，點頭答應了。「表姊等我一會。」

淑嫻才出門，紅蓮立刻就雙眼通紅的看向黃茂源。「表弟，以後我要是被那家大婆打死了，你每年能來給我上炷香嗎？」

黃茂源本來就很同情表姊，聽見紅蓮這樣說，立刻安慰她。「表姊要是受了委屈，只管去找我，我一定給表姊出頭。」

紅蓮立刻又流下眼淚。「表弟，我現在就委屈得恨不得死去，表弟能給我出頭嗎？」

黃茂源被紅蓮問得呆住了。「表姊，我，我怎麼才能給妳出頭呢？舅媽給表姊訂的親事，我，我也反駁不了啊。」

紅蓮立刻上前一步。「表弟，你願意娶我嗎？」

黃茂源驚得跳了起來。「表姊，表姊，這，這使不得，表姊已經訂了親。」

紅蓮立刻捂嘴壓抑的哭了起來。「表弟，若是去了那家，我怕我活不了幾日了。表弟，我會對你好的，孝敬姑媽和姑父，你救救我好不好？我不想去做妾。」

黃茂源是個憨厚的孩子，看著表姊這樣可憐，他忽然有些動容。「表姊，我，我要怎麼才能救妳呢？」

紅蓮立刻抬起含著淚水的雙眼。「表弟，只要你跟姑媽說，說，說你喜歡我，想要娶我。姑媽那麼疼愛你，肯定會答應你的。」

黃茂源滿臉不忍心的看向紅蓮。「表姊，就算阿娘答應，可舅媽不一定答應啊，舅媽還等著財主家的五十兩銀子呢。」

紅蓮擦了擦眼淚。「表弟，你真的願意娶我嗎？只要你願意，我有辦法。」

黃茂源被她問得臉紅了紅，他仔細看了看紅蓮，十五歲的紅蓮正是最好的年紀，身條、面容，無一不散發出誘人的香氣。紅蓮剛哭過，梨花帶雨的模樣，看得十三歲的黃茂源忽然心怦怦跳了起來。

黃茂源低下了頭。「表姊，我阿娘說表姊勤快能幹，是個能持家的賢慧女子，只要，只要能救表姊，我不後悔。」

紅蓮彷彿逆境之中抓到了一根稻草，立刻笑了出來。「表弟，只要你不後悔，我再沒有什麼怕的。我阿娘怕是不會輕易答應，我，我得使出一些不一般的法子，你莫要生氣。」

黃茂源疑惑的看向她。「表姊要使出什麼法子？」

院子裡，淑嫻找了一大圈仍舊沒找到洗臉盆，因為洗臉盆早就被紅蓮藏起來了，她只得繼續找洗臉盆。

那頭，紅蓮聽見黃茂源問她，忽然紅了臉。她咬了咬牙，伸手就開始解自己的衣衫。

在黃茂源目瞪口呆的時候，紅蓮已經解開棉襖和中衣的扣子，裡頭紅彤彤的小衣緊緊包裹著她的胸脯。

黃茂源頓時覺得天地都在打轉。

紅蓮也不大懂男女之事，只是這樣做做樣子。

還沒等淑嫻回來，閻氏來找女兒，看到這一幕，頓時大驚，立刻要去撕扯黃茂源。

紅蓮抱住了她的腿。「阿娘，阿娘，我是自願的，求您成全我和表弟吧。」

閻氏氣得回手就抽了紅蓮一個巴掌。

聽見吵鬧聲，楊氏也趕過來了，先嚇了一跳，然後立刻把兒子拉到一邊。「茂源，這是怎麼回事？」

黃茂源也不知道要怎麼辦了，但他又不想說實話。

黃炎夏把他叫了出去。「是她逼你的還是你自願的？你們成事了沒有？」

黃茂源頓時驚的跳了起來。「沒有沒有，阿爹，表姊她，她也是逼不得已。我沒有逼她，她，她也沒有逼我。」

黃炎夏盯著兒子。「這可不是小事情，一個不好，你的名聲要受損。」

楊氏在一邊等得不耐煩了，過來對著黃茂源的後背重重拍了一下。「你個傻子，你去招惹她做甚。這下子好了，黃泥巴掉褲襠裡，怎麼還能解釋得清楚。」

黃家兩口子還在拷問黃茂源，那頭，楊家夫婦知道這事兒瞞不住，財主那裡怕是不要想了，但黃家別想跑了。

閻氏眼裡只認銀子的。「他姑，妳自己說怎麼辦吧，這可是妳親姪女。我們紅蓮都十五了，好不容易說了門好親，卻被你們攪黃了！」

楊氏撇了撇嘴。「好親事？可別叫我笑掉大牙了！咱們楊家幾代的閨女，什麼時候說過好親事？老姑太太嫁出去幾十年不回來，誰不知道她是被娘家人寒了心！我命好，雖然給人做填房，可當家的對我好。輪到紅蓮，你們更是一點人性都沒了，直接把她賣了！」

還沒等閻氏回答，楊老太太叫了楊氏進去。

楊氏急得直搓手。「阿娘，這可怎麼辦？我們茂源是個呆子，定然不敢唐突紅蓮的，這裡面會不會有誤會？」

一向不大管事的楊老太太看向女兒。「我問妳，你們家大兒媳是不是明年就要進門了？」

楊氏愣了一下，然後點了點頭。

楊老太太又問她。「妳給茂源說親了沒？說的什麼樣的人家？姑娘多大了？」

楊氏猶豫了一下。「還沒有呢，正準備過了年開始尋摸。」

楊老太太渾濁的雙眼裡透出精光。「妳若是給茂源說個比他小的，媳婦進門還得好幾年呢。到時候，別說長孫，怕是次孫人家都生出來了。妳原來想用紅蓮籠絡前房的小崽子，可妳想過沒，是男人親還是姑媽親？到時候怕是連妳哥嫂都站到女兒和外孫那邊去了。可若是紅蓮嫁給了茂源，你們親姑姪，還能不一條心？」

楊氏呆住了。

楊老太太繼續遊說她。「紅蓮和你們家大媳婦同年出生，我說句不好聽的，明年茂源十四了，就算和他哥一起成親都行。到時候，紅蓮進門就能生兒子了。」

楊氏被說得有些心動了，黃茂源能趕在黃茂林前頭生兒子，那可真是太好不過了。

「阿娘，就嫂子那見錢眼開的性子。我們茂源要是娶了紅蓮，以後還不成了嫂子的長工？阿娘不曉得，我們家的大媳婦娘家殷實得很，以後那嫁妝定然海了去。就算我們家聘禮下得厚，到時候都被嫂子克扣光了，不說我臉上不好看，我們茂源多可憐？」

楊老太太笑了。「這個就是妳想多了，妳平日裡孝敬，總是往家裡送東西，我心裡如何不知道。但若是你們家下了聘禮，妳放心，只要我活著一天，定然不會讓紅蓮光身嫁出去。妳回去和茂源他阿爹商量商量，若是能親上作親，有什麼不好？」

楊氏出去後，傳達了楊老太太的話，閻氏哼了一聲，然後進去了。

楊家來陪客的人都回去了，楊氏對楊老大說道：「大哥，我先回去了。」

楊老大是個沒剛性的人，一向只聽婆娘的話，點了點頭。

黃炎夏夫婦帶著兩個孩子回來了，黃茂林也從韓家回來了。見家裡人都拉著臉，他偷偷問了問淑嫻，淑嫻紅著臉，大略說了兩句。

黃茂林驚得眼珠子都要掉下來，好傢伙，比我膽子還大！

他立刻去尋了黃茂源，弟弟正躺在床上發呆。

黃茂林用腳踢了踢他。「今兒是怎麼回事？你動那丫頭了？」

黃茂源沒起來。「大哥，表姊命真苦。」

黃茂林不置可否。「是她玩仙人跳，還是你自己願意跳進去的？」

黃茂源坐起身。「大哥，表姊勤快能幹，就是沒得個好父母。」

黃茂林不想評論紅蓮。「這事兒，你們弄得太兒戲了些。」

黃茂源撓了撓頭。「她說讓我幫她，我也沒想到表姊會這樣幹，我又不好拆穿她。」

黃茂林拍了拍腿上的灰。「你要是真喜歡也就罷了，你們是表姊弟，親上作親更好。要是不喜歡，千萬別委屈自己。這世上可憐的人多了，你救不過來的。」

說完，黃茂林忽然笑了。「我總覺得你還穿著開襠褲呢，怎麼一眨眼就能娶媳婦了。」

黃茂源臉紅了。「大哥打趣我做甚。」

哥兒兩個說了一陣子的話，黃茂林回房去了。

黃炎夏心裡有些氣悶，茂源才多大，又老實，這事兒，定是紅蓮那丫頭弄的鬼。可兒子被她套住，說也說不清了。

楊氏仔細品了品親娘說的話，忽然間，她又不怎麼反對這門親事了。紅蓮那丫頭是沒得說，長得不差，又勤快又能幹，單看人，真是個好媳婦的人選，就是娘家家底太薄。

楊氏這時候忘記了楊家也是自己的娘家了。

黃炎夏因為氣楊家總是事情多，好幾天沒怎麼跟楊氏說話。楊家又託人給楊氏帶話，讓她趕緊想辦法解決，要麼結親，要麼給銀子。

楊老太太壓著，閻氏也不敢獅子大張口要錢，只說要二十兩。結親的話算聘禮，不結親的話算補償。

楊氏頓時氣了個仰倒，原本想偷偷送回娘家的一些東西也不送了。最後，還是黃茂源主動找了楊氏，說要娶表姊，楊氏狠狠拍了黃茂源兩下，只得去找黃炎夏商議。

黃炎夏答應了婚事，但有要求。第一，聘銀十兩，其餘東西和韓家的一樣，但首飾沒有，因為給韓家的首飾是出於補償。第二，楊家不許把聘禮全部克扣下，至少得回一半。

第一件事，楊氏自己當時做了虧心事，不好在這件事情上爭執。第二件事，不用黃炎夏吩咐，若是閻氏把聘禮全部克扣下，楊氏自己都不會答應。

兩家火速定了親事，楊氏買了根銀簪子給紅蓮插戴，並一再囑咐紅蓮，把簪子收好，別給了她阿娘。

這回說讓梅香來瞧家，就是楊氏為了平息楊家的事情故意找的由頭。先把這樁喜事辦了，當家的到時候不生氣了，再說紅蓮的事情。

第二日，黃茂林就和葉氏說了這件事情。

葉氏仔細想了想，點了點頭。「也是該去看看了，這樣，等三月底的時候，她阿爹滿了三周年，再讓她去。」

梅香一直紅著臉，低頭不說話。黃茂林高興的回家扯了一身衣裳的料子給了梅香。

到了梅香去韓家瞧家這一天，葉氏一大早就把她叫起來，給她換了一身新衣裙，頭上戴了黃茂林新買的絹花，耳朵上戴的銀耳釘，腳下的鞋子和腰間的帕子都是新的。

葉氏請了蘇氏的長媳小蘇氏、韓明輝的媳婦方氏和柴氏三人作陪。

才吃了早飯，黃家來了兩個媳婦相請，小蘇氏三人帶著梅香一起往黃家去了。

才進大黃灣，就有人好奇來圍觀。梅香一直紅臉低頭不說話，跟在嬸子和嫂子身後。

黃家人把韓家人都迎進家門，梅香今兒是嬌客，連楊氏都溫和的笑著問她一路走來累不累，還讓淑嫻給她端茶拿果子吃。

所謂未過門的媳婦來瞧家，一來是看看婆家家底怎麼樣，二來就是看看婆家裡和睦不和睦。這一天，婆家人都如春風拂面一般，讓姑娘家感覺嫁到這一家來定是沒錯的。

梅香在黃家受到了最高規格的待遇，也在黃家大略看了兩眼，知道黃家的大致樣子。

走的時候，楊氏給小蘇氏等人一一備了份禮，又給梅香封了個紅包。

瞧過了家之後，楊氏火速和韓家商議了婚期。

梅香的意思是定在明年秋收之後的十月，到時候明朗該考試也考過了。楊氏不同意，非要放在四月。

楊氏自然希望梅香早些進門，紅蓮才可以緊跟著進門。而且，等到明年明朗要是過了府試和院試，就是正經秀才，到時韓家門第高了一頭，自家娶媳婦的頭豈不是低得更厲害。

婆家要求早進門是常理，表明婆家重視這個媳婦。葉氏最後同意了楊氏的意見，把婚期定在明年四月。

第四十六章 備嫁妝初試科舉

定下了婚期後，葉氏就開始給女兒備嫁妝。

頭一樣是家具，葉氏帶著梅香一起到山裡砍了許多家常製作家具用的木柴，都送到黃炎斌家裡。黃炎斌做家具的工錢比鎮上的木器行略微便宜一些，葉氏按照鎮上的價格來，黃炎斌推脫不了，最後自己出料子多給梅香打了幾樣物件，算他做大伯送給孩子的。

家具可不是那麼快就能做好的，直等到七月底，梅香的陪嫁家具才終於做好。

當天，黃炎斌父子拉著車送過來，跑了兩趟才拉完。

韓家崗的人聽到後都跑來看熱鬧，譃，東西卸下來之後，院子都擺滿了。架子床、四門的大衣櫃、五斗櫃、大箱子、小箱子、梳妝檯、榻、八仙桌、太師椅、板凳、圈椅、靠背椅……

有了這些家具，梅香用一輩子都夠了。

正值農閒，韓家崗的人看得直咂舌。當時都說黃家聘禮下得厚，看樣子梅香的嫁妝也不少呢。這還只是家具，雖然木料不要錢，可工錢貴著呢。

送走黃家父子和看熱鬧的族人，葉氏帶著梅香一起把所有的家具都存放在倒座房裡。

夜裡明朗回來後，止不住的點頭。「阿娘，多給姊姊陪送一些。」

葉氏笑了。「都給你姊姊，你們可沒了。」

明朗直擺手。「我們不要。男子漢大丈夫，哪能和家裡姊妹爭。」

梅香敲敲他的頭。「胡說，該是你的就是你的，難道我要把家都搬走。」

娘兒幾個一起笑了。

打好家具，再就是棉被和衣裳。葉氏預備給女兒陪嫁八床被子，還有四個枕套、兩床帳子、四條床單，很多都需要梅香自己動手裁剪，再往上繡一些花。

梅香要照看油坊，還要幹家務活，其餘的時間根本都在家裡繡嫁妝。

每逢要到鎮上去，葉氏就請柴氏幫她挑擔子，按月給她一些工錢。柴氏在家正閒著，得了這份活，高興得很。

梅香這個夏天大致上沒怎麼出門，養了這小半年，好似又變成以前那個足不出戶的小家碧玉。石榴裙、繡花鞋、銀簪子，一樣樣把梅香裝扮得越發俏麗，黃茂林一來就看得挪不開眼。

黃茂林原來略微白的膚色曬黑了一些，個頭變高，肩膀也變寬闊，力氣也變大了，什麼活兒都能幹。春上收麥子的時候，他沒少來韓家幫忙。

再說嫁妝的事，除了這些床上用的東西，葉氏還想給女兒陪嫁一箱衣裳。一年四季，每季至少得兩套衣衫鞋襪，冬天還得加兩套棉襖。

葉氏趁著還沒到農忙，自己到趙老板那裡給梅香買了整整兩箱的布料。一箱做衣裳，一箱做陪嫁，細棉布、粗棉布，還有少量的絹布。趙老板聽見是給梅香買嫁妝，又因為葉氏買的多，他給葉氏抹去了一百多文錢的零頭。

這幾樣東西備齊了，梅香嫁妝裡的大件都有了。

等秋天收了棉花之後，葉氏除了給梅香做了四床薄的、四床厚的新被子，同時做了兩套新棉襖。

韓家這頭正熱火朝天的給梅香備嫁妝，楊家那邊，紅蓮自從和黃茂源訂親後，對他和往常大不一樣，噓寒問暖，關心得很。

她見黃茂源整日在家裡只幹些雜活，忍不住逮住機會就勸他。「表弟，如今你家裡磨豆腐的事仍舊沒讓你插手嗎？」

黃茂源撓了撓頭。「我阿爹說讓我學著磨豆腐，阿娘說磨豆腐太累了，讓我等兩年再學。」

旁邊閻氏冷哼了一聲。「茂源，你別傻裡傻氣的，你家的豆腐坊如今營生多好？你大哥十一歲就開始學著磨豆腐了，你如今訂親了，也該立起來了。」

黃茂源被閻氏說得收斂起笑容。「舅媽，那，那我回去了也跟著我阿爹磨豆腐。」

閻氏笑了。「磨豆腐不磨豆腐的先不說，我聽說你大哥因為做出了香豆腐，一個月能分不少錢呢。都是黃家的兒子，哪裡能只分一個的。」

紅蓮不敢駁斥閻氏，只能趁閻氏出去的時候偷偷告訴黃茂源。「表弟，你別聽我阿娘的。你想做事，好生跟姑父說，千萬別說什麼表哥分了錢你沒有的話。我說句公道話，論起功勞來，你比表哥差多了，他多分一些也是應該的。」

黃茂源不好意思的摸了摸頭。「表姊，我不如大哥能幹，以後妳要受委屈了。」

紅蓮笑了。「表哥再能幹跟我也沒關係，你才是我的依靠，我心裡最看重的還是你。」

黃茂源聽到這話頓時臉紅了。「表姊，妳放心，我一定好生學，以後不讓妳吃苦。」

紅蓮笑著點頭。「我知道你是個肯上進的，以前不過因為年紀小罷了。再說了，我不怕吃苦，只要能跟你在一起，吃苦我也願意。」

黃茂源頓時感覺心裡甜滋滋的。「表姊，妳放心，我會好好對妳的。」

紅蓮紅著臉低下了頭。「我知道，表弟是個好人。」

表姊弟兩個一邊說著悄悄話，一邊都紅了臉。

閻氏也急得不行，黃家那邊說下聘，可遲遲不來，她們是女家，也不好去催。

不光閻氏著急，楊氏也著急，她拐彎抹角的跟黃炎夏提了好幾回，黃炎夏每次都一句話回她，等茂林娶了媳婦，再操辦茂源的事情。

還沒等楊氏得到黃炎夏的准話，黃茂源忽然非要跟著黃炎夏磨豆腐。

楊氏說不動兒子，就去找黃炎夏歪纏。「當家的，茂源還小呢，哪能吃得了這苦。」

黃炎夏瞥了她一眼。「茂源都十三了，個頭又不小，也可以學了。」

楊氏急了，開始口不擇言。「當家的，我還不是為了以後考慮。茂林學會了磨豆腐，茂源如今也學，以後這豆腐坊，你到底要傳給哪一個？」

黃炎夏被這話問得愣住了，論起來說，茂林是長子，家裡的作坊傳給他最好。可茂源也是他的親兒子，這孩子不如茂林機靈，他總要給他尋個妥當的營生。

黃炎夏想了半晌之後對楊氏說：「先讓茂源跟我學一陣子，打磨打磨他的性子。妳就當他來給我當幫手，以後我一個月也給他二百文錢。」

楊氏勉強同意了。「那就先讓他跟著當家的幹幾天活，讓他曉得持家不容易。我可說好了，二百文錢就給他五十，要是給他錢給多了，被我大嫂哄走，那可是再也要不回來了。」

黃炎夏笑了。「以前妳一心為著娘家，如今倒跟妳大嫂使心眼了。」

楊氏哼了一聲。「哥嫂再親，總沒有我兒子親。」

黃炎夏又笑了，他忽然覺得這門親事結得不錯。紅蓮年紀大一些，懂事早，可以教導茂源，且那丫頭能幹又勤快，持家不是問題。最重要的是，這丫頭和她親娘不是一條心。

黃炎夏咧了咧嘴，茂源這小子倒是憨人有憨福。

第二天，黃茂源一大早就被黃茂林叫起來了。

他揉了揉眼睛，看了看天。「大哥，起這麼早？」

黃茂林笑了。「我和阿爹天天都是這個時候起來，以後你也要這個時候起來。」

黃茂源用冷水洗了臉，跟著父兄一起進豆腐坊幹活去了。他雖然以前沒有幹過多少重活，但並不是好吃懶做的性子，既然決定要學，他就認真學了起來。

頭兩天，他累得隨時都要睡著了，楊氏心疼得直抽抽，黃炎夏為了打磨這個小兒子，樣樣都押著他幹。這樣熬過了一、兩個月，黃茂源漸漸適應了這種生活。且他加入之後，黃炎夏和黃茂林兩個頓時感覺輕鬆多了。

歲月如梭，過了年，一眨眼，就到了二月。

梅香才過了生辰，明朗就要去縣裡考試了。

這一回，除了他，還有秦先生家裡的小兒子秦玉璋。一應報名、作保和結對的事情，秦先生都幫著辦妥了。

葉氏頭一回經歷這種事情，心裡惴惴不安。過年的時候，她往秦家送了一份厚禮。一來酬謝秦家夫婦對兩個兒子的照顧，二來仔細打聽了考試需要預備的東西。

等準備好考試要用的東西，葉氏又去請韓敬奇陪著兒子去考試。

韓敬奇二話不說就答應了，韓敬博親自來囑咐了許多事情。他去年就已經是正經的秀才公了，因他剛成了親，這些日子一直在家裡，經常指點明朗功課。

從私心裡講，葉氏其實最想讓自己大哥葉厚則送明朗去縣裡。可明朗畢竟姓韓，親戚三代、戶族萬年，葉氏只能請姓韓的長輩相送，韓敬奇是最合適的人選。

但韓敬奇只是個莊稼漢，外頭的事情他見得少。這一回去縣城裡，什麼樣的人都有可能碰到，他應變能力不夠，葉氏只得又把黃茂林叫上了。

韓敬奇非常慎重的接過這個任務，見葉氏把黃茂林也叫上，他頓時放下了一半的心。這個姪女婿機靈得很，有他在，再不用擔心外頭那些無賴子來歪纏。

黃炎夏聽說親家母的請求後，二話不說就答應了，還不停的囑咐黃茂林。「明朗是你親小舅子，他考科舉是大事情，你這兩天先多做一些香豆腐放家裡。家裡其他的事情，有我和茂源呢。到了縣裡後，用心照顧明朗，對他二伯務必要恭敬。」

黃茂林聽得直點頭。「阿爹放心，明朗考試的事情我一直放在心上的。」

黃炎夏拍拍他的肩膀。「好生照顧他，若是這回能中，四月初還要去府城，到時候你再跟著去。辦過了這兩趟差事，等你四月底成親的時候，韓家再沒一個人會為難你。」

黃茂林嘿嘿笑了。「阿爹怎的打趣起兒子來了。」

黃炎夏笑了。「你小子娶個親可真不容易啊。」

黃茂林笑。「阿爹，兒子都是甘願的。」

黃炎夏哈哈笑了。「曉得曉得，你都是甘願的。快些去做你的香豆腐，怕是過兩天就要去縣裡了。」

囑咐過兒子，黃炎夏又去囑咐楊氏。「妳給茂林收拾出兩套像樣的衣裳。」

楊氏笑了。「當家的怎的忘了，茂林的衣衫如今都是梅香在打理，就她仔細的性子，早就預備妥當了，再不用我們操心了。」

黃炎夏點了點頭。「那就好。」

二月初五那一天，在秦先生的大兒子秦玉炔的帶領下，幾個學生和學生家長們一起往縣城去了。

明朗一走，葉氏和梅香在家裡整日憂心。

這樣擔心了兩天之後，葉氏又要忙著操心梅香的婚事和家裡的雜事，也顧不上憂心了，梅香也要繼續把自己的嫁妝整理好。

農忙前，家裡要孵小雞、抓小豬、油坊菜園，忙不完的事情。

蘭香已經快八歲了，掃地、洗碗、餵雞這些輕省活，葉氏一樣樣都教給了她。

還有兩個多月梅香就要嫁人了，這些天她忽然心裡有些墜墜的。她在這家裡生活了十六年，忽然要去另外一個家庭生活，她感覺有些擔心。雖然茂林哥對她很好，黃大伯也很和善，淑嫻就更好相處了，可她捨不得阿娘和弟弟妹妹。

這幾年，母女兩個既是母女，又像是知己。互相之間知道彼此的心意，妳推著我我拉著妳，不管遇到多大的困難，風裡來雨裡去，一起咬牙度過了許多艱難歲月。

梅香想到以後阿娘要一個人挑起擔子，她內心十分惶恐，若是阿娘累病了怎麼辦？梅香甚至不想嫁人了，可她又捨不得茂林哥。

她的心思不敢跟葉氏說，只能悶頭榨油和做嫁衣。

還沒等梅香心裡想明白，明朗等人回來了。

明朗進門的時候，葉氏正在西院忙活，還是蘭香叫了一聲大哥，葉氏聽見動靜，忙出來迎接韓敬奇等人。

韓敬奇到堂屋坐下了，幾個人先各自喝了幾口茶。

放下茶盞後，韓敬奇就對葉氏說道：「三弟妹，我把明朗好生帶回來了。這回我可真是長了見識，考個縣試也這麼多門道，多虧有茂林在，這孩子機靈，給我們省了不少事情。」

黃茂林忙客氣道：「都是二伯帶著我們的。」

韓敬奇笑了。「弟妹，這幾日的花銷我都讓茂林管著，剩下的也都在他手裡。我沾明朗的光，也算到縣裡開了次眼了。」

葉氏忙道謝。「多謝二哥，二哥別走了，在我家吃夜飯。」

韓敬奇忙擺手。「不了，明朗才回來，你們娘幾個好生說說話。我先回去了，家裡也有活兒呢。」

葉氏和明朗一起把韓敬奇送到大門外，母子兩個又折回來了。

才進了門樓，葉氏很想問明朗考得怎麼樣，又怕兒子憂心，最後只笑著安撫明朗。「我兒這些日受苦了，阿娘夜裡給你做些好吃的。」

明朗立刻笑了。「阿娘也辛苦了。」

這幾年的苦讀和耐心等候，把明朗打磨得如同一塊溫潤的美玉，他的話不多，渾身散發著濃厚的書卷氣。此次縣試，他志在必得，只是結果還沒出來，他也不好過於張揚。

堂屋裡，梅香正在和黃茂林說話。「縣城裡熱不熱鬧？」

黃茂林點頭。「縣城裡人多得很，集市也大。不過咱們平安鎮也不小了，這官道果然有用。等以後有了機會，我帶妳到縣城裡去逛逛。」

蘭香大了，黃茂林現在當著蘭香的面從來不跟梅香動手動腳，兩個人只斯斯文文的說話。

葉氏進來後，笑著對黃茂林說道：「茂林，等會我做飯做早一些，你吃了飯再走。這幾日辛苦你了。」

黃茂林笑了。「嬸子，您別總是跟我客氣。明朗在我心裡就和茂源是一樣的，等他明兒去府城考試，我還要陪他一起去呢。」

葉氏帶著兒子一起坐下了。「有你陪著明朗，我再放心不過的。」

娘兒幾個親親熱熱的說了一會話，葉氏就到廚房做飯去了，並叫走了蘭香。「妳去給我燒火，讓妳姊姊歇一歇。」

梅香馬上就要出門子，除了榨油，葉氏基本上不讓她幹什麼活了，更別說現在還當著黃茂林的面。娘家重視女兒，婆家才能跟著重視。

葉氏做了一頓豐盛的晚餐，黃茂林如今在韓家吃飯並不客氣，如同在自家裡一樣。葉氏不停的往幾個孩子碗裡夾菜。

正吃著，明盛回來了。他見大哥和姊夫回來了，歡快的把書箱一扔，洗了手也過來一起吃飯。

過了些日子後，縣裡衙役到韓家崗報喜，明朗中了縣試第二名，第一名是縣丞家的公子，秦玉璋中了第七名。

等報喜的衙役和族人都走了，葉氏拉著明朗的手，忽然就忍不住掉眼淚了。

明朗掏出自己的淡綠色素帕子給葉氏擦了眼淚。「阿娘，這些年辛苦您了。」

葉氏摸了摸他的頭。「我兒有本事，小小年紀就過了縣試。」

明朗笑了。「阿娘，這才到哪裡呢，科舉路長得很，兒子才走了第一步呢。」

葉氏一邊流淚一邊點頭。「你長大了，阿娘終於放心，也對得起你阿爹了。」

明朗又給她擦了擦眼淚。「阿娘，等兒子能挑起家業，阿娘只管在家裡享福就是了。」

梅香在一邊看著弟弟，忽然內心變得寧靜起來。不知不覺間，明朗長得比她還高了，現在又過了縣試。她原來還擔心阿娘和弟弟妹妹們過不好日子，可見是多操心了。

想通了之後，梅香也跟著高興起來。

第四十七章　分乾股明朗訂親

明朗過了縣試之後，仍舊每日帶著弟弟到秦先生家裡讀書，早去晚歸，勤學不怠。

明盛見哥哥過了縣試，心裡羨慕不已，每日也越發用功。

明朗自然也希望弟弟能走科舉之路，說起來，明盛讀書比他多了一絲靈氣，因尚年幼對世事的瞭解不夠通達，缺了一份洞悉。假以時日，等明盛長大了，見了更多的人情練達，再加上他天性裡的靈氣，做出的文章必定不差。

因明盛還小，眾人的目光都在明朗身上，秦先生夫婦也是如此。

秦家兩子一女，老大秦玉炔已經過了府試，剛剛成了親，老二秦玉璋和明朗同年。兩個兒子以後都要走科舉，他不用擔心。

唯獨最小的女兒秦玉茗，今年十三，也該說婆家了。

秦先生存了挑女婿的心情，看明朗的眼神就越發挑剔了，心想若是這回能過了府試，得個童生，倒是可以把女兒許給他。

明朗心裡奇怪，明明他考了第二名，怎的先生這兩天卻越發嫌棄他了？於是讀書更加認真，就怕府試考差了，先生更是嫌棄他。

秦太太夜裡忍不住嗔怪秦先生。「做甚拉著個臉，把孩子都嚇壞了。」

秦先生咳嗽了一聲。「愛之深責之切，我這也是為他好，若是能一口氣過了府試和院試，十四歲的秀才可不多見呢。」

秦太太笑了。「你也莫要逼他逼得太緊，他才多大呢，你不也是十七、八中的秀才。」

秦先生摸了摸鬍鬚。「茗兒也不小了，該給她說婆家了。」

秦太太笑看秦先生。「莫不是你看中了明朗這孩子？」

秦先生看了秦太太一眼。「妳覺得如何？」

秦太太放下手裡的針線活。「這孩子是不錯，和茗兒年紀也相配，只是，我有兩個擔憂的地方。」

秦先生又摸了摸鬍鬚。「妳說給我聽聽。」

秦太太蹙眉道：「我聽說明朗家裡有個姊姊，能幹是能幹，只性子略微有些急躁。再有，自來寡母黏兒，韓娘子青年守寡，定是每日兩隻眼睛都盯在孩子身上了。」

秦先生放下了手裡的茶盞。

「我跟妳想的恰恰相反。聽說他姊姊管著韓家的一半家業，可見是個明白人，明白人不難相處。至於韓太太，妳說寡母黏兒我不反對，但哪個當娘的不黏兒子呢，妳的眼睛難道整天沒盯著玉炔和玉璋？」

秦太太笑著拿繡花繃子在秦先生身上拍了一下。「說著說著就編排我！」

秦先生哈哈笑了。「姑子們能幹不怕，總比那糊塗的強。至於婆母，能一個人領著四個孩子過生活，就這一點，韓太太比多少婦人都值得人敬佩。」

秦太太也陷入了沈思。「你說的對，總是我操心得太多。我看明朗性子不急不躁，說話溫和有禮，倒是個不錯的孩子。」

秦先生點頭。「妳做娘的心，嫁女兒時心裡擔憂她以後過不好日子，這也是常理。先不急，等過了府試再說。」

秦太太斜睨了他一眼。「過了府試，別讓人家搶跑了。」

秦先生又哈哈笑了，並未說太多。

天氣一天比一天暖和，眨眼就到了三月，梅香想著自己還有個把月就出嫁了，整日在家裡針線不離手，她要把弟弟妹妹和阿娘今年所有的衣衫鞋襪都準備好。

至於榨油，梅香兩天幹一回，如今東院西廂房裡的油缸裡都是滿的。

葉氏私底下和女兒談心。「若是明朗能過府試，我就到鎮上蓋房子，搬到鎮上去。」

梅香很高興。「阿娘，您去鎮上了，我回家就方便了。油坊開到鎮上，您再也不用風裡來雨裡去挑著擔子到鎮上了。」

葉氏摸了摸她的頭。「以後，還是要煩勞妳隔幾天來給我榨一次油，不過妳放心，我不白使喚妳，每個月給妳算工錢。」

梅香直搖頭。「我不要。」

葉氏笑了。「妳嫁到黃家，給韓家幹活怎麼能不要工錢。有了工錢，妳公婆才會答應妳出門呢。」

梅香又問葉氏。「阿娘，以後您還賣菜嗎？」

葉氏想了想。「明朗要是能過府試，我就不賣菜了，那幾家送菜的活，給妳二伯娘和妳舅媽一起做。妳婆家也在鎮上買了地皮，我怕過不了兩年你們也要搬到鎮上去了。」

梅香笑了。「阿娘，到時候咱們都搬到鎮上，我抬抬腳就可以回來了。」

葉氏也高興。「可不就是，咱們離得近，相互更好照應了。妳去了黃家，一定要收斂性子，聽妳公爹的話，用心照顧茂林。」

梅香有些不好意思。

葉氏心裡有些煩亂，她多希望女兒能一身輕鬆的去嫁人，帶著厚厚的嫁妝，從此只管在家裡做飯洗衣裳做針線活，再不用幹粗活。可是娘家仍舊離不開她，仍舊需要她幫襯。

葉氏雖然想出了給工錢的主意，仍舊覺得虧欠女兒。

葉氏覺得兒子大了，就把自己心裡的煩亂告訴明朗。

明朗想了許久，和葉氏商議。「阿娘，能不能把油坊的出息給姊姊分成？姊姊有了乾股，對外也好說呢，甚至還可以當作陪嫁給姊姊。只是，兒子如今還是個吃白飯的，也不知道給姊姊分了成之後，家裡日子還能不能過得下去。」

葉氏聽了兒子的建議後，心裡有些動搖。「如今家裡油坊出息比以前多，一年淨賺也有個三、四十兩銀子。你說的倒是可行，只是，分給你姊姊一些後，咱們以後過日子就要減省些了。」

明朗笑了。「阿娘，您和妹妹該怎麼過怎麼過，我和明盛的衣衫不必總是做新的，那舊的如何不能穿呢，只要乾淨保暖，誰還敢笑話我們不成。」

葉氏看著大兒子，心裡有些動容。「既然你這樣說了，油坊一年三、四十兩銀子的出息，分給你姊姊三成，一年也有十兩銀子了。你覺得如何？」

明朗點頭。「阿娘說多少就多少。」

葉氏立刻叫了梅香過來，把事情說給她聽。

梅香又搖頭又擺手。「阿娘，妳給我工錢就行了，不用分成，真不用。」

葉氏笑了。「咱們家如今三天兩頭就要榨油，妳一個人頂兩個人用，肯定不能照一般的工錢給妳，妳想想，這比給妳工錢也多不了太多，無非是名頭好聽一些，當作嫁妝給妳，就更好看了。」

梅香仔細算了算，雖然葉氏說得對，但她也不好意思要娘家的家業做嫁妝。

葉氏擺了擺手。「這事我作主了，妳不要管，明天我上街就跟茂林說。」

黃茂林聽說後有些吃驚，少見把家裡的支柱家業給女兒陪嫁的。

葉氏笑著對他說道：「這也是沒法子，家裡暫時離不開梅香。若說給工錢也太見外了些，我就分她些乾股，不白使喚她。你放心，若是等她身子不便的時候，我請人來做，讓梅香給我當大師傅看著就行。」
黃茂林想了想。「既然孀子決定了，我回去跟我阿爹說一說。」
黃炎夏聽說，思索了片刻。「也好，到時候咱們都搬到鎮上去了，離得也不遠。你岳母家請旁人也是要花錢，不如讓你媳婦去，肥水不流外人田。只是，你再跟你岳母說，什麼嫁妝不嫁妝的，咱們暫時不對外說，一切等她家裡兩個兒子前程定了之後再說。」

轉眼又到了府試的時候，葉氏依舊去請韓敬奇，哪知韓敬奇拒絕了。
「三弟妹，明朗去府城，妳讓茂林跟著就行。我說句不怕丟人的話，上回去縣城，好傢伙，明朗不用我照顧，倒是茂林在照顧我。去府城多費錢，多一個人多出好幾兩銀子的花銷。茂林那孩子一個人能照顧好明朗，我就不去了。」
葉氏聽他這樣說，也不勉強。「我還想著二哥畢竟是長輩，去了之後孩子們也有個依靠呢。」
韓敬奇笑了。「這人可不可靠，不看年紀的。三弟妹只管放心，萬事明朗心中都有章程，再有茂林在一邊張羅，定錯不了的。」
葉氏又和二房夫婦說了一堆客氣話，然後回來了。
黃茂林早就做好了事前準備，提前做了許多香豆腐放在家裡，然後陪著明朗一起到府城去了。

這一回，王家、方家和秦家都有人跟著。

王存周的大哥陪著他，方孝俊家來的是他親爹，秦玉璋仍舊由秦玉炔帶著。他們都是同窗，哪怕王家和韓家有嫌隙，這會對外也要裝作親熱的樣子。

王存周見明朗小小年紀就考了縣試第二名，心裡有些後悔當初不該草率退了親事。若是郎舅一起中秀才，豈不是美談。可如今說什麼都晚了，他聽見明朗一口一個姊夫叫著黃茂林，心裡越發不是滋味。聽說他二人就快成親了，他一邊看不起黃茂林的身分，一邊又有些酸澀。無他，因為王存周還沒討到婆娘，他比黃茂林還大一歲呢。

自從趙氏到處挑媳婦失敗之後，王存周暗自發誓，一定要考上功名，秀才、舉人，到時候，什麼樣的官家小姐娶不到。

明朗叫姊夫叫得親熱，未嘗不是叫給王存周聽的。當初王存周那一巴掌雖然是打在梅香臉上，可明朗一直記在心裡。

葉氏因為要給梅香備嫁，這次倒沒有太多的時間去擔心明朗。

過了十幾天，黃茂林帶著明朗回來了。

明朗不負所望，順利過了府試，如今也算是童生了。葉氏聽到後眼淚都流下來了，明朗過了府試，那她之前的計劃都可以順利實施了。

高興過後，葉氏又忙問其他幾家的孩子。

黃茂林幫明朗回答了。「秦家小公子也中了，名次緊挨著我們明朗，方家小哥靠後一些。王家小哥，嗯，好像是沒中。這是我們私底下看的榜單，過幾日縣衙裡會有人來報喜。」

葉氏聞弦歌而知雅意，她知道黃茂林不喜王家，立刻打岔道：「都中了就好。」

明朗笑了。「阿娘，我在裡頭考試的時候。姊夫整日幫著店家幹活，店家給我們免了不少住店錢呢。」

葉氏立刻說黃茂林。「讓你去是陪著明朗考試的，怎的還去給店家幹活了？」

黃茂林嘿嘿笑了。「嬸子，這府城裡的花銷真大，我和明朗兩個人住店吃飯，一天少說得三錢銀子。明朗到裡頭考試去了，我在客棧裡閒著無事，正好他們有個夥計家裡有事回去了，我就幫著幹了幾天活，店家不光管飯，還免了幾天的房錢呢。」

娘兒幾個親親熱熱的說話，因他們從縣裡回來的，回來時都下午了，葉氏忙去廚房做了頓豐盛的晚飯，招待了黃茂林之後，打發他趁著天沒黑趕緊回去。

明朗過了府試後，葉氏全身心投入梅香的婚事當中去了。

還沒等梅香出嫁，某一天，明朗忽然面紅耳赤的回來了，吭哧吭哧半天說不明白話。

葉氏奇怪。「這是怎麼了？可是有什麼為難的事情？」

明盛在一邊嘿嘿笑了。「阿娘，師娘問大哥說親了沒？」

葉氏更加好奇了。「秦太太還管學生說親的事情？」

明盛賊頭賊腦的看了明朗一眼。「阿娘，師娘話裡的意思，玉茗姊姊也要嫁人了。」

葉氏愣了半天，玉茗是誰？

等她想起來玉茗是秦先生的女兒後，頓時喜出望外。

但高興過之後，她立刻又冷靜下來。「梅香，妳帶著明盛和蘭香去廚房把明天早上吃的菜擇出來。」

支開孩子們後，葉氏連忙問兒子。「這是你自己的事情，你是怎麼想的？」

明朗低頭。「兒子，兒子都聽阿娘的。」

葉氏又笑了。「我自然是沒意見的，秦先生家裡的女兒我見過，斯斯文文的，肯定也識文斷字。要是你也同意，阿娘就找人去提親，若是你有別的想頭，就另外一說了。」

明朗忽然忸怩起來。「阿娘，秦家家風很好。」

葉氏猜測這話的意思。「那，阿娘就去提親了？」

明朗半天之後才從鼻孔裡嗯了一聲，然後扭頭跑了。「兒子去讀書了。」

廚房裡，明盛正和姊姊妹妹說小話。「玉茗姊姊說話細聲細氣的，書讀得可不比我們差呢，大哥真有福氣。」

梅香笑。「你好生讀書，以後也能說個好的。」

明盛還小，倒不怕羞。「我要說就說姊姊這樣的，能幹又好看。」

梅香哈哈笑了。「胡說，外頭人都叫我母老虎，你姊姊是個母老虎，再說個媳婦也是母老虎，可不讓人笑話。」

明盛哈哈笑了。「誰說姊姊是母老虎的，姊姊有姊姊的好，玉茗姊姊有玉茗姊姊的好。各花入各眼，我就覺得姊姊好。」

蘭香在一邊歪頭看他。「二哥，難道我不好？」

明盛摸了摸蘭香的頭。「妹妹最聽話最乖，等我考上了秀才和舉人，一定給妳找個好婆家。」

蘭香羞得呸他一口。「二哥年紀不大，整日口氣大得很，縣試還沒考，就要中舉人。」

三個人在廚房一邊擇菜一邊嘻嘻哈哈，葉氏在堂屋問明白了兒子的心意後，頓時心裡高興不已。

秦家的家世自然沒話說，秦先生和秦大公子都中了秀才，聽說馬上還要預備考舉人了，秦姑娘也是個斯文人。葉氏越想越高興，女兒要出嫁了，家裡很快又能娶媳婦，到時候還會有孫子。

一想到以後兒孫滿堂的情形，葉氏頓時心裡熱騰騰的。

第二天，葉氏就去找蘇氏。一來她是長輩，二來她兒子也有秀才功名，第三，她是韓氏家族的族長太太，葉氏覺得她的身分最合適。

成人之美的事情誰不願意做，蘇氏立刻點頭應了，第二天就帶著葉氏給她預備的禮品，往秦家探口風去了。

雖然秦家主動問明朗，但韓家還是要把姿態做足了，先找人探口風，若是答應了，再請媒婆上門。

秦太太親自接待了蘇氏，你來我往間，相互表達清楚了意思。

葉氏得到消息後，立刻又請了周媒婆，在韓文富夫婦、韓敬博夫婦和韓敬奇夫婦的陪同下，帶著明朗一起往秦家去了。

韓家求親誠意足，秦家也就沒扭捏。秦太太帶著大兒媳做了一頓豐盛的午飯招待韓家人，秦先生和韓敬博一邊說著科舉詩文一邊定下了親事。

葉氏吃過飯之後，拿出一根純銀簪子給玉茗插戴，還另外給了一枚銀戒指。

十三歲的玉茗如水做的一般，溫溫柔柔的，跟父兄們論起學問她一點不怵，和婦人們說起家常她也能接上話。

葉氏原來只覺得這個姑娘斯文懂禮，如今做了自己兒媳，葉氏越發滿意。葉氏摸了摸玉茗的手，手掌上沒有繭子，手指頭側邊倒是有繭子，可見不怎麼做家務活，拿筆拿得多。

葉氏轉念一想，兒子以後要走科舉，娶個有學問的媳婦才能夫唱婦隨，這些家務上頭就算差一些，以後慢慢學也就是了。

葉氏拉著玉茗的手滿口的誇讚，葉氏才誇完，蘇氏和周氏等人接著誇，玉茗被誇得小臉通紅，秦太太在一邊笑咪咪的說著客氣話。

明朗成了秦家女婿，秦家待他就更不一樣了。秦太太時常留他們兄弟在家裡吃住，玉茗也時常給明朗做些針線，雖然沒有梅香做得好，但也是心意。

才幾天的功夫，一眨眼就到了梅香出閣的日子。

滿十六歲不久的梅香，要做新娘子了。

第四十八章　結連理恩愛不移

梅香成親前一天夜晚，葉氏把家裡仔細查看了一遍。

梅香要自己去打水洗澡，葉氏忙攔住她，自己從廚房大鍋裡打了一桶水，讓梅香自己好生洗一洗。

等梅香洗過之後，葉氏讓蘭香自己在東屋待著，她往西屋去了。

梅香剛洗了頭，葉氏接過她手裡的乾手巾，細細的替女兒擦頭髮。

一邊擦頭髮她一邊認真打量女兒，這陣子用心養著，梅香又變得白白淨淨，頭髮烏黑烏黑的，一雙杏眼，眉毛濃而不密，因年紀正好，兩頰上略微有些肉肉，感覺按一下立刻又能彈起來了。

葉氏給女兒擦過頭髮後，和梅香並排坐在一起，拉過她的手仔細摩挲。「一眨眼妳也要出門子了。」

梅香怕葉氏難過，忙安慰她。「阿娘，要不了多久咱們就能挨在一起住，到時候我天天回家。」

葉氏笑著摸了摸她的頭髮。「胡說，嫁了人之後哪能天天回家呢。妳要好生和茂林過日子，阿娘希望你們能白頭偕老，兒孫滿堂。」

梅香聽見兒孫滿堂的話，又止不住紅了臉。

葉氏又笑了。「既然妳要出門子了，也不能只顧著害羞。男女之事，關乎生兒育女，不能因為害羞就避諱……」

葉氏又低頭和梅香說了許多男女之事，梅香聽得直扭臉。

葉氏最後囑咐她，只管聽茂林的話，莫要抗拒就成，剛開始不適應，慢慢就好了。

梅香忙不迭的點頭，只希望葉氏趕快換個話題。

葉氏教過女兒男女之事後，又開始和女兒說在婆家要注意的事情。要孝敬公爹，對婆母表面上要恭敬，若她做了什麼不好的事情，只管告訴黃茂林，讓他們爺兒倆之間去說。

至於小叔子和小姑子，若是能相處就好生相處。婆母早晚會走到前頭，黃茂林沒有同胞兄弟姊妹，只有這兩個後娘生的弟弟妹妹，若處得好，以後也是份助力。

梅香聽了半天，內心忽然柔軟了下來，她坐到旁邊的小板凳上，然後趴在葉氏腿上。「阿娘，我不想離開家。」

葉氏撫摸著女兒烏黑的長髮。「這裡永遠都是妳的家，妳是阿娘頭一個孩子，阿娘永遠都記得妳剛出生時，我和妳阿爹多高興啊。」

娘兒兩個說了許久的知心話之後，葉氏看時辰不早，就自己回房去了，並囑咐梅香早些歇息。

梅香有些緊張，感覺自己才閉上眼沒多久，忽然院子裡就有了動靜。

嫁女兒喜氣少，但事情可不少。

從早上開始，葉氏就不進女兒的房門了。她覺得自己青年守寡，不大吉利，就把照顧女兒的一應事情都託付給了蘇氏婆媳。梅香以為阿娘太忙所以未進來，若是知道她有這種想法，定然不會認同。

蘇氏和小兒媳婦李氏來了之後，一起把梅香按進大木盆裡洗澡。

梅香直嚷嚷。「七奶奶，四嬸，我昨兒晚上才洗過的。」

蘇氏捏了捏她的臉。「別嚷嚷，今兒要做新娘子了，少說話，我們讓妳做甚妳只管聽話就行。」

梅香立刻閉上了嘴巴，任由蘇氏婆媳兩個把她又搓洗了一遍。

梅香洗過澡之後，蘇氏給她換上了大紅色喜服。喜服是梅香自己做的，上面繡了許多花，好看又繁複。

等梅香穿好了衣裳，族裡的姊妹和姪女們都進房來了。蓮香、茴香、蘭香、秀芝一群未婚小姑娘把梅香圍了起來。

蘭香這幾日很是悶悶不樂，姊姊等於她半個娘，忽然要到別人家去，她萬分不捨。但她一向懂事，只得用心服侍姊姊。

院子裡，葉家人很快都來了。葉厚則才進門，就被韓文富叫到堂屋裡坐著了。

婦人們在蘇氏的指揮下，有擇菜的、有洗菜的、有洗碗的、有燒火的。男丁們在韓文富的指揮下，各自有序的忙碌著。

梅香的嫁妝都擺在院子裡，架子床用牛車拉。去年末家裡母牛生了頭小牛，已經長大了，葉氏又打了一輛板車，一起陪嫁給梅香。

牛車拉著架子床，這算是三抬嫁妝了，剩餘的家具算是七抬，一箱的料子一抬，一箱的新衣裳是一抬，八床棉被算作四抬，床單被裡被面和蚊帳等東西算兩抬，其餘梅香用的瑣碎東西算一抬，首飾算了一抬，裡頭有四根銀簪子、兩對銀耳環、兩只銀戒指，還有一對銀鐲子。

還有兩抬嫁妝，其中一抬是一小土塊，另外一抬是一個油瓶子。剛開始族人都看不懂，經過葉氏的解釋眾人才明白，土塊是十畝地，油瓶子是家裡油坊的三成收益。

一共二十二抬嫁妝。

眾人都吃驚不已，陪嫁田地也就罷了，怎的家裡作坊也要分給女兒一部分。

葉氏只對韓文富和韓文昌解釋過緣由，其餘人她並不曾細說。

韓家這邊都準備好了，就等著黃家來接人了。

再說黃家那邊，也是從前天起就忙碌開了。

關於如何接新娘子，黃茂林和家裡人仔細商議過了，黃茂林原想雇個轎子，黃炎夏攔著他。

「整個平安鎮有幾家用轎子的？咱們不做那招眼的事情，把家裡驢車搭上架子，上頭蓋上紅布，也就夠了。」

黃茂林想了想也沒反對，他請了黃茂忠過來把驢車好生整理一番。搭上結實的架子，外頭蒙上紅布，前面還做了張簾子，裡頭鋪上厚褥子，新娘子坐在裡頭也不會太顛。

黃家今天更熱鬧了，一大早開始就吹吹打打個不停。

黃茂林感覺自己剛聽到雞叫聲，就被人叫起來了，也是同樣的洗澡換衣裳。

黃知事從族裡挑了三十個壯丁，等會去韓家搬嫁妝。楊氏給這三十個壯丁一人發了一條紅色的布條，繫在了腰上。

郭大舅一家和郭二姨一家也是吃了早飯就來了。

黃家院子不太大，堂屋裡能擺一桌，東廂房南屋能擺一桌，正好招待送親的男女貴賓，其餘親朋全部到外頭長棚裡擺流水席。黃炎夏預備了四十桌的酒席，足夠招待所有親朋。

吉時一到，黃知事帶著一大群人呼啦啦一起往韓家去了。黃知事在前，黃茂林緊跟著，後頭是吹喇叭的，接著是一群壯丁。一路上吹吹打打，沿路村民都出來看熱鬧。

韓家那邊，蘇氏看著時辰給梅香開臉盤頭，那布條在臉上絞來絞去的，把所有茸毛都扯掉，梅香疼得直抽抽。

等開過臉，蘇氏給梅香盤了個當下時興的新娘頭，又給她插上銀簪子、戴上銀耳環。

黃家人才到青石橋，就有小娃兒大喊起來。「新郎官來了。」

到了韓家大門口，黃知事依禮與韓文富寒暄，韓家人把黃家人都迎接了進去。

大門好進，二門就難進了。

莊戶人家也沒有什麼垂花門，就剩個房門口的簾子。

因吉時未到，黃知事和韓文富等人在倒坐房裡寒暄，黃茂忠帶著黃茂林到堂屋裡去了，眾人開始為難黃茂林。

為難新人圖的不過是熱鬧罷了，黃茂林也不生氣，讓他幹啥他就幹啥。

這樣熱熱鬧鬧的過了許久之後，黃知事覺得時間快到了，就起身預備迎親事宜。

堂屋裡眾人也為難夠黃茂林，韓家族人依次退了出來，把屋子讓給了葉氏。

葉氏坐到主位上，眾人把梅香從西屋攙扶了出來，一路都鋪上紅棉布，梅香從上過頭之後就不能再踩娘家的地了。

到了堂屋後，梅香給葉氏磕了三個頭。葉氏忍不住掉了眼淚。「以後好生孝敬公婆，把日子過好。」

葉氏哽咽著說不出下面的話了，梅香也忍不住哭了，讓葉氏保重身體，並囑咐弟弟妹妹們好生聽阿娘的話。

娘兒幾個告別之後，黃知事在外頭大喊吉時已到，韓文富立刻叫來明朗，明朗蹲下身背起姊姊。

梅香趴在明朗耳邊輕語。「明朗，有事了記得叫我回來。」

明朗輕笑了。「姊姊，妳有事了記得叫我過去。姊姊不要擔心，咱們家的日子會越來越好的。」

梅香點了點頭。「好，以後你就是家裡老大了，要好生孝敬阿娘，照管弟弟妹妹。」

明朗輕輕點了點頭。「姊姊只管放心，家裡有我呢。」

明朗把梅香背上驢車，讓她坐在車把上，黃家的接親娘子把梅香扶了進去，讓梅香坐在裡頭的厚褥子上，就不能亂動了。

外頭的吹打聲又響起來了，接到新娘子，黃家人又熱熱鬧鬧返回去了。回去的路上不趕時間，一行人一邊吹打一邊慢慢的走。

韓家這邊今天送親的有好幾對夫婦，韓敬奇夫婦是長輩，在前頭走，韓敬博夫婦最為顯眼，還有葉思賢夫婦以及明銳夫婦在後頭跟著。

黃家來接親的人一路上陪著送親的人說著客套話，一邊誇讚韓家會養女兒，一邊誇讚葉氏公道，給女兒備了這麼厚的嫁妝。

到了黃家大門口，接親娘子把梅香扶了出來，往她手裡塞了條紅布，黃茂林牽著梅香先跨過了大門口的火盆，然後往院子裡去。從門樓開始，一路上都鋪了紅棉布，紅棉布底下是乾淨的稻草，以防紅棉布弄髒了，兩人沿著紅棉布緩慢的走到堂屋。

黃知事算著時間回來的，進了堂屋後，等眾人把屋裡清理好，讓黃炎夏和楊氏坐在上座，吉時也差不多到了。

在黃知事的高唱聲中，梅香和黃茂林拜過天地和父母，算是成了大禮。

眾人正要把一對新人迎進新房，黃茂林磨蹭了一下，看向了郭大舅。

郭大舅忽然大喊。「且等一等！」

楊氏聽見郭大舅的聲音，眼神頓時暗了暗。

郭大舅當著眾人的面說道：「我外甥兩歲喪母，如今他長大成親，也該告知我妹妹一聲。當然，這麼多年，楊家大妹子用心照顧我外甥，我們心裡都很感激。剛才，新人一起給妳行了禮，以表對妳的敬意和感激。但是不是新人也該給我妹妹行個禮？我妹妹臨終前最掛念的就是外甥了。」

黃茂林感激的看向郭大舅，然後又看向黃炎夏。

楊氏雖然心裡不大高興，可郭大舅說得有理有據，且新人剛才給她行過禮了，她也掙夠了面子。

黃炎夏想了想，看向黃知事。黃知事對黃炎夏說道：「把茂林他阿娘的牌位請出來。」

莊戶人家沒有什麼祠堂，黃炎夏從供桌一角拿出郭氏的牌位，黃知事又命新人給郭氏行了禮。

這回，黃茂林終於心滿意足了。

楊氏還活著，且這些日子為了他的親事忙碌個不停。他若是要求同時給黃炎夏和郭氏的牌位行禮，場面太過難堪，不光楊氏會記恨，弟弟妹妹們怕心裡也不高興，外人更會談論他忘恩負義。索性先給活著的兩個人行禮，然後單獨給郭氏行禮。

行過禮之後，黃知事馬上命大家把新人送進新房，並讓外頭吹喇叭的眾人吹打起來，場面一活絡，趕緊把這事混過去，眾人有意都不去提剛才的事情。

梅香的嫁妝都擺在院子裡供族人觀看，只有那張架子床已經擺進新房，把黃茂林的小床換了出來。

新人進去時，正有兩個小男娃在床上滾來滾去。

梅香被人攙扶著坐到床沿上，黃茂林挑了蓋頭，只曉得盯著她傻笑。梅香的臉上被塗得花裡胡哨的，但黃茂林卻覺得今天的梅香異常好看。

新婚三天無老少，一眾堂兄弟和表兄弟們都跑來看熱鬧，這個誇新娘子好看，那個問新郎官今兒需不需要幫忙，字裡行間都聽得出濃濃的戲謔之意。

梅香只管低著頭害羞，黃茂林護在前頭，也沒人來跟她動手動腳。

過了一會，喜娘子端來了兩杯酒，小倆口臉對著臉一起喝了交杯酒。喜娘又端來一碗餃子，餵梅香吃了一個，問她生不生。

梅香先吃了一口就皺起了眉頭，小聲說了一聲「生」。眾人起哄說沒聽見，梅香抬起頭，大聲說了「生」，眾人又是一陣哄笑。

喜娘子不再餵生餃子，吉祥話滿口，什麼三年抱兩、五男二女。

眾人在新房裡熱鬧了一陣子後，外頭忽然喊開席了，一屋子人又哄地全吃席去了，黃茂林也被黃茂忠拉去敬酒，屋子裡只剩下淑嫻陪著梅香。

姑嫂二人見面不多，梅香主動和她打招呼。「妹妹，妳不去吃飯嗎？」

淑嫻搖了搖頭。「阿娘說讓我陪著大嫂，大嫂餓不餓？等會會有人送飯來，我跟大嫂一起吃。」

梅香笑了笑。「我早上吃了兩個雞蛋白，光顧著害怕，倒沒覺得餓。」

淑嫻好奇。「大嫂很害怕嗎？」

梅香點頭。「哪能不怕呢，我又沒做過新娘子。」

淑嫻笑了。「大嫂說話真有意思。」

梅香又笑著對她說：「以後咱們要長久在一起過日子的，妹妹不用太拘謹，妳就當我和妳大哥是一樣的。」

淑嫻點了點頭。「外頭人都說大嫂能幹，大嫂以後多教教我。」

梅香笑著看她。「外頭有許多人嚼舌頭根子編排我，說我是母老虎，妹妹不要相信，妳跟我處久了就曉得我了。」

姑嫂兩個正說著話的功夫，黃茂忠的媳婦劉氏端了個托盤進來，上面擺滿飯菜。「弟妹先吃兩口。淑嫻，陪著妳大嫂一起吃。」

淑嫻忙接過托盤。「大嫂，您去吃飯吧，這裡都交給我了。」

梅香也對劉氏道謝，劉氏笑著走了。姑嫂兩個一起吃過飯後，淑嫻把東西送到廚房去了。

韓家送親的人男女分別開了兩桌，由黃家長輩們招待。

今兒席面豐富，除了幾樣肉菜，每個桌上都有許多樣豆腐。有些豆腐用油炸的，有些豆腐用肉湯做的，還有些炒時令蔬菜，最奇特的一樣是把水豆腐切成絲做湯。

一頓酒席吃了個把時辰，吃過酒席後，送親的人就回去了，黃家這邊還派了人相送。

等韓家人一走，黃家族人和其他親朋又熱鬧了起來。男客們搖骰子、吹牛皮，女客們一起話家常，四月底的天氣不冷不熱的，正適合玩耍。

吃過晚飯，一群人都跑來鬧洞房，鬧哄哄的直忙到半夜，才各自回家去了。

送走了族人，一家人都累得不行。黃炎夏和楊氏略微收拾了一下，打發另外兩個孩子歇息去了。

新房裡，梅香一進屋就坐到床上，嘟起嘴抱怨。「這些人真能鬧。」

黃茂林今兒也累狠了，坐在旁邊的椅子上。「辛虧有發財哥晌午給我擋酒，不然我就要趴下了。」

梅香忙起身過來看他。「茂林哥，你這會頭暈不暈？」

黃茂林笑了，拉著她坐在旁邊椅子上。「晌午時是有些暈，這會已經好多了。」

說完，他又把頭湊了過來。「這輩子就暈這一回，頭暈我也樂意。」

梅香把眼神飄向了一邊。「鬧騰了一天，我去打些水來洗臉。」

還沒等她起身，黃茂林拉住了她。「妳找不到地方，我去打桶熱水來。」

梅香想了想。「我跟你一起去吧，明兒我還要早起做飯呢。」

小夫妻一起往廚房去了，楊氏在灶上留了一鍋熱水，灶下還有些餘火。打了一桶水進屋後，梅香把自己陪嫁的木盆拿了兩只出來，兩人洗過了臉。梅香躲到架子床後面擦了擦身子，然後出來讓黃茂林進去洗。

黃茂林知道她怕羞，也不敢笑話她，老實聽話的進去把自己洗乾淨了。

等黃茂林去把二人洗過的水倒了之後，回來時就看到梅香坐在梳妝檯旁邊打理頭髮。梅香身上的大紅色嫁衣已經卸下，只剩下水紅色的中衣，烏黑的頭髮柔順披在身後。

在他發愣的時候，梅香回頭嗔他。「傻站著做甚，外頭風大，快進來。」

黃茂林哦哦的反應過來，趕緊把門關上，把木盆放在門後面。

梅香繼續梳頭髮，還把自己的妝匣子整理了一番。

黃茂林看著床上大紅色的帳子、床單、被面和枕頭，感覺有些喘不過氣來。他的腦海裡忽然閃現出平日夢裡的許多場景，和眼前的情景重疊在一起後，他的心跳得更快了。

不等梅香梳完頭髮，他拉了拉自己的衣襟，主動走了過去，一把抱住了梅香。

第四十九章　新婚忙三日回門

第二天一大早，難得黃家沒人早起。

黃家有喜事，黃炎夏把豆腐坊停了三日。不用磨豆腐，黃家爺兒三個難得都沒早起。天還沒亮梅香好幾次掙扎著要起來，又被黃茂林按下去了。「今兒又不用上街，多睡一會吧。」

等外頭矇矇亮的時候，梅香再也不敢睡了。她悄悄起身，挑了一套大紅色衣裙換上，快速給自己綰了個圓髻，戴上一朵大紅的絹花。從頭到腳，都是紅彤彤的。

梅香剛妝扮好自己，回頭一看，發現黃茂林把腦袋從帳子裡伸出來，正在看她。

梅香嚇了一跳。「做甚偷看我。」

黃茂林瞇著眼睛笑。「我想看就看。」

梅香紅了紅臉。「你再睡一會，我去做早飯了。」

黃茂林立刻掀開簾子。「我跟妳一起去，妳找不到東西。」

他這一出來，梅香頓時羞得把臉扭到了一邊。「快把衣裳穿好。」

黃茂林嘿嘿笑著去找了一身衣裳穿上了。

小夫妻穿戴好之後一起出門，到了廚房後發現，整個廚房裡略微有些凌亂，昨晚剩的許多菜還放在盆裡，都亂七八糟的堆著。

梅香正一籌莫展之間，忽然，楊氏出了正房門。

楊氏本來也不想起來，她這幾天可累壞了。如今兒媳婦娶進門了，她也該享享福了。可黃炎夏剛才聽見兒子媳婦起來了，立刻叫了楊氏。「兒媳婦頭一天下廚房，連東西都摸不著方向，妳不去看看，他們兩個把東西亂放，到時候妳更費功夫。」

楊氏掙扎了半天，最後還是決定起床了。她是婆母，兒媳婦幹不好，說出去了她也要擔責任。

果不其然，楊氏一進廚房門，就看到小倆口愣在那裡發傻。

梅香立刻迎了上去。「阿娘，您起來了。」

楊氏扯了扯臉皮。「你們起得倒早，先打水洗臉吧。」

三人洗漱過後，楊氏開始分派任務。「梅香，妳跟我一起把昨兒的肉先揀出來，不同的肉放到不同的盆子裡，我來熬粥。」

梅香忙道：「阿娘，我來熬粥吧。」

楊氏笑了笑。「那也行。」

梅香這邊熬粥，黃茂林跟著楊氏一起把昨兒的剩肉都揀好了。

還沒等稀飯燒開，淑嫻起床了。

楊氏溫和的笑看女兒。「昨兒累了一天，怎的不多睡一會。」

淑嫻搖了搖頭。「昨兒阿爹阿娘和哥哥嫂子們才累呢，我也幫不上什麼忙。」

楊氏見廚房裡人多，就打發女兒洗漱去了。

梅香熬好稀飯之後，楊氏這邊的菜也擇好了。「梅香，這家裡家外的妳還不熟悉，妳就先管著做飯吧。若是有什麼拿不定的，只管問我。」

梅香點頭道好。

等楊氏出來後，黃茂林幫梅香燒火。

黃茂林對於楊氏讓梅香做飯的事情並不反對，有了一項正經事情幹，別的事情就不用管太多了。

等梅香做好了早飯之後，家裡人都起來了，黃茂林幫著把飯菜一起端到堂屋飯桌上。

楊氏正要招呼大夥兒吃飯，黃茂林先看了一眼黃炎夏。

「阿爹，要不要先讓梅香給您敬茶？」

楊氏笑了。「先敬茶也行。淑嫻，去廚房爐子上倒兩杯熱水來。」

莊戶人家沒那麼多講究，用熱水也行。淑嫻去倒熱水的功夫，黃炎夏先到屋裡去了。

等黃炎夏和楊氏並排坐好後，梅香跪在他們面前，用小托盤呈上兩杯熱水。「兒媳請阿爹阿娘喝茶。」

黃炎夏接過了熱水，那水還燙著呢，他略微喝了兩口就放下了，從懷裡摸出個荷包放在小托盤上。「以後和茂林好生過日子。」

楊氏也喝了兩口，掏出個荷包。「我們家得了妳這個好媳婦，我和妳阿爹都高興得很，以後一起好生過日子。」

梅香笑咪咪的看著兩個荷包。「謝過阿爹阿娘。」

敬過茶水之後，一家人一起坐下吃了頓早飯。

黃炎夏一邊吃早飯一邊吩咐家人。「你們兄弟兩個吃過飯之後，跟我一起把別人家的桌椅板凳和碗筷都還了，淑嫻就待家裡。」

說完，他又吩咐楊氏。「妳吃過飯之後，帶著媳婦一起把剩菜往各家送一些，讓媳婦認認門。」

眾人都點頭應了。

一家人吃了飯之後各自忙碌開，黃茂林有些不放心梅香，梅香對他搖搖頭，她不能讓茂林哥一直在旁邊護著。

楊氏如今也不想為難梅香，一來這與她並無好處，二來茂源還小，多的是用得到哥嫂的地方，第三麼，眼見著韓家兄弟兩個長大了，能替姊姊出頭。所以只要這個大媳婦不為難自己兩個孩子，願意幹活不偷懶，她何苦做個惡人討嫌。

楊氏帶著梅香一起，一人端了個大盆子往各家去了，頭一家自然就是隔壁的黃炎斌家裡。兄弟二人毗鄰而居，幾步路就到了。

兩家人只在門口客氣的說著話，唐氏用家裡的盆子把楊氏送來的東西接下，一再謝過二房婆媳。

楊氏又帶著梅香繼續去別家，族長家裡要先去，黃知事家裡定然是少不了的。然後婆媳二人又去了黃炎禮家裡，兩家論血緣關係雖然遠了一些，但關係好。

轉了一大圈之後，兩個盆子都空了，楊氏才帶著梅香回去。

走到大門口的時候，黃炎夏父子三個正在搬桌子和板凳。黃茂林見梅香回來，對她笑了笑，扛著幾條板凳走了。

楊氏問黃炎夏。「當家的，什麼時候繼續下田？」

黃炎夏把一張八仙桌扛起來。「等會吃飯的時候再商議，妳把要用的東西準備好。茂林媳婦，趁著這會還早，妳把自己的嫁妝理一理。」

婆媳二人都點頭道好，楊氏對梅香說道：「梅香，妳去忙妳的吧。」

梅香點頭。「那我先去了，阿娘有事只管叫我。」

梅香接過楊氏手裡的盆子，拿到廚房後洗乾淨，擦了擦手，往自己房裡去了。

梅香把需要用的東西都擺好，準備把剩下的一個五斗櫃搬到西耳房裡去，黃茂林正好進來了。

見到屋裡已經收拾妥當，黃茂林笑了。「我還說回來給妳幫忙呢，妳動作這樣快。」

梅香笑著問他。「東西都送完了？」

黃茂林點頭。「我們三個人呢，送得快。」

梅香對他招招手。「來，跟我一起把這個五斗櫃抬到西耳房裡去。」

黃茂林先過來拉起她的手，摸摸她手心的繭子。「妳才嫁來，家裡什麼情況妳都摸不清楚，有什麼事情就叫我。」

梅香抿嘴一笑。「我曉得了，以後我一個人幹不了的事情，一定叫你。才剛想叫你的，見你正在跟阿爹忙活呢。」

黃茂林摸了摸她的頭髮。「那就把事情放一放，那箱子那樣大，我曉得妳搬得動，但多個人在一邊看著也好一些。」

梅香點頭。「那咱們去把剩下的東西整理整理吧。」

黃茂林笑了，挽起袖子就一起來抬櫃子。「妳的東西這樣多，家裡暫時也放不下，只能先存放起來了。」

梅香直笑。「不怕，這東西大伯做得好，存多久都跟新的似的。」

兩個人把東西抬到西耳房之後，把裡頭的家具逐一整理好。

中午的飯也還是梅香做的，黃茂林一直在灶下給她燒火。

吃晌午飯的時候，黃炎夏先看了梅香一眼，然後對家裡人說道：「茂林媳婦，妳昨兒才進門，按理來說家裡該歇息幾天的。但農忙時節到了，不能等人。家裡豆腐坊停了三天，明兒開始又要磨豆腐了。先委屈妳這陣子跟著我們一起幹活，等忙過這一季，我出錢給你們娘兒幾個做衣裳。」

梅香忙搖頭。「阿爹，我又不是什麼矜貴小姐，在娘家也幹活的，家裡有活兒，阿爹阿娘只管叫我。阿爹晌午不是說要下田了，我跟著阿娘一起幹。磨豆腐我不會，田地裡的活兒我都能幹的。」

黃炎夏對兒媳婦的這番表態很滿意。「今兒下午一起下田，妳們婆媳兩個去扯秧，你們兄弟兩個跟我一起去栽秧，淑嫻在家裡做飯。」

淑嫻看了大家一眼。「阿爹阿娘，我也跟著去扯秧吧，我中途回來做飯就是了。」

黃炎夏想著昨兒才進門的新媳婦都能下田，沒道理自家的女兒卻留在家裡，遂點了點頭。「那也行。」

淑嫻已經十一歲了，還沒說婆家，楊氏也想讓女兒傳出去個勤快能幹的好名聲，故而沒有反對。

吃過飯之後，一家人來不及午休，就一起往田裡去了。

梅香因為帶來的都是新衣裳，問楊氏借了一身舊衣裳和舊鞋襪換了，戴上草帽子，跟著楊氏一起到田裡扯秧去了。

才剛出門，族裡人就和楊氏打趣。「新媳婦才進門就下田幹活了，你們家真是娶了個好媳婦。」

楊氏一邊給梅香介紹人一邊回話。「可不就是，我命好，得了個這樣好的兒媳婦。」

眾人不管心裡如何想的，嘴上都客氣著。

幹活的時候，梅香一直在糾結，怕自己做快了顯得婆母和小姑子做得慢，又怕自己做慢了人家說韓家女兒徒有虛名。最後她決定照著自己的速度來，速度一放開，很快就把楊氏和淑嫻甩在後頭。

楊氏中途抬頭一看，這個媳婦果然不是個樣子貨，要是淑嫻有她這樣能幹就好了。路過的人見梅香幹活索利，都紛紛誇讚，楊氏也只得跟著誇讚。

黃炎夏看到後也忍不住點頭，能幹的兒媳婦誰家不喜歡呢。

夜裡洗漱過後，黃茂林摟著梅香說悄悄話。「今兒累不累？」

梅香搖頭。「扯秧不累，我坐在秧馬上呢。明兒你不在，我還是去栽秧吧，讓茂源和妹妹去扯秧。」

黃茂林摸了摸她的頭頂。「讓妳受累了，我還說到我家了能讓妳歇一歇，還是要忙個不停。」

梅香把頭靠在他懷裡。「茂林哥，我當初願意跟你好，又不是為了享福。」

黃茂林輕輕撫摸了她的背。「雖然妳不是為了享福，可我還是想讓妳能多歇一歇。」

梅香聽到這話後心裡很柔軟。「茂林哥，日子還長著呢，以後家裡總會越來越好的，到時候我就能享福了。」

黃茂林笑了。「妳說得對，我早晚要讓妳在家只管享福。」

小夫妻說了一會悄悄話，很快又纏綿到一起。

第二天天還沒亮，黃茂林就起身了。

梅香想到黃茂林以前都是空著肚皮上街，立刻也跟著起來了。她洗漱過後馬上去了廚房燒一鍋稀飯，又跑到雞圈裡摸了兩個蛋，切了把韭菜，一起炒了一盤。用酒席上的剩肉和乾飯炒了炒。

黃炎夏父子三個才磨好豆腐，梅香就把早飯端進豆腐坊。「阿爹，茂林哥，茂源，你們忙完了來吃些飯。」

楊氏這些日子都不早起了，豆腐坊有爺兒三個，再加一個人都轉不開身了。

黃茂林看著梅香笑了。「讓妳多睡一會，妳起來這麼早。」

梅香不好說楊氏的不是。「反正都已經醒了，早些起來也行。」

黃炎夏知道兒媳婦這是心疼兒子，他不過是跟著沾光罷了，都是一家人，他也沒客氣，就著兩樣菜吃了一大碗乾飯，還喝了半碗粥。

楊氏原來剛進門的時候也早起給黃炎夏做過早飯，但她白天要幹活，還要帶黃茂林，黃炎夏就不要她早起了。後來就漸漸成了規矩，她早上不再起那麼早做飯。

爺兒三個吃過飯之後，黃炎夏挑著擔子到各村去賣豆腐，黃茂林到鎮上去了。

楊氏起來後到廚房看一圈後，就明白梅香早上起個大早給爺兒三個做了早飯，心裡哼了一聲，並沒說話。

梅香也不去看她寒著的臉，只管把飯端到堂屋桌上。「阿娘，妹妹，都來吃飯吧，茂源再吃一些。」

楊氏整個過程一句話沒說，淑嫺忽然感覺到氣氛的緊張，低頭吃飯。

梅香笑盈盈的對楊氏說道：「阿娘，吃了飯我去栽秧吧，扯秧舒服一些，讓茂源去。」

楊氏扯了扯嘴角。「妳都安排好了，還問我做甚。」

梅香又笑了。「我才來，不大懂咱們家的規矩，要是哪裡說得不好，阿娘只管說我。」

楊氏抬頭看了梅香一眼，又低下頭吃飯。「就照妳說的辦吧。」

梅香今兒早起給黃茂林做早飯的時候就知道會得罪楊氏，但她不能為了怕得罪楊氏就委屈黃茂林。既然已經得罪了，她就得表現更好，只要黃炎夏父子兩個都站在她這一邊，她不怕楊氏生氣。

存了表現的心思，梅香栽秧的速度就更快了。她三趟都栽完了，楊氏兩趟還沒栽完。路過的人紛紛誇梅香能幹，楊氏還要跟著附和。

黃炎夏賣過豆腐後，回來見梅香幹得這樣快，心裡直嘀咕，到底栽緊了沒有？他趁著梅香不注意，偷偷摸了幾棵秧苗，見每一棵都栽得位置恰好，這才放下心來。

第二天上午，黃茂林要帶著梅香回門。

走的時候黃炎夏叮囑他們。「去了幫著幹一天活再回來。」

梅香連連道謝。「多謝阿爹。」

小倆口走得早，到韓家崗的時候葉氏才吃了早飯，在廚房忙著。今天女兒女婿要回門，葉氏準備了不少吃食。

梅香一路小跑著進了家門。「阿娘，阿娘，我回來了。」

葉氏忙從廚房裡出來，明朗幾個也都出來了。

葉氏拉著梅香的手，彷彿好幾年沒見面似的。「你們回來了，就等著你們呢，快到屋裡坐。」

梅香搖頭。「阿娘，不坐了，我們跟著妳一起下田去吧。我公爹說了，讓我們把家裡活多幹一些。」

葉氏嗔怪她。「胡說，哪有回門的姑奶奶和姑爺一口水沒喝就下田的。」

黃茂林把手裡的回門禮送到堂屋裡，聞聲對葉氏說道：「阿娘，咱們就別客氣了。把活多幹一些再走，梅香也能放心。」

葉氏聽到這話頓時紅了眼眶。「好，妳換身衣裳，咱們去田裡。」

梅香的舊衣裳葉氏都已經打包好了，她進屋後立刻換了身衣裳，戴著草帽就跟著葉氏到田裡去了。

葉氏見女兒女婿一到家就扎進田裡栽秧，心裡感慨萬千。盼望當家的保佑兩個兒子都能取得功名，她也能把油坊全部傳給梅香，誰也不敢囉嗦。

梅香和黃茂林在田裡泡了一天，加上葉氏和明朗，一起栽完了三畝多地，剩下的不多了，為了趕進度，晌午飯都是在田埂上吃的。

趁著天還沒黑，葉氏回家做了一頓豐盛的晚餐，還請了幾個人來陪黃茂林。

女兒回門，葉氏提前和韓敬奇等人說好了，請他們來陪新女婿。韓敬奇等人夜裡都來陪黃茂林喝了一些酒，誇讚小倆口能幹，誇讚黃炎夏仗義，這個時候還把兒子媳婦打發回來給親家母幹活。

吃過夜飯之後，梅香帶著略微有點醉意的黃茂林回去，順帶把自己的舊衣裳和針線笸帶走。

葉氏見黃家的回門禮非常厚，打包了一半回去。

她本來還想和梅香說說婦人家的私房話，可今兒梅香一回來就到田裡幹活去了，後來也一直沒逮住機會和梅香說悄悄話。吃飯的時候，葉氏偷偷打量了女兒。見女兒面色紅潤，和女婿之間情意綿綿的，想來小夫妻和諧得很，倒不需要她多說什麼。等忙過這一陣子，多少私房話說不得。

第五十章　學手藝鎮上蓋房

日子忙碌又充實的往前趕著，黃家因為有了梅香的加入，如虎添翼。不論田地活，還是家務活，她都是一把好手。

在需要人手的農忙季節，誰能幹，誰就能獲得尊重和更高的家庭地位，梅香用自己的實力向黃家人證明了自己。

別人家的小媳婦沒生兒子前都得戰戰兢兢的，梅香才幾日，就贏得了家裡人的尊重。

誰不服氣，不服氣你去幹啊！

黃茂林本來心疼梅香辛苦，到了夜裡恨不得給她捶腿揉肩，可他見梅香願意這樣，也不再攔著，只想著如何能多掙家業，以後讓梅香享福。

往年栽秧的時候，黃炎夏有時候背集都不會出去賣豆腐，今年有了梅香，黃家日日仍舊出門賣豆腐，利潤比往年也多了一些。

梅香端午節回家的時候，葉氏把家裡炸的糖糕給梅香帶了一些回去。黃炎夏見親家母給兒媳婦送零嘴吃，覺得臉上很沒面子。這些小事情，他再不肯落人後頭。

楊氏聽了黃炎夏的話，開油鍋炸了一百多根油條和幾十個糖糕。梅香吃東西不嘴饞，家裡有什麼好吃的，她先緊著小叔子和小姑子。但黃茂林心疼她，但凡吃什麼東西，必定要往她碗裡舀一些。

黃茂源見哥哥嫂子這樣好，偷偷學著對表姊好。他每個月的五十文零花錢，不是給紅蓮買花戴，就是偷偷塞給她做零花。紅蓮心裡更高興了，只盼著姑媽能早日來下聘，她也能名正言順和表弟一起過日子。

韓家那邊，葉氏帶著孩子們忙了許久，終於把秧苗都栽進田裡。

黃家人多，活兒完成得早。最後一天栽秧的時候，全家出動，淑嫻把飯菜送到了田埂上吃的。

黃炎夏看了一眼田裡的家人，心裡很高興。怪不得人家都盼著人丁興旺，親家母家裡就因為沒有壯丁，這一季的農忙，若不是因為兒子媳婦去幫忙，得苦熬到什麼時候。

幹完田裡的活，黃家的日子開始恢復了正常。

梅香仍舊每日早起給黃家父子做早飯，因她把做飯包下了，其他的事情她就管得少。且她飯食做得好吃，大家也認同。

這一日逢背集，黃茂林出去賣豆腐了，梅香吃過早飯無事可做，就一個人在屋裡做針線。淑嫻正在井邊洗衣裳，梅香說要幫忙，她死活不讓。

梅香才納了幾行鞋底，黃茂林挑著擔子回來了，梅香忙出去迎接。「茂林哥回來了？要不要再吃些東西？」

黃茂林對著梅香笑了笑。「早晨走的時候吃得飽，這會不餓呢。你們吃過飯了？」

黃茂林在井邊洗了臉，小夫妻各自搬了一張小板凳，坐在淑嫻旁邊陪她說閒話。

梅香一邊納鞋底，一邊嘟著嘴和黃茂林抱怨。「這農忙一過，我每日除了做飯做針線，就沒有別的事情，這樣閒著我怕會養懶了身子。」

黃茂林笑了。「妳這是以前勤快狠了，忽然閒一點就不得勁。晌午吃飯的時候我跟阿爹說說，咱們去一趟韓家崗，妳家裡的油估計快沒有了。」

梅香立刻高興的抬頭看向黃茂林。「我能回去嗎？前幾天才回去過一趟的。」

黃茂林笑著回答她。「等吃晌午飯的時候我跟阿爹說，我陪妳一起回去。」

梅香搖頭。「你下午要做香豆腐呢，我自己去就行。」

黃茂林想了想。「妳來跟我一起做吧，兩個人快一些。」

梅香立刻來了興趣。「好呀，只是我不會做，你得教我呢。」

兩個人一邊說一邊就起身去了豆腐坊。

梅香雖然不會做豆腐，可她做飯做得好，香豆腐調味的料子她一看就明白了，後面用醬油煮的時候，她比黃茂林還拿手。

黃茂林直誇她。「不錯不錯，要不了多久，妳就能學會這門手藝了。」

梅香偷偷看了眼外頭，小聲問黃茂林。「茂林哥，做香豆腐，阿爹和茂源都不管嗎？」

黃茂林輕聲回答她。「阿爹說了，這門手藝以後就算我的。但我總有個抽不開身的時候，若是妳能學會了，以後咱們一起做也快一些。我若是有事不在家裡，妳也能頂上來。」

梅香立時又開始誇讚黃茂林。「還是茂林哥你有成算。」

黃茂林忍不住用手指刮了刮她的鼻子。「我可說好了，如今妳是學徒，沒有工錢的。」

梅香斜睨了他一眼。「若是學得不好，是不是還要挨師傅的打？」

黃茂林用額頭碰了碰她的額頭。「不用挨打，夜裡聽我的就行。」

梅香抬腳對著他的小腿肚輕輕踢了一下。「快些住嘴！」

小夫妻一邊說笑一邊手下忙活個不停，果真在晌午飯之前就把香豆腐做好了。

梅香見時間到了，忙去廚房做飯，黃茂林去給她打下手，兩個人合力做了四道菜。

吃飯的時候，黃茂林跟黃炎夏提起下午回韓家崗的事情。

黃炎夏點了點頭。「你們去就是，只要把香豆腐做好了就行，回來時換些油回來。」

梅香高興的謝過黃炎夏。

吃了飯之後，梅香讓黃茂林先去睡覺，等她回屋的時候，黃茂林已經在裡頭睡著了。

梅香靜靜的看向黃茂林，忽然心裡有些心疼，茂林哥常年這樣辛苦，她卻幫不上什麼忙，以後定要再對他好一些。

梅香靜悄悄的在外頭躺下，閉上眼睡了一會。

梅香怕誤了時辰，很快就醒了。她看著仍舊熟睡的黃茂林，內心有些不忍，正想著乾脆自己一個人回去算了，黃茂林忽然就醒了。

他伸手把她撈了過去，用臉蹭蹭梅香的臉。「怎的不叫我？」

梅香也蹭蹭他。「我看你睡得香，正想自己一個人回去呢。」

黃茂林捏了捏她的鼻子。「胡說，說好了咱兩個一起去的，怎能丟下我一個人。」

梅香笑了。「別瞎說，我去了很快就回來的。」

黃茂林笑過後立刻帶著梅香起床了。「咱們快些去吧。」

小夫妻一起洗過臉，火速往韓家崗去了。家裡只有蘭香一個人在，梅香也顧不上去找葉氏，直接進了東院就開始忙活。

黃茂林給她打下手，兩個人配合得非常有默契，等葉氏回來的時候，梅香已經做好菜籽餅準備打樁了。

葉氏看了看天色，也過來幫忙。

快天黑的時候，梅香終於把這一槽油打完。小夫妻二人匆匆吃過飯，用黃家的菜籽換了一些油，又一起回去了。

才出門沒多久天就黑透了，黃茂林牽著梅香的手，小夫妻只沿著大路走。黃茂林怕路上不安全，手上還拿了一根棍子，兩人手拉著手，一路說說笑笑很快就到家了。

黃家人已經吃過了飯，正在堂屋裡說著話，梅香把帶回來的菜籽油交給了楊氏。「阿娘，這是十一斤油，我阿娘多送了一斤。」

黃炎夏聞言抬起了頭。「下回你們再去的時候，帶些豆腐過去。」

梅香忙點頭。「謝過阿爹，後天下午我還要去呢。因今兒去得急，沒幹多少活。」

黃炎夏點頭。「你們只要把香豆腐做好了，有時間就去，如今家裡也不忙。」

淑嫻笑著在一邊接話。「大哥大嫂，鍋裡給你們留了熱水呢。」

梅香忙謝過淑嫻。「妹妹真是能幹，聽阿娘說妳快要過生日了。我嫁妝裡頭有塊淡綠色的料子，明兒我給妹妹做件夏衣。」

淑嫻忙擺手。「不用不用，我有衣裳穿。」

黃炎夏笑了。「妳嫂子給妳的，妳只管接著就是。」兒媳婦願意照顧女兒，黃炎夏很高興，大不了他私底下多補貼兒媳一些就是了。

黃茂林正要帶梅香回房，黃炎夏叫住了他。「跟我一起把這個月的帳盤一下，都留下一起看看。」

黃炎夏對著帳本子，先把這個月的錢重新核算了一遍，梅香在一邊聽到後心裡暗自算了算，這一個月豆腐坊賣豆腐能賣七、八兩銀子，就算刨除掉成本，也能有個四、五兩的淨利潤。

黃炎夏算過帳之後，先把香豆腐的收成分給黃茂林兩成，共六百四十文錢，再加上慣例的兩百文錢，一共八百四十文，此外，又多給了二百文。「我頭先說了給你們裁衣裳的，這兩百文給你們兩個，願意怎麼用隨你們。」

楊氏心疼得直抽抽，兩百文可能買不少布呢，普通的棉布一人做兩身都夠了。

黃炎夏也給了黃茂源二百文。「你這個月也辛苦了，這是你的。」

楊氏立刻收走了一百五十文錢。「你整日糊裡糊塗的，我先給你看著。」
黃茂源也不惱。「好，都給阿娘收著，我有五十文就夠了。」
黃炎夏又分出一百文給淑嫻。「妳整日在家做飯洗衣裳也辛苦了，這一百文給妳。」
淑嫻立刻雙眼亮亮的。「阿爹，我也有？」
黃炎夏笑了。「妳也大了，阿爹以後每個月給妳一百文錢，妳自己收好，買花戴也行，攢著以後出門子的時候當嫁妝也行。」
楊氏知道女兒是個明白人，任由淑嫻自己把錢收起來。
分過了錢，黃炎夏打發孩子們各自去睡了。
小夫妻洗過澡後，一起坐在床沿上說話。
黃茂林起身從腳踏板底下摸出自己的錢匣子，又從門框上摸下鑰匙，打開錢匣子後，他整個塞到梅香手裡。
「梅香，這是我的私房錢，妳剛來的時候我就想給妳的，這些日子都忙昏了頭。今兒阿爹又給了一兩銀子，都給妳。」
梅香看著裡頭的銀子呆了呆，黃茂林做出香豆腐兩年多了，每個月能分好幾百文錢。平時他也不大花錢，這兩、三年攢下來，又攢了近二十兩銀子。
梅香呆了片刻後立刻笑了。「茂林哥，你可真有錢！」
黃茂林見她這吃驚的可愛模樣，忍不住伸手摟住了她。「都是妳的，妳想怎麼花就怎麼花。」

梅香倏地把錢匣子合上了。「不行，這錢太多了，還是茂林哥你自己管吧。咱們家是阿爹管錢，以後咱們兩個的錢也給你管著吧。」

黃茂林笑了。「阿娘想管錢想了多少年都沒想到，怎麼到妳這裡倒不願意管了。」

梅香也笑了。「咱們兩個不一樣，不管誰管錢，都是咱們兩個的。」

黃茂林在她頭頂蹭了兩下。「那就先找個地方收起來，妳想用錢只管往裡頭拿。」

梅香點了點頭，先把錢匣子塞到黃茂林手裡，然後起身到衣櫃裡把自己的嫁妝銀子都拿出來。

梅香也有個小匣子，是葉氏特意打給她的，比黃茂林這個精緻多了，上頭還有雕花。裡頭有葉氏給的五兩壓箱銀子，還有梅香自己攢的三兩多銀子。

黃茂林見到梅香的小匣子又忍不住笑了，一把搶過她的小匣子，把自己的銀子全部倒了進去。「好了，都放在一起，都是咱們兩個的。」

梅香也忍不住笑了，歪到黃茂林懷裡。「咱們也有二十多兩銀子了。」

黃茂林摸了摸她的鼻子。「可不就是，我們家沒有油坊，不能給妳炸東西吃，妳要是想吃東西了，只管自己拿錢去買。」

梅香捶了他一下。「我又不是小孩子。」

黃茂林摸了摸梅香的頭髮。「妳把這匣子藏好，我要用了就跟妳拿。」

梅香點頭。「好，我明兒弄個帳本，以後出入都記帳。」

黃茂林這會只顧著摟著她親香。「妳說怎麼辦就怎麼辦。」

說完，他拿起梅香手裡的匣子放到一邊的小桌上，吹滅了油燈，在黑暗中抱起梅香就開始輕薄。

隔了一天後，梅香和黃茂林又往韓家崗去了。

葉氏趁著空檔，跟女兒女婿商議。「我想找人把鎮上的房子蓋起來。」

梅香愣了一下，反應過來了。「阿娘要搬到鎮上去了？」

葉氏搖了搖頭。「先把房子蓋起來，若是明朗八月能過院試，忙過了秋收就搬過去。」

葉氏不敢說過不了的話，怕不吉利。

黃茂林聽到後問葉氏。「阿娘，那您想讓誰給您蓋房子呢？」

葉氏發愁。「我想找妳二伯，也不知合適不合適。」

黃茂林想了想對葉氏說道：「阿娘，鎮上魚龍混雜的，二伯一個人怕應付不過來。阿娘不若把葉家舅舅們叫上，您出錢，讓舅舅和二伯看著，韓家族裡願意去幹活的，您挑幾個可靠的，再從外頭雇一些人，每日按天給工錢，也就個把月的功夫就好了。」

葉氏點了點頭。「茂林這個法子不錯，我晚上跟明朗商議商議。」

黃茂林又提醒葉氏。「阿娘，要蓋房子，得先去山裡砍些好木，屋梁可需要不少木料呢。還有，得提前找好磚窯，把磚買齊了。」
葉氏聽到後更覺得頭大，這些事情，她一個寡婦實在不好操持。
梅香忙安慰葉氏。「阿娘，蓋房子也不是一天、兩天就能成的。您既然有了這個想頭，咱們慢慢商議也就是了。」
娘兒三個一起榨過油之後，剛把油濾好，明朗提前回來了。
黃茂林想著他也不小了，就和他說了這件事情。
明朗立刻對葉氏說道：「阿娘，既然要蓋房子，您就別操心了，事情都交給我。我去找磚窯廠買磚頭，至於木料的事情——」
他抬頭看向黃茂林和梅香。「請姊夫和姊姊幫我砍些木料，我給你們工錢。請別人也是請，不如請自家人。」
梅香點頭。「不過是砍幾棵樹，說什麼工錢，我順手的事情。」
明朗笑了。「姊姊不肯要工錢，那就當我欠妳個人情。」
黃茂林也笑了。「如今你的人情可值錢了，多少人想欠還欠不了呢。」
葉氏溫和的看向兒女。「你們說話，我去做飯了。」
吃過了夜飯之後，梅香和黃茂林一起回去了。
黃茂林把韓家要到鎮上蓋房子的事情和黃炎夏說了，楊氏頓時有些蠢蠢欲動。「當家的，要不，咱們也一起把房子蓋了？」

黃炎夏看了她一眼。「咱們再等一等，妳不是說年底讓紅蓮進門？蓋了房子之後，他們兄弟就要分家了。」

楊氏頓時不說話了，茂源現在還擔不起一個家的責任。

黃炎夏吩咐黃茂林和梅香。「既然妳娘家要蓋房子，你們也時常回去搭把手。等妳弟弟們長大了，也會記得你們的好。」

梅香高興得直點頭。「多謝阿爹，我都聽阿爹的。」

有了黃炎夏的支持，梅香隔一天就回家幫忙。榨油、砍木柴、幫著打理菜園。

韓氏族人都羨慕葉氏，人家女兒嫁出去了真成了潑出去的水。葉氏倒好，女兒嫁出去後不僅隔一天回來幹活，還把女婿也帶回來幹活。

這樣忙碌了一陣子，蓋房子用的所有材料都準備齊了。木料是梅香準備的，青磚是明朗自己去買的。

明朗並非是不通俗物的書呆子，他如今小小年紀就是童生了，眾人也願意賣他面子，他打聽事情，人家也都肯告訴他實話。雖跑得辛苦，最終還是把事情辦妥了。

葉氏見兒子順利買到青磚，欣慰得差點沒掉眼淚。兒子終於長大了，可以像個男子漢一樣為家裡的大事奔波。

之後葉氏親自回了趟娘家，請葉厚則幫忙，葉厚則一口答應了。又找了韓敬奇，韓敬奇對明朗一家子好，再沒有哪裡不妥當的。

葉氏要蓋房子，韓氏族人各家都出人幫忙。葉氏說要給工錢，把許多老幼打發回去，只挑了一些壯丁。

直忙到七月底，韓家的房子終於蓋好了。

第五十一章　下聘禮喜中生員

韓家的新房前後兩進，西邊帶個側院。

房子蓋好了之後，梅香去仔細看了看，喜歡得不得了。

葉氏笑著對她說道：「過幾年你們也要蓋房子，到時候比這還蓋好一些。」

梅香嘿嘿笑。「阿娘，我們家的地沒有這個大，若是蓋兩個院子，怕沒有這麼寬敞。」

葉氏點了點她的額頭。「傻，等你們蓋房子的時候，茂林和他弟弟定然已經分家了。到時候家裡只有你們小倆口，就算公婆跟著你們，也能住得下。」

梅香不好意思笑了笑。「阿娘，我還沒想那麼多。」

葉氏和梅香說悄悄話。「等過了秋收我就搬過來，不管明朗前程如何，咱們家的油坊不能再開在鄉下了。」

梅香直點頭。「是呢，到了鎮上，阿娘就再也不用早起趕集了。至於賣菜的事情，您交給舅媽和二伯娘就是了，她們兩家定能辦得好。阿娘，您是現在就請酒，還是等搬家的時候再請？」

葉氏想了想。「現在不請了，等搬過來再請。哦，這幾個月的分成我也該給妳了，等過兩天妳回韓家崗，我一併給妳。」

梅香嘿嘿笑了。「阿娘，我暫時又不缺錢花，您留著給明朗考試用。」

葉氏搖頭。「該給妳的，我自然都要給妳。去省城用的銀子我都準備好了，到時候還要請茂林跟著一起去。」

梅香直點頭。「阿娘只管說，如今我也會做香豆腐了，他走幾天都沒問題。」

葉氏笑了。「才多久的功夫，就學會人家的獨門手藝了。」

梅香又嘿嘿笑了。

娘兒兩個說過悄悄話之後，梅香就回家去了。她躲在屋子裡，嘰嘰喳喳和黃茂林說了許多新房子的事情。

黃茂林摟著她親香了兩口。「莫急，等茂源年底成親了，怕要不了多久，咱們家也要蓋房子了。」

梅香雙眼更亮了。「茂林哥，我娘家的房子還分前後院，以後咱們蓋房子要不要這樣分？」

黃茂林笑了。「好，咱們也分前後院，以後妳就待在後院。」

梅香捶了他一下。「瞎說，我又不是什麼小姐夫人，才不要成日關在後院裡，沒趣，我要到處跑。等咱們也搬到鎮上去了，我回娘家好近呀。茂林哥，我真高興，你和阿娘都在我身邊。」

黃茂林摸了摸她的頭髮。「等明朗搬過去了，到時候我趕集賣豆腐就帶上妳，妳可以回娘家去玩，等我賣完豆腐，咱們一起回來。」

梅香頓時雙眼大放光彩。「真的嗎？我也能去？阿爹阿娘會答應？」

黃茂林想了想。「不怕，到時候反正過了農忙，妳待在家裡也無事。就說去榨油，反正阿爹阿娘也不懂榨油，妳說兩天才能幹完，他們也不能去查看。」

梅香立刻把臉悶在他懷裡笑了起來。「阿爹要是知道了，定要打你。」

黃茂林也笑。「妳不說我不說，阿爹不會知道的。」

小倆口時常在屋裡嘰嘰喳喳說話，楊氏見他兩人這樣好，頓時心裡有些發急。

楊氏仔細算了算，茂源馬上就要過生日了，過了生日就是十五歲，年底成親也說得過去。

晚上楊氏與黃炎夏商議。「當家的，咱們什麼時候去我娘家下聘？早些下了聘，年底就能進門了。」

黃炎夏嗯了一聲。「妳說什麼時候去就什麼時候去，除了首飾沒有，其他的都和茂林的一樣。」

梅香的聘禮裡有一根銀簪子和一對銀耳環，這兩樣加起來值個二兩多銀子呢。楊氏有些心疼，但一想到還有十兩銀子聘銀和那麼多東西，她也就不再說話。

「那，趁著秋收前去下聘好不好？」

黃炎夏嗯了一聲，不再說話。

第二天，黃炎夏就把買聘禮的銀子給了楊氏。楊氏照著給黃茂林置辦聘禮的規格，一樣樣仔細置辦，這是給親兒子娶媳婦，楊氏再沒有一絲的馬虎。

凡是紅蓮能帶回來的，楊氏都買得很好，帶不回來的，都比梅香的略微次一些。黃炎夏也不去管她，只要面子上過得去就行。

當初黃家往韓家下聘禮時，黃茂源多少知道一些，如今見下給楊家的差一些，有些擔心表姊臉上不好看。

楊氏安慰兒子。「你個傻子，不是阿娘小氣。你看阿娘買的料子，沒有一樣比你大嫂差。那些吃食，最後都給了你舅媽。論理，楊家是我的娘家，我難道不要臉面？但你想過沒有，給楊家下聘太多，你舅媽嘗到了甜頭，以後還不經常來歪纏。再說了，你大嫂有多少嫁妝？紅蓮的嫁妝全指望從聘禮裡頭出。既然這樣，我就多買一些她能帶過來的。」

黃茂源撓了撓頭。「阿娘說的有理，只要，只要別讓表姊太丟臉就行。」

楊氏笑了。「你是我親生的，我還能委屈你。你放心吧，只要是能給她做嫁妝的，我一樣都不會克扣的。阿娘手裡存錢，還不是幫你存的。」

黃茂源又嘿嘿笑了。

楊氏點了點他的頭。「以後記住了，你疼你表姊可以，你舅媽就是個無底洞，她兒子還沒說親呢，你別一頭扎進去。」

黃茂源直點頭。「阿娘放心，以後我不管錢，都給阿娘管著。」

楊氏笑了。「那也行，阿娘先給你管著，等你們有了兒子，再給紅蓮管也不遲。」

黃茂源頓時羞得臉通紅，支支吾吾就跑了。

楊氏風風火火的準備了十幾天，東西都備齊了之後，立刻就央求黃炎夏一起到楊家去下聘。

黃炎夏仍舊叫了大房夫婦、黃知事和黃炎禮夫婦，再加上黃茂林兩口子，一群人一起往楊家下聘禮去了。

楊氏以前時常貼補娘家，但都是零零碎碎慢慢貼補，如今聘禮這樣厚，閻氏眼睛都看直了。楊氏見她那貪婪的眼神，頓時有些不喜。紅蓮的嫁妝多寡關乎到她兒子的體面，若是閻氏敢隨隨便便把紅蓮打發了，她活撕了這婆娘！

楊氏也不去管閻氏，直接去找親娘說話。「阿娘，當日您老可是答應過我的，定然不能讓紅蓮光身嫁出去。我們家這聘禮，擱哪裡都不丟人的！」

楊老太太笑咪咪的安慰女兒。「妳放心，那些吃食也就罷了，料子都給紅蓮做陪嫁，聘銀一半給她買嫁妝，一半給她做壓箱銀子。定不會讓妳和茂源丟臉。」

楊氏這才滿意了。「我們母子的臉面全靠阿娘周全了！」

楊老太太點頭。「我看你們家大媳婦和紅蓮倒是能說到一起去。」

楊氏笑了。「我們家大媳婦是個機靈人，茂源他阿爹成日就誇讚這個媳婦好。」

楊老太太瞥了她一眼。「妳個傻子，茂源就這一個兄弟，嫂子娘家聽說也好，若能處好了，你們還能吃虧了？」

楊氏尷尬的笑了笑。「是呢，還是阿娘有見識，可不就是這樣。我平常在家裡，從不跟她擺婆婆譜，家裡有什麼吃的也不少她一口。」

楊老太太點頭。「這才是對的，妳別聽妳嫂子那蠢婆娘，她眼睛才只有針孔子大，可懂什麼呢！」

廂房裡頭，紅蓮今兒羞得沒出門。她只有兩個弟弟，也沒有姊妹陪她，淑嫻想著以後都是一家人，就拉著梅香一起到紅蓮屋裡去了。

紅蓮見到姑嫂二人之後，忙起身行禮。「表嫂、表妹來了，快請坐。」

梅香主動上前拉了紅蓮的手。「表妹不用客氣，以後都是一家人了。」

紅蓮想到以前家裡還想把自己嫁給表哥，如今陰差陽錯的，她卻成了黃茂林的弟婦，頓時又有些不好意思，怕梅香知道以前的事情針對她，她立刻表態。「早就聽說表嫂能幹賢慧，心裡一直仰慕表嫂，以後還請表嫂多教我。」

紅蓮的性子有些像楊老太太，誰得勢，她就對誰低頭。韓家比楊家強，且黃茂林比黃茂源強，她立刻就低下頭，在梅香面前伏低做小。

梅香聽見紅蓮這話，立刻知道紅蓮是想和她搞好關係，這是楊氏親姪女，梅香自然也不想得罪，立刻拉著紅蓮的手一通的誇讚。「我也早聽說表妹又斯文又能幹，這下可好了，以後咱們成了一家人，親親熱熱一起過日子多好。表妹不大瞭解我，我就是個直腸子，表妹有什麼話只管跟我說。」

淑嫻自然希望兩個嫂子能和睦相處，立刻在一旁敲邊鼓。「表姊，大嫂對我可好了，這才進門多久，就給我做了兩身衣裳。家裡有好吃的，大嫂頭一個都是讓著我，有活她也搶在前頭。外頭有些人胡亂編排大嫂，表姊可別相信。」

紅蓮聽得直點頭。「表妹說的我如何不知道，外頭一些人誰能盼著我們好呢。表嫂能幹就要被人編排，我自己說親晚，都快被那些人的唾沫星子淹死了。」

梅香忙安慰紅蓮。「表妹不要多想，阿娘說了，等年底就讓表妹進門，到時候咱們一起過新年，熱熱鬧鬧的多快活。」

三個人滿嘴好話都跟不要錢似的往外撒，梅香和紅蓮剛開始還存了相互試探的意思，等說了一陣子之後，察覺到對方和自己意圖一樣，頓時都拿出自己的看家本領，從今兒聘禮裡的吃食說到料子，又說到嫁衣怎麼做，越說越熱絡，不管各自內心是如何想的，至少表面上都一團和氣。

閻氏今兒大出血，做了兩桌像樣的席面，梅香和淑嫻仍舊在廂房裡陪著紅蓮吃飯。

唐氏打趣。「看看，紅蓮還沒進門，她們三個都這樣好了。弟妹以後只管放心，家裡定是越來越和睦的。」

楊氏不意梅香居然和紅蓮一見面就這樣好，心裡也高興，說明梅香沒有看不起她娘家人。「可不就是，可見這兩個孩子合該就是一家人的！」

楊家一位族嫂湊趣。「妹妹有兩個這麼能幹的兒媳婦，以後可有享不完的福氣了。紅蓮是咱們家出了名的能幹，聽說妳家大兒媳在娘家連作坊都能管，天爺，怎麼好媳婦都跑到你們家去了。」

楊氏笑得拍了族嫂一下。「嫂子真是沒良心，兩個姪媳婦一人給妳生兩個孫子，嫂子還沒個饜足！」

族嫂哈哈笑了。「可不就是，就這點我最滿意了，看在四個孫子的分上，她們笨一些就笨一些吧。」

一群婦人都哈哈笑了起來。

吃過酒席之後，黃家人一起回了。

黃家人才走，閻氏就要把那一箱料子搬進自己屋裡去。

楊老太太大喝一聲。「妳給我放下！」

閻氏吃了一驚，抬頭看向婆母，然後陪了個笑臉。「阿娘，紅蓮小孩子家家，怎麼能看管得好這麼多料子！」

楊老太太拿起旁邊的掃帚就去打閻氏。「妳這黑了心肝的蠢婆娘，妳一輩子沒見過料子不成！那是妳妹妹給紅蓮的聘禮，妳連這個都要克扣，妳以後還想不想再和黃家來往了！我給妳說，那些吃的東西妳想怎麼擺佈都由著妳，這一箱料子放到紅蓮屋裡，一半給她做衣裳，一半給她當嫁妝帶回去。那十兩銀子呢？拿來給我，我親自給紅蓮置辦嫁妝！妳要是敢動手腳，我活剝了妳的皮！」

楊老太太又衝到兒子房裡把那十兩銀子拿走了，不管閻氏如何痛哭自己養了女兒還做不得主。

楊家那頭鬧哄哄的，梅香回家後就在榻上歪著和黃茂林說話。

「都立秋了，白日還這麼熱。」

黃茂林才打水給梅香洗過臉。「秋老虎秋老虎，還得熱一陣子呢。妳晌午吃飽了沒？」

梅香笑咪咪的看向黃茂林。「我自然是吃飽了，茂林哥你肯定沒吃飽。」

黃茂林笑。「晌午光顧著喝酒去了，還真有些沒吃飽。」

梅香眼珠子亂轉。「哦？是這樣呀，我還以為茂林哥你是心虛呢。」

黃茂林知道她定然是聽到什麼風言風語，立刻衝過去就撓她的癢癢。「我哪裡心虛了，我才不心虛呢，妳再笑話我，我就收拾妳了。」

梅香被撓得咯咯笑，怕公婆聽見了忙捂住嘴，又用腳去踢黃茂林，哪知黃茂林用手抬起她的腿放到一邊，就在榻上開始輕薄她。

廂房門緊閉著，屋內一片春光。

才到楊家下過聘禮，黃茂林又要陪著明朗去參加院試了。這回考試至關重要，一是因為直接關係到明朗能不能成為正經的秀才，二是因為要到省城去考試。

這一回，不光明朗幾個要去考院試，秦先生和秦玉炔也要去參加鄉試。

葉氏提前準備好盤纏和明朗的衣衫，一樣請黃茂林送明朗去考試。

黃炎夏在家裡仔細叮囑兒子。「一路上聽秦先生的話，他們都是去考試的，有活兒你要跑到前頭。明朗的吃食不能儉省，早晚要看著他添衣裳，莫受了涼。總之，我說句大白話，你只管把他照顧好，讓他全心全意去考試。」

黃茂林直點頭。「阿爹放心，我會小心照顧明朗的。」

黃家最擔憂的就是梅香了，她提前給黃茂林準備好充足的衣裳，雖然葉氏那裡準備了錢，她仍舊給黃茂林帶上十兩銀子。「窮家富路，你照顧明朗的時候，千萬別自己儉省。該花就花，別想著省錢。」

黃茂林把她摟在懷裡。「我走了之後，妳每日只管做飯做香豆腐，過兩日就要開鐮割稻子了，我曉得妳能幹，但也別什麼事情都往自己肩上扛。」

梅香點頭。「我曉得，我會照顧好自己的，你路上也要當心。」

黃茂林笑了。「妳不用擔心我，那些騙人的把戲我聽了一肚子，再不會上當受騙。」

秦先生的同窗宋書吏，這回也一起去參加鄉試，二人帶頭，一群孩子們跟著，顛簸了十幾日，總算到了省城。秦先生和宋書吏去了原來住過的客棧定了幾間屋子，明朗和方孝俊一間，黃茂林陪著。方孝俊這次沒有帶家人來，因為他家裡並不是很富裕，多一個人多一分盤纏，方家有些吃緊。

黃茂林見明朗和方孝俊關係好，二人年紀也相當，一路上對方孝俊多有照顧。

一間屋子本來只能住兩個人，黃茂林自己打地鋪，讓明朗和方孝俊睡在床上。兩個讀書郎剛開始不肯，黃茂林只得擺譜教訓了他們幾句，二人才作罷。

明朗是他小舅子，他照顧明朗天經地義。可相處久了，他發現方孝俊這孩子真不錯，且還未訂親，他心裡有些蠢蠢欲動，他家裡妹妹淑嫻還沒說人家呢。

熬過最後一場考試之後，等了幾日後，終於放榜了。

鄉試先放榜，秦先生和宋書吏多年蟄伏終於有了回報，師兄弟二人都榜上有名，且都是正榜。秦玉炴功底不夠，連副榜都沒中。

院試人多，放榜遲了兩天。明朗和縣丞家的公子中了，秦小公子和方孝俊落榜，屋裡兩個人一喜一落寞。

方孝俊給明朗道喜，明朗安慰方孝俊下回再考也來得及。

黃茂林心想，好了，方家小哥沒中，這門親倒是有可能了。當然，人家沒考中，他肯定不能幸災樂禍，跟著明朗一起安慰了他幾句，仍舊如往常一樣照顧他。

師兄弟二人又一起去給秦先生和宋書吏道喜，秦先生兩個兒子沒中，但他自己和女婿都中了，也算收穫頗豐。

放了榜之後，一行人又往回去了。

黃茂林一路上都歸心似箭，如今正農忙，梅香兩頭跑，不知道累成什麼樣了。其實他完全想多了，因為梅香這會正蹺著腿躺在床上睡大覺，啥活兒也不用幹了。

第五十二章　珠胎結喬遷之宴

黃茂林才走兩天，黃家就開鐮開始割稻子。梅香是家裡的主力，不僅要割稻子，還要幫著做豆腐，中途還回了兩次娘家，幫葉氏榨油割稻子。

黃炎夏怕她累壞了，讓她歇一歇。但梅香要強，不肯歇著，黃炎夏只得讓淑嫻把家裡伙食做好一些，每天都有葷菜。

這一日，淑嫻做了一條大魚。她年紀還小，做飯的火候還差一些，那魚腥味沒去完。

梅香吃著吃著，實在忍不住，就跑到外頭全吐了出來。

大夥兒都以為梅香累病了，楊氏提醒黃炎夏。「當家的，看這樣子，莫非是喜事。」

黃炎夏夾菜的筷子又縮回來。「下午妳帶她去王大夫那裡看看，若不是，開兩貼治腸胃的，若是，就讓她歇著吧。」

楊氏內心酸澀無比，紅蓮還沒進門，梅香這就有可能懷上了。

但子嗣是大事，她也不敢馬虎，忙吩咐淑嫻。「去給妳大嫂倒一碗熱水來。」

淑嫻忙丟下筷子就往廚房去了，楊氏親自到院子裡去看梅香。

梅香正吐得難受，彷彿五臟六腑都要吐出來了。

楊氏仔細看了看，心裡確定了個七、八成。她調整了一下情緒，笑著過來安撫梅香。

「梅香，是不是難受得很？」

梅香吐了半天之後抬起頭。「阿娘，我無事，約莫是吃壞了肚子。」

楊氏笑了笑。「妳莫急，下午跟我一起去王大夫那裡看看。」

淑嫻端了熱水過來。「大嫂，漱漱口吧。」

梅香漱了口。「阿娘，我無事，吐出來好多了，喝兩口熱水，現在已經好了。」

楊氏又笑了。「我看妳這樣子，莫不是有了喜？妳月事多久沒來了？」

梅香頓時瞪大了眼睛，半晌之後又紅了臉。「還是，還是六月初幾來的。」

楊氏立刻撫掌。「那就對了，這都八月了，中間少了一回，跑不了了。」

淑嫻也跟著高興，母女兩個一起笑著把梅香帶進堂屋。

梅香吃不得那魚，淑嫻給她涼拌了根黃瓜。

吃了飯之後，楊氏帶著梅香一起往鎮上去。王大夫給梅香把了把脈，摸了摸鬍鬚笑著對楊氏說道：「恭喜黃太太，明年可以得金孫了。」

楊氏大喜。「真的？那可真是太好了，還是您老金口定了我們才放心，不然看媳婦的樣子，我們都擔心。」

梅香因為害羞，在一邊一直不說話。

楊氏又問王大夫。「媳婦這些日子累著了，您老看孩子可還好？需不需要補一補？」

王大夫搖頭。「妳這媳婦身子骨好，孩子倒沒傷著。只是這月分還小，往後不能再累著了。家常吃什麼就吃什麼，倒不用整日大魚大肉的補。」
王大夫又囑咐了一些養胎事宜，楊氏付了診金，婆媳兩個就一起回來了。
黃炎夏聽到是喜事，大喜過望，再不肯讓梅香下田，並讓淑嫻在家裡好生照顧嫂子。
第二天趕集的時候，黃炎夏又通知了葉氏。
葉氏當時喜得直念佛。「老天爺保佑，煩勞親家和親家母好生照顧她。我家裡再別讓她去了，若缺油了，我請人幹也花不了幾個錢。等忙過了這一陣子，我就去看她。」
兩親家說了一些客氣話，各自照顧生意去了。
葉氏想到女兒上個月懷了身子還去給她幹了那麼多的活兒，頓時心裡愧疚不已。老天保佑，孩子好好的，若是哪裡不好，她豈不成了罪人。呸呸呸，都好得很。
還沒到交糧稅的時候，明朗和黃茂林回來了。
郎舅二人進門後一起叫了聲阿娘，葉氏欣喜的把兒子和女婿從上到下都打量了一遍。
「你們怎麼樣？一路上吃了不少苦吧？」
黃茂林立刻拱手向葉氏道喜。「恭喜阿娘，明朗中了秀才了！」
葉氏頓時高興得說話都結巴了。「果真？真中了？哎呀，這可真是太好了，家裡的喜事一樁接著一樁。明朗，阿娘太高興了。」
明朗疑惑。「阿娘，家裡還有什麼事情？」
葉氏頓時回了神，笑得意味深長，她轉頭對黃茂林說道：「茂林，我就不留你了，你快些回去，梅香在家裡等你呢。」

黃茂林有些反應不過來。「阿娘，我家裡出了什麼事情？」

葉氏怕他擔心，直接明說了。「好事好事，你要做阿爹了。」

黃茂林呆住了，明朗倒是先一步反應過來。「既如此，姊夫，你先回去吧，姊姊定然在家盼著你呢，咱們後頭再一起聚一聚。」

葉氏點頭。「是呢，我準備過兩天去看看你姊姊。」

黃茂林反應過來後，立刻喜得說話都結巴了。「阿娘，阿娘，是、是真的？」

葉氏笑著繼續點頭。「真的，你快些回去吧。」

黃茂林立刻從懷裡把剩下的銀子給了葉氏。「阿娘，一路上的花銷我都記了帳，帳本子在行囊裡。我先回去了，回頭有功夫了我再來。」

葉氏想了想又叫住了他，快速從櫃子裡撿了三十個雞蛋，又從東院打了五斤油，讓黃茂林一起帶回去。

黃茂林也不客氣，跟葉氏道謝後，拎起東西和自己的行李，腳下生風往家裡趕。

梅香的反應一日比一日大，吃什麼吐什麼，才幾日的功夫，人就瘦了一些。

黃炎夏為了孫子，拿出銀子讓淑嫻只管買魚買肉，零嘴隨意買。梅香因為月分小，先頭又幹了重活，王大夫特意交代不能再累著，黃炎夏發話，讓她在家養著。

梅香晌午只喝了一碗湯，吃了兩口青菜。她感覺嗓子裡整天有東西，不吐出來不舒服，可肚子裡空空的，沒甚可吐的，就有些抓心撓肺。為了轉移注意力，她就做針線活，淑嫻在一邊陪著。

忽然，大門砰地一聲開了，梅香嚇了一跳。

黃茂林進了大門就開始喊：「梅香，梅香。」

淑嫻大喜。「大哥回來了。」

黃茂林過來就拉起梅香的手。「妳怎麼樣了？」

梅香笑了。「我無事，你去我娘家了嗎？」

黃茂林一拍腦門。「看我，把正經事都忘了。明朗過了院試，如今是正經秀才了。秦先生也過了鄉試，秦家兩位公子倒是沒中。」

梅香立刻喜上眉梢。「中了就好、中了就好。我天天在家裡擔心你們，可算平安回來了。」

淑嫻忙給梅香道喜。「恭喜大嫂，賀喜大嫂。」

梅香咧嘴笑了。「多謝妹妹了。」

說完，她接過黃茂林手裡的包袱打開來看看，都是衣裳，很多天沒洗。梅香聞到酸餿味，把臉扭到一邊就要吐。

淑嫻立刻把包袱搶走了。「大嫂，我去把大哥的衣裳洗了。」

黃茂林何曾見過梅香這樣嬌氣，立刻扶她坐下了。「是不是很難受？」

梅香乾嘔了兩聲。「無事，我都習慣了。」

黃茂林把她的針線笸端起來。「我扶妳回房歇一歇吧，別做了。」

梅香點頭，小夫妻兩個一起往西廂房去了。進屋後，梅香仔細問了他們一路的經歷，黃茂林大致說了一些，隱瞞了自己晚上打地鋪的事情。

梅香越聽越高興。「這下子好了，明朗有了功名，我們家再也不用交糧稅了，連徭役也不用服了，等阿娘搬到鎮上，再也不用風裡來雨裡去趕集了。」

黃茂林摸摸她的頭頂。「在咱們族裡，以後妳比誰都體面了。」

梅香嘿嘿笑了。「我的體面，不光是明朗給的，也有茂林哥你給的。」

黃茂林把她摟緊懷裡。「以後我定多掙一些家業，讓妳少辛苦一些。」

梅香把頭在他胸口蹭蹭。「我不辛苦，這些日子我天天吃了睡、睡了吃，跟豬似的。」

黃茂林嗔她。「胡說，我看妳都瘦了。」

梅香笑了。「你別看我現在胃口不好，聽阿娘說，過了三個月之後大多都不吐了，開了胃口，吃起來就多了，幾天就長胖了。」

黃茂林捏了捏梅香有些瘦了的臉。「多吃一些，不長些肉怎麼行呢？妳想吃什麼？我明兒上街買給妳。」

梅香想了想。「我也不曉得我想吃什麼，有時候想吃一樣東西，等端到我面前了，我又不想吃了。但妹妹辛苦做的，我不想吃也得吃了。」

黃茂林想了想。「以後妳不想吃了就給我吃，妳想吃什麼，偷偷跟我說，我做給妳也行。」

梅香又在他胸口蹭了蹭。「茂林哥你可算回來了，我晚上一個人睡大床都不習慣。」

黃茂林又笑著摟緊了她。「妳不習慣，我更不習慣。跟兩個大小夥子住一起，我還擔心晚上打呼嚕吵到他們兩個。」

梅香在他腰間扭了一把。「胡說，你睡覺不怎麼打呼嚕的。」

黃茂林刮刮她的鼻子。「我不打呼嚕，妳經常睡歪了頭打小呼嚕。」

梅香氣得捶他。「胡說，我才沒有打呼嚕。」

小倆口在屋裡膩膩歪歪說著悄悄話，淑嫻在院子裡把黃茂林的髒衣裳洗了。

待黃炎夏等人回來後，黃茂林又仔細說了府試的事情。

黃家人聽不懂科舉的規矩，但知道明朗中了，如今是正經的秀才公了。大夥兒都跟著高興，連楊氏都真心的恭賀了梅香兩句。

黃炎夏一邊吃飯一邊吩咐黃茂林。「你媳婦有了身子，家裡的活就別讓她做了，你那香豆腐都停了好久，趕緊做起來。」

黃茂林一邊給梅香夾菜一邊點頭。「阿爹放心，這一陣子我不在家，辛苦阿爹阿娘把稻子割了。」

黃炎夏吃了口飯。「都是一家人，說那些客氣話做甚。」

過了兩天之後，葉氏忽然帶著蘭香一起過來了，還帶了許多東西，和楊氏客氣的說了許多話，又囑咐了梅香一籮筐養胎的話。

楊氏強行留飯，葉氏吃過飯之後就要帶著蘭香回去。黃茂林悄悄與葉氏商議，請葉氏往方家傳話，並表示黃炎夏夫婦都沒有意見，若是能成，淑嫻的嫁妝定然不會差的。

葉氏回去後，夜裡就把黃家的意思說給了明朗聽。

明朗想了想。「阿娘，這事兒交給我來辦，我去問問方孝俊的意思。只是阿娘，姊夫家的妹妹為人如何？」

葉氏笑了。「是個乖巧勤快的丫頭。只有一樣，她只略微認得幾個字，並不像玉茗那樣有學問。」

明朗頓時有些不好意思。「只要認得幾個字也行，以後慢慢學就是了。方家家底太薄，方孝俊考了這幾回試，把家裡都快耗空了。若是娶媳婦，怕聘禮薄得很。」

葉氏回道：「你姊夫家裡也知道方家家底薄，若是親事能成，淑嫻的嫁妝定然薄不了。多的不說，供方家小哥多考兩回試還是夠的。」

明朗陷入了沈默，方孝俊家裡貧寒，姊夫家的妹妹賢慧能幹，嫁妝又厚，倒是可以一說。

明朗第二天在秦先生家裡，趁著吃晌午飯的功夫，旁敲側擊，跟方孝俊說了黃家的意思。

方孝俊沈默了半晌。「明朗，我不爭氣，倒讓你替我操心了。」

明朗忙安慰他。「你文章功底也不差，只是少了些運氣。再熬兩年，說不定名次更好。」

方孝俊笑了。「我倒不怕多熬兩年，只是我阿爹阿娘跟著受累，我心裡愧疚難安。」

明朗也沈默了會。「前幾年我小，什麼都幹不了，如今我萬分慶幸自己當初沒有為了逞能回家。等你以後功名越來越高了，你才有能力報答他們。」

方孝俊夾起一筷子菜吃了。「黃家的事情我沒有意見，我回去和阿爹阿娘商議。娶妻娶賢，門第什麼的，我家裡清貧，我如今還沒個正經功名，我還怕黃家嫌棄我窮酸呢。」

明朗笑了。「我家裡的事情你也曉得，姊夫對我家裡恩情重，他在我心裡如兄如父。若是親事能成，咱們兩個以後也算一家人了。」

師兄弟二人一邊吃飯一邊說了許多知心話。

方孝俊夜裡回去就和父母說了這件事情，方父明白，黃家要陪送厚嫁妝，就是想支持兒子繼續讀書。

他告訴方孝俊。「你若決定了，我們就上門提親，只一樣，既然決定結親，以後咱們就要好生對人家，以後發達了不能翻臉不認人。」

方孝俊急忙擺手。「不會不會，兒子豈是那等狼心狗肺的人。」

方父方母一合計，成，就黃家了。

雙方都有意，且方家雖然銀錢不厚，但求親時誠意足，葉氏來回跑了兩趟，兩家就把親事定下了。

說定了兩家的親事之後，葉氏開始忙著搬家。等安定下來了，葉氏大擺宴席，一是慶賀喬遷，二是慶賀明朗中了秀才。

到了喬遷宴那一天，韓家新房裡賓客盈門。

梅香一進屋就被葉氏帶到女客桌坐下了，眾人聽說她有了身子，都肯照顧她。特別是秦太太，一落座，就拉著梅香的手不停的誇讚。

梅香有些不好意思。「您誇得我都坐不住了，妹妹識文斷字，比我有學問，我不過是會幹些家務活罷了，不值得一提的。」

秦太太又拍了拍她的手。「咱們女人家，又不能讀書考科舉，能幹好家務活就是頂頂好的了。妳們姊妹以後常見面，多在一起玩玩。」

梅香笑了。「我也想多跟妹妹說說話呢。」

玉茗笑著給梅香端了一杯熱水來。「姊姊喝口熱水，這會子離吃飯還早呢，姊姊餓不餓？」

梅香立刻接過了熱水。「妹妹快坐，不用忙活，咱們一起說說話。」

玉茗笑著坐在梅香旁邊，細細問過了她近來的起居，吃不吃得下飯，夜裡睡覺安穩不安穩，看她的表情，不似作假。梅香心裡更高興了，拉著她的手一直絮絮叨叨的說話。

等賓客都來得差不多了，韓文富宣佈開席。

頭一輪是貴客，堂屋裡坐了最重要的八個男客。秦先生、葉厚則兄弟、韓文富、韓文昌、明朗和黃炎夏父子，其餘賓客分開在其他屋子和門口長棚裡坐席。

酒席剛開，明朗就挨個給桌上的另外七個人斟酒、敬酒。

先是秦先生，明朗再次恭賀先生喜中桂榜，又感謝先生這些年的培育。

然後是葉家兄弟，這是親舅舅，明朗感謝的話還沒說完，葉厚則就把酒喝了，拍拍他的肩膀。「不用跟我說客套的話。」

明朗又給韓文富和韓文昌倒酒，感謝七爺爺和二爺爺對他的關愛和照顧。

等到了黃家父子時，明朗先喝了一杯。「自姊姊和姊夫訂親，這幾年裡，姊夫風雨無阻，整日到我家裡來幹活，照顧我們姊弟幾個，替阿娘分擔重任。我說是韓家的兒子，論起功勞比姊夫差遠了，我去考試，每回都是姊夫精心照料我。這杯酒，也只能表達我的敬意。以後咱們兄弟姊妹守望相助，我若是哪裡做得不妥當，姊夫只管教導我。」

黃茂林笑著喝了酒。「咱們都是一家人，不說那些客套話，以後還如往常一般，我只當你是弟弟，不是什麼秀才公。」

明朗笑了。「這樣才對。」

明朗又給黃炎夏敬了一杯酒。「大伯高義，姪兒無言以謝，只能以這杯酒聊表敬意。」

黃炎夏笑咪咪的喝了酒。「我們也沒幫多少忙，都是親戚，搭把手是應該的。」

男客這邊明朗在敬酒，女客那邊，葉氏也到處張羅。

中途，她好幾次跑過去照看梅香，怕她胃口不好，還親自給她端了一碗酸湯過去，又囑咐桌上的女客們幫著照顧女兒。

蘇氏笑著對葉氏說道：「姪媳婦只管放心，有我在呢，又有兩位舅太太和秦太太，哪個不是養了一群孩子，定然會把梅香照顧妥當的。」

葉氏笑了。「嬸子，不怕您笑話我，我頭一回有孫輩，比我自己生孩子還擔憂。梅香這孩子這幾年跟著我受了罪，我就盼著她以後能順順當當的。」

秦太太給葉氏倒了一杯茶。「弟妹如今都熬出來，以後的日子只會越來越好的。」

杜氏也湊趣。「可不就是，妹妹沒看見，剛才梅香和秦姑娘說得多熱絡，就跟親姊妹一樣。這家裡孩子和睦了，妹妹只管舒心過日子。」

葉氏忙拉著玉茗的手。「好孩子，妳姊姊身子不便，多謝妳替我照顧她了。妳們能處得好，我再高興不過的。」

玉茗紅著臉。「嬸子，都是我該做的。」

說了一通客氣話，葉氏又忙活去了。

第五十三章　接學堂明岳訂親

韓家辦過喬遷宴之後，算是正式在鎮上安家了。

明朗和明盛去秦先生家裡更近了，但二人每日仍舊早起讀書。特別是明盛，為了早日能考縣試，他卯足了勁。

十月中旬的一個晚上，秦先生忽然把明朗叫到自己的小書房。

明朗進了書房後先給秦先生見禮，秦先生擺手讓他坐下。

明朗坐下後，秦先生問他。「你以後有什麼打算？」

明朗想了想。「如今暫時先跟著先生讀書，等有合適的機會，想找份事情做。家裡一直拖賴阿娘操持，我不能總是吃白飯。」

秦先生摸了摸鬍鬚。「知道體恤母親，這很不錯。我今日叫你來，是有件事情要和你商議。」

明朗抱拳。「先生只管吩咐。」

秦先生看了看他。「我託人在外地給我尋個了缺，很快就要舉家搬走了。」

明朗非常吃驚。「先生要走了？」

秦先生又擺擺手。「男子漢大丈夫，不要一驚一乍的。」

明朗還沈浸在秦先生要舉家搬遷的消息中，聞言勉強笑了笑。「學生失禮，還請先生見諒。」

「無妨，我沒提前跟你說，你意外也是常理。」

明朗愣了半天之後問秦先生。「先生，您走了，這學堂要怎麼辦呢？」

秦先生放下茶盞。「我叫你來，就是跟你商量這件事情。你願不願意接下這學堂？」

明朗聽到後忙擺手。「不可不可，先生，我才多大？學問又不扎實，豈不耽誤人家的前程。」

秦先生笑了。「你也不必過謙，十四歲中了秀才，榮定縣也沒幾個。教導一群學童還是沒問題的。」

明朗看了秦先生一眼。「秦大哥不留下來照看學堂？」

秦先生搖頭。「我此去離這裡七、八十里的地方任縣丞，他年紀不小了，正好給我跑跑腿，瞭解瞭解官場。你不一樣，你家裡寡母幼弟都指望著你，一時半會的，你哪裡也去不了。」

明朗又偷看了秦先生一眼。「先生走了，我什麼時候能再見到先生呢？」

秦先生又摸了摸鬍鬚。「再等兩年，你和玉茗也該完婚了。這期間，你有功夫也可以去我那裡。我本來就不是榮定縣本地人，你是我的學生裡最早中秀才的，又是我的女婿，這學堂，交給你我最放心。你若願意，從明兒開始，你就給他們授課，我還要在這裡住個把月，趁著這功夫，你把學堂捋順了。你家在本地，又多處聯姻，只要你能教好學子，並無人來與你為難。」

明朗聽了之後眼神有些期待，但一想到秦先生一家要走了，他又有些失落。他和玉茗這些日子常見面，雖然說的話不多，情意漸厚，秦家忽然說要搬走了，明朗感覺內心有些空蕩蕩的。

秦先生又囑咐他。「你回去與你母親商議商議，明兒再來跟我說。」

明朗被秦先生打發走了，恍恍惚惚的回家去了。葉氏見兒子跟掉了魂似的，忙問他發生了何事。

明朗勉強笑了一下。「阿娘，先生要舉家外任去了。說，說讓我以後管著學堂。」

葉氏聽到消息後也愣住了，半天後她反應過來了。「秦先生要去哪裡？讓你管學堂，你想管學堂嗎？」

明朗想了片刻。「阿娘，我想把學堂接過來，這樣也算有了份正經營生。」

葉氏想了想。「明兒我去先生家裡拜訪，你既然要管學堂，一下子肯定是管不好的，還需要秦先生慢慢教你。秦先生可有說什麼時候動身？」

明朗小聲回答葉氏。「先生說過了個把月就動身。」

葉氏點頭。「我知道了，先吃飯吧，事情一步步解決。」

第二天，秦先生在學堂裡宣佈自己即將要舉家外任的消息，並向大家說明了學堂即將交給明朗打理。「你們當中，有人比他年紀大，可能有些不服氣。只是科舉科舉，看的還是你的功名，那些考試考白了頭的童生，見到年輕授了官的進士，不還是要自稱學生。我跟你們說，不早些考上功名，以後你們要給更多的年輕學子見禮。」

方孝俊第一個起身說話。「學生恭賀先生得授縣丞，韓師弟雖然年紀小，卻率先考上了功名，教導我們，自然是天經地義。」

秦先生摸了摸鬍鬚。「若是不想繼續在這裡讀了，也不勉強，縣學裡也有蒙童班。我言盡於此，今日就讓明朗給你們講書。」

明朗頭一回給大家講書，沒有任何準備，全憑著自己的想法在講。等明朗講完了，底下人安靜了好久，過了一會，方孝俊第一個開始問話。

平日秦先生講書，大家都是謹慎的挑著問題問。今兒方孝俊忽然跟沒轡頭的野馬似的，逮著明朗問個不停。平和的、刁鑽的，但許多問題都是平日他和明朗討論過的。

有過之前討論的基礎，二人越說越深入，秦先生聽得連連點頭。

等方孝俊問過一輪之後，其他秦玉璋和王存周等人也相繼開始發問。

一個上午，明朗都在跟師兄弟們你來我往，到最後，他完全忘了自己今兒是給大家講書的，好似又跟平常一樣。

過了許久，秦先生拍了一下教鞭。「都歇一歇，如何，人家能十四歲過了院試，必定是比你們要強的。」

秦家後院裡，葉氏帶著厚禮上門了。

葉氏笑著對秦太太說道：「嫂子不知道，昨兒明朗回去後神情恍惚，倒把我嚇了一跳。嫂子一家忽然要走，他們兄弟心裡都捨不得呢。」

秦太太笑了。「我們離得也不遠，還是可以來往的。」

葉氏點頭。「先生授官，我們都跟著高興呢。就是明朗年紀不大，我總擔心他接不下學堂。」

秦太太搖頭。「這不用擔心，有這個把月，總能把學堂捋順了。就算有人會退學，明朗年紀這樣小就中了秀才，後面肯定會有許多人家把孩子送過來的。」

葉氏又點點頭。「學堂的事情我也不懂，就是玉茗這孩子，忽然要走了，我真捨不得她。」

秦太太見女兒不在，低聲對葉氏說道：「這孩子這兩天也有些悶悶不樂呢。」

葉氏小聲回答她。「我今兒給玉茗扯了塊料子，留給她做身衣裳。這些日子，還請嫂子多給些方便，讓兩個孩子多說兩句話。嫂子放心，我們明朗最規矩的。」

秦太太笑了。「妳不說我也知道的。」

兩親家在那裡說了許多話，葉氏說過了話就要回去，秦太太苦留不住。

明朗在學堂裡用心了十幾天，漸漸有了些模樣。

有幾個學生退了學，其中就包括王存周，這是意料之中的事情，明朗也不在意。他一邊管理學堂，一邊和秦先生父子討論學問，抽空還偷偷的找玉茗說說話。

玉茗給明朗做了一件冬天的衣裳，又做了兩個荷包。明朗無以回報，夜裡紅著臉偷偷寫了兩首詩，第二日趁著沒人的功夫塞給了玉茗。

很快就到了秦先生外任的時間，一家子以後也不準備再回來，東西都搬走了，只把房屋留給了明朗。葉氏原說要給錢，秦家人沒要。

秦先生走後，韓家人的日子再次規律了起來。

冬月底的時候，呼啦啦下了一場大雪，地面上的雪越來越厚，有些地方都能到小孩子胸口了。因雪太大，許多人家的房子都倒塌了，這其中就包括韓敬杰家。

他家裡的廚房塌了，正房後面開裂了，韓敬杰找了兩根大木樁頂住，暫時沒有問題，但誰知道什麼時候會倒。

房子的事還沒解決，眼見明岳十六周歲了，仍舊沒說親，韓敬杰兩口子急得什麼似的。明岳和弟弟整日跟著韓敬杰到處找活兒幹，這一、兩年間，也攢了幾兩銀子。但幾兩銀子對這個家庭來說，真派不上大用場

韓敬杰夫婦託人給明岳說親，說了一年都沒成果。人家一看，家裡這樣窮，一窩子兒子呢，閨女來了還不跟著受窮受苦。

柴氏原本想說個和自己一樣的，娘家窮，能幹能吃苦。可那樣人家的女娃，都指望賣女

兒給兒子娶媳婦呢，要的聘禮都高。柴氏自己家裡當時也是要了好幾兩銀子的聘禮，韓敬杰問韓敬平借了一大半才娶了柴氏。

夫妻二人如同被壓彎了腰，整日愁眉不展。

這一日，葉氏正在倒座房裡坐著，南邊的小窗戶只留了一條縫隙。若有人來打油，會扯一扯外頭的繩子，裡頭的鈴鐺就會響。

葉氏正和蘭香有一搭沒一搭的說閒話，忽然，鈴鐺響了。

葉氏起身把窗戶打開了，伸頭一看，只見周媒婆站在外頭。

周媒婆笑著和葉氏打招呼。「姪媳婦，老婆子在家閒著無事，來找妳閒話來了。」

葉氏有些納悶，如今自己家裡還有兩個孩子沒訂親，難道是來給孩子們說親事的？不管心裡怎麼想的，葉氏立刻笑著和周媒婆說話。「嬸子能來，我高興著呢。蘭香，快去把大門打開，讓妳周阿奶進來。」

蘭香跑到門樓把大門打開了，周媒婆進來後笑著對蘭香說了句好孩子，然後到倒座房和葉氏說話。

葉氏笑著給周媒婆讓座，又吩咐蘭香從水釜裡給周媒婆倒了一些熱水。

這水釜還是葉氏最近才添置的，貴得很，冬日裡可以存熱水。有了這個東西，一天到晚都有熱水喝。

周媒婆喝了一口熱水，開始和葉氏寒暄。「都說姪媳婦是個實誠人，我就不拐彎抹角了，我今兒來，是有事情跟姪媳婦說。」

葉氏忙正色道：「嬸子有什麼事情只管吩咐。」

周媒婆笑著看了一眼蘭香。

葉氏想了想。「嬸子放心，我這個小女兒，從不到外頭多言多語的。」

周媒婆咧咧嘴。「我有事託姪媳婦幫忙呢。不瞞妳說，我這裡有個姑娘，家裡有田地有作坊，但她阿爹命不好，一輩子娶了兩個婆娘，就得她這一個閨女。如今年紀到了，想招個女婿。我聽說姪媳婦族裡有個孩子，很是勤快，因家裡窮說不上媳婦。我想請姪媳婦幫我問問，願不願意這門親事。姑娘家裡說了，只要是個勤快肯顧家的，窮一些無所謂，她家願意給三十五兩銀子的聘禮。」

葉氏愣住了。「嬸子說的是哪一家？」

周媒婆斜睨了葉氏一眼。「姪媳婦還跟我裝糊塗，你們族裡那一家有四個兒子的，聽說窮得很，這場大雪一下，房子都塌了。」

葉氏繼續發愣。「嬸子，這事兒，這話，我開不了口啊！我知道嬸子說的是哪一家，就算女方家裡好，可也不能要人家的長子呀。」

周媒婆嘬了嘬牙。「姪媳婦，我認識這孩子，他時常跟著他阿爹到鎮上找活幹，真是個勤快的好孩子。說真的，也就是這樣的孩子，我才敢說親。要是那些不靠譜的人家，我就算說成了，以後人家姑娘爹娘不在了，欺負人家姑娘，豈不是我造的孽。」

葉氏心裡不置可否，周媒婆居然還能說出這般有良心的話？

周媒婆又喝了口快涼掉的水。「姪媳婦，我就是請妳幫我問一問，若事成，我分妳一半媒人錢。」

葉氏急忙搖頭。「嬸子，我不要媒人錢。嬸子要是能給這孩子說個媳婦，我請嬸子喝媒人酒，人家兩口子十分看重這個長子，我再不能開這個口的。」

周媒婆又央求了幾句，葉氏仍舊拒絕，周媒婆最後悻悻的回去了。

周媒婆曉得這種親事最後就算說成了，男方家裡得了好處，剛開始還好，時間一久，說不定心裡還會埋怨。周媒婆就是看葉氏如今身分不一般，想請她幫忙，誰知道葉氏看著好說話，卻抵死不從。

周媒婆無法，最後只得讓小兒子陪著，自己跋山涉水往韓家崗去了。

柴氏一見鎮上的周媒婆來了，頓時心驚肉跳。平安鎮的人都知道，周媒婆說親一說一個准，可她要的媒人錢高。

不管內心如何忐忑，她仍舊笑著接待了周媒婆。

周媒婆看了一眼這家，家徒四壁啊，想要給四個兒子都說上婆娘，太難了，不如捨了一個，成全所有人。

周媒婆先和柴氏你來我往的說了許多客氣話，最後漸漸的露了些話題。

柴氏臉色很難看，但她不敢得罪周媒婆。

周媒婆把話帶到之後，讓柴氏多想一想，自己又跋山涉水回鎮上去了。回去時因路不好走，好險沒摔著。

周媒婆走後，柴氏眉頭鎖得能夾死蒼蠅。韓敬杰回來聽說後，同樣緊皺眉頭。

夫妻倆都是一樣的心態，捨不得這個大兒子。可周媒婆只給了他們兩天的功夫，要是不答應，就丟開此事，要是有意，兩天後去找她，她保管能說成。

韓敬杰和柴氏不想答應，最後，明岳主動找了父母。

他跪在父母面前。「阿爹，阿娘，不是兒子想去享福。弟弟們眼見著都大了，我打光棍無所謂，可，房子要塌了，咱們手裡的銀錢只能重新蓋房子，哪裡還能繼續給弟弟們說親。那家願意給三十五兩銀子，有這錢，不光可以蓋上磚瓦房，還能給弟弟們娶上媳婦，剩下的再買兩、三畝地，家裡以後只會越來越好。」

柴氏頓時哭了。「我不同意，你是我頭一個孩子，死也要死在家裡，不許到外面去。」

明岳紅著眼眶看向柴氏。「阿娘，我出去了，咱們一家子都能暫時翻身。再說了，人家姑娘又不是不好，只是沒有兄弟而已。兒子就算不在阿娘身邊，對阿爹阿娘的心永遠都不會變的。」

柴氏頓時哭了起來，過來抱住明岳。「都是阿爹阿娘沒用，都是我們沒用啊！」

韓敬杰沈默了許久。「阿爹對不起你。」

明岳笑了。「阿爹，兒子早就看開了，什麼子孫萬代，從大伯、二伯到咱們家，哪一家不是一窩兒子，可卻越來越窮，光棍越來越多。我做上門女婿，無非是名頭差一些，但說句大實話，若不是招女婿，這樣好的人家、這樣好的姑娘，八輩子也輪不到我的。」

柴氏哭得更厲害了，卻無言以對。

明岳又勸他們。「阿爹，阿娘，這是兒子唯一的機會了，也是咱們家的機會。何必在乎外頭人的流言蜚語，梅香姊姊當初一力撐起家業，人家都罵她母老虎。如今呢，誰比得過她們？」

韓敬杰有些意動，半天之後，他看向明岳。「好孩子，是阿爹對不起你。」

明岳勸動了父母，第二天，柴氏就去找了周媒婆。

三天後，周媒婆來話。那一家父母讓明岳先去住一陣子，對外只當說請的學徒。若是親事能成，過了年就下聘禮成親，若是成不了，給些工錢，再把明岳打發回來。

柴氏明白，人家這是想查看明岳。

明岳高興的帶著兩件破舊的衣裳去了，臨走前吩咐大弟聽父母的話，照看好弟弟們。

明岳去了那家之後，也不刻意表現，就如同平日一樣，勤快、老實，不多言不多語。

姑娘的父母很喜歡明岳，姑娘自小就知道自己要招婿，如今這樣的男子，已經是很難得的了。之前媒婆給她說的，不是身有殘疾就是好吃懶做。

姑娘一點頭，她家父母立刻放了明岳回來，然後火速訂親，等開春後就成親。因明岳勤快，岳父母看在女婿的面子上，多下了十兩銀子的聘禮，還加上許多尺頭和吃食。

等明岳婚事一定，整個韓家崗都轟動了，有嗤之以鼻的，有搖頭嘆息的。韓敬杰夫婦又高興又心酸，媳婦他們也見過了，是個好姑娘，只是，兒子卻要去別人家了。

明岳非常高興，岳家對他好，姑娘也很不錯，若不是上門，他哪裡能找到這樣的姑娘。他把岳家給的聘禮全部留給父母，除了兩身新衣裳，他什麼都不要。

就這樣，明岳力排眾議去做上門女婿，給一家子掙得了喘息的機會，他自己也有幸找了個好姑娘。

第五十四章　成好事紅蓮進門

就在明岳訂親的時候，黃家這邊也沒閒著。

之前下大雪的時候，茂松到黃茂林家裡來玩，梅香覺得茂松為人不錯，家裡也殷實，想把蓮香說給他。

她託楊氏去問了茂松的父母黃炎禮和平氏，一家子商議好了之後，同意了這門親事。

既然看中了人家閨女，就老老實實照著規矩去提親。平氏託了楊氏幫忙，楊氏滿口答應了。

梅香身懷有孕，楊氏也不好讓她去跑，自己主動去找了葉氏。葉氏聽說是女兒說的，也覺得這門婚事不錯。

第二天，周氏來鎮上送菜。葉氏雖然管著學堂，但逢集的上午她還要在家裡照看油坊，因而都是在家裡把菜處理好了，再拿到學堂的廚房去做。

周氏每回送菜都是直接送到家裡，她才放下擔子，葉氏就拉著她悄悄說了黃炎禮家裡想求親的事情。

平安鎮收山貨的不多，周氏自然是知道黃炎禮家裡的。論起家底，周氏心裡滿意，但她也要看看那家人如何。「梅香辦事自然是可靠的，可我還是想看一看，還請弟妹幫著轉圜一下。」

葉氏笑了。「我自己嫁過女兒，自然瞭解二嫂的心思。二嫂放心，我來安排這件事情。」

葉氏把話帶給了黃茂林，黃茂林第二個集就帶著茂松一起來玩了。

黃炎禮讓黃茂松帶了一些菜籽，去韓家換十斤油回來。恰巧，周氏帶著蓮香一起來趕集。

蓮香不明所以，如往常一樣和蘭香說笑，黃茂松知道今兒是來相看的，見蓮香活潑可愛，心裡很是喜歡。

葉氏當著周氏的面，問了黃茂松許多話題，黃茂松一一老實應答了。

葉氏問過話之後，打發黃茂松先走了。

黃茂松才出門，葉氏問周氏。「二嫂，如何？」

周氏笑了。「是個好孩子，勤快能幹。」

葉氏也笑了。「二嫂要是沒意見，再問蓮香兩句，要是你們家覺得行，過兩天我再給黃家回話。」

正說著，有人來買油，葉氏招呼客人去了。

周氏乘機問了蓮香的意思，蓮香這才知道剛才那個少年郎今兒是來相看的，怪不得總是拿眼睛瞟她，頓時小臉爆紅。「阿娘，怎的也不提前跟我說一聲。」

周氏笑了。「提前跟妳說了，妳就要裝相了。這裝相裝一時還行，誰還能裝一輩子。妳再想想，下個集再回妳三嬸。」

蓮香想了一天也答應了，茂松小小年紀能出去收山貨，自然是能幹。總在外頭跑的人，心性更開闊，回到家裡只想著過熱乎的日子，並不會在意屋裡人是不是性子安靜這些小事。況且，三妹介紹的，定然是不差的。

她點了頭，雙方都有意，自然好辦事了。

黃炎禮一事不煩二主，直接請楊氏和葉氏一起上門提親。

平氏買了根沈甸甸的足銀簪子，插在蓮香的頭上。黃家和韓家再次聯姻，梅香和蓮香是堂姊妹，黃炎夏和黃炎禮關係也好，這門親事結得真是皆大歡喜。

轉眼就過了臘八，雪停了，出了大太陽。

都說落雪不冷化雪冷，這話不假，雖然出了太陽，早晚卻比往常還要冷。黃炎夏父子三個天天到處賣豆腐，楊氏讓淑嫻照看好梅香，她自己開始預備兒子的婚事。

春上才辦過黃茂林的親事，楊氏這一次辦起來更輕鬆，許多事情照著春上的例子再走一遍就是了。

最大的事情就是準備宴席了，黃家養了三頭豬。楊氏請了屠戶過來全部牽走了，第二天，她去屠戶那裡拉了一頭整豬肉回來。

大黃灣的池塘每年冬天都會捉一次魚，全村的漢子們一起划著小船捉魚，各家出一個人。黃茂林兄弟跟著忙活了一下午，分了十幾條魚，楊氏又另外出錢從別人家買了三十多條魚。

一眨眼，就到了黃茂源成親的日子。連著多日的大太陽，地面早就乾透了，雖然仍舊是冷天，但能挑個晴天，真是不錯。

梅香因為肚子大了，行動不便。見一家子都忙得腳不沾地，梅香就跟著淑嫻一起幹家務活，炒菜、洗碗這些小活兒，都是梅香在幹，洗衣裳等需要彎腰的活，就讓淑嫻去做。

正日子前一天，黃氏族人都來幫忙。婦人們幫著楊氏一起，把所有的菜料都準備齊了。漢子們在黃炎夏的帶領下，搭長棚、抬桌子、擺凳子，一切準備妥當後，就等著第二天的正日子了。

夜裡，黃炎夏把黃茂林打發去黃茂源屋裡，讓他們兄弟好生說說話，還讓他教導一下弟弟。

黃茂林當時為難得直撓頭。「阿爹，這件事情，不是該阿爹去嗎？」

黃炎夏瞥了他一眼。「長兄如父，你去也是一樣的。莫要囉嗦，快些去。明兒事情多著呢，說完了早些睡覺。」

黃炎夏說完，轉身就回正房去了。

黃茂林只得去隔壁屋和黃茂源東拉西扯了一大堆，然後稍微說了幾句夫妻之事，不管黃茂源有沒有聽懂，他先回屋裡去了。

第二天一大早，梅香感覺自己才閉上眼沒多久，外頭就熱鬧了起來。

黃茂林聽見動靜就起來了，並一再囑咐梅香，不要起來。

梅香先起床解了手，又爬回床，躺在暖暖的被窩裡，聽外頭人來人往。

黃知事不停的吩咐事情，誰跟著迎親、誰招待客人、誰跟著去抬嫁妝，廚房誰負責、端菜上菜誰負責，收禮誰負責，一樣樣他都提前已經吩咐好了，今兒再說一遍，防止有人弄混了。

院子裡腳步匆匆，沒有人去計較一個孕婦睡到什麼時候。

當然，也有人羨慕的。多少人家的媳婦都快要生了，還在地裡幹活呢。也就是黃炎夏家裡殷實，才能這樣慣著懷孕的兒媳婦每日睡懶覺。

梅香在被窩裡迷迷糊糊又睡了一覺，正夢見自己要生孩子了，黃茂林端著一盆熱水進來了。

梅香被驚醒，一摸肚子，離生還早著呢。

黃茂林伸頭一看。「醒了？快起來洗把臉，洗了臉別出門，我給妳把飯端過來。外頭人多，鬧哄哄的，別擠著妳。」

黃茂林早上走的時候，把梅香的棉襖塞到了被窩裡，這會棉襖都是熱呼呼的。

梅香起身穿好了衣裳，洗臉漱口。等她梳好頭髮，黃茂林用托盤端了些飯菜過來。

今兒早上大廚熬的稀飯，濃稠得很，裡頭還有紅薯。還有用大白菜炒的千豆腐、醃辣椒剁碎了炒的豆腐乾。這豆腐乾是沒有用調料醃製的香豆腐，且壓製的時候沒有壓那麼狠，比香豆腐水分多一些，但比起水豆腐，水就少多了。這是黃茂林新做的，比香豆腐便宜，比水豆腐貴，才一做出來，就暢銷得很。

除了這兩樣，大廚又切了一些肉絲炒蘿蔔絲，還涼拌了一大盆菠菜。

梅香就著幾樣菜，吃了滿滿一大碗稀飯。

黃茂林一邊收碗一邊叮囑她。「等會我可能要跟著去楊家，晌午妳要是肚子餓了，自己用開水泡些東西吃也行，去廚房找東西吃也行，今兒廚房裡好吃的東西多。」

梅香笑了。「你放心吧，我不會餓著自己的，你只管去忙你的。」

吃過了早飯，梅香終於出門了。她跟一路遇到的人打招呼，然後搬了個小板凳和一群婦人一起擇菜。

冬天擇菜可不是個好差事，有些凍手。

眾人見她大著肚子，只分給她一些蒜苗，讓她把死皮剝除，再用剪子把根剪了。

黃茂忠家的劉氏看了看梅香的肚子。「弟妹這肚子最近長大了不少。」

梅香笑著回答劉氏。「是呢，我近來感覺總是餓得快，又不敢吃太多。」

劉氏手下忙個不停。「懷著孩子就是餓得快些，弟妹一頓少吃些，一天多吃幾頓就好了。今兒人多，弟妹別亂跑，跟著我就行，要是累了，回房歇著。」

旁邊有人附和。「是呢，茂林媳婦，我們這麼多人幫忙，妳大著肚子，照看好自己就行了。妳這月分最好了，好生受用一些日子，等孩子生了，帶孩子多累。」

旁邊有人哈哈笑了。「可不就是，咱們女人家，也就懷著身子的時候能過幾天好日子。」

正說這話，迎親的隊伍出發了。

梅香幫著擇了一會菜之後，劉氏就勸她回房了。梅香見眾人忙得過來，也就不客套，回房拿出針線笸就開始給黃茂林做鞋。

等她縫完了一隻鞋的鞋面，外頭忽然傳來鑼鼓聲，新人回來了。

梅香放下針線笸，整理了一下衣裳，又往頭上插了一根銀簪子，立刻出門去了。

她才走進門樓，外頭牛車已經到了大門口，嫁妝先一步進了門。

紅蓮一身紅衣，紅蓋頭蓋住了頭，沿著門樓裡的紅棉布，被黃茂源牽著一路走到了堂屋。

梅香跟著眾人一起看熱鬧，到了堂屋後，已經有人佈置好了場地。黃知事讓黃炎夏和楊氏坐在上首，新人叩拜行禮。

這頭正在行大禮，那頭，有人把紅蓮的嫁妝在院子裡擺開了。

床、衣櫃、桌子、椅子、箱子、洗臉架、木盆、馬桶……家具和梅香的大差不差，雖被子只有四床，衣裳和料子放在兩個中號箱子裡，看起來也體面。除了楊氏給的插戴用的銀簪子，還有一只銀戒指，一對銀耳環。

與梅香的比起來，紅蓮這份嫁妝有些簡薄，但往普通人家一放，也很不錯了。

眾人快手快腳把嫁妝床擺進了新房，新人行過禮之後，就被送進新房。

梅香跟著眾人一起看熱鬧，楊氏今兒是發自內心的高興。這是她親兒子娶親，她受禮受得天經地義。

眼見著就要開席了，楊氏打發梅香到新房裡陪著紅蓮。

看新娘子的人都走了，黃茂源也被拉去敬酒去了，只有紅蓮一個人端坐在那裡。

梅香笑著和紅蓮打招呼。「弟妹。」

紅蓮起身相迎。「大嫂，快請坐。」

妯娌兩個有一搭沒一搭的說話，中途，劉氏給她們送來了許多飯菜，梅香帶著紅蓮吃飯，紅蓮吃得極少，梅香今兒上午沒有加餐，這會正餓著，吃了滿滿一碗飯。

鬧哄哄一天，很快到了夜裡。等把所有客人都送走之後，梅香洗漱完早早就睡著了。

第二天一大早，照慣例，紅蓮起個大老早做早飯，磕頭敬茶。

楊氏一個早上都寒著臉，梅香不明所以，也不說話，只管吃自己的飯。倒是紅蓮，小心翼翼的。

等吃了飯，黃茂林給梅香解惑。「昨兒妳睡得早，我還沒來得及告訴妳。楊家昨天鬧得不像話，阿娘後來知道了，氣得不行。」

梅香立刻悄聲問他。「楊家做了什麼事情？」

黃茂林看了一眼隔壁，也小聲說道：「臨出門的時候，紅蓮的舅媽們攔住了她，非要我們給二兩銀子的上花轎錢，不然不放人。」

梅香瞪大了眼睛。「二兩銀子？她當二兩銀子是天上掉下來的這樣容易？」

黃茂林點頭。「可不就是，那兩個婦人，拉著紅蓮死活不肯放，還罵紅蓮只管自己，把家業都帶走了。」

梅香氣得直罵。「好不要臉，紅蓮的嫁妝，都是從咱們家的聘銀裡出的，楊家一文錢也沒花，如何就成了帶走楊家家業了？」

黃茂林哼了一聲。「這兩個賊婆娘不過是趁著大喜的日子，拿捏咱們一下。」

梅香繼續問：「後來如何解決的？」

黃茂林忍不住誇讚紅蓮。「弟妹真是好樣的，咱們家和楊家再三商議，對方都不肯放人。最後她自己掙開了兩個賊婆娘的手，跪倒在她阿娘面前，一聲哭一聲問，若是為了要銀子，索性今兒不嫁了，再把她賣給地主家當小妾就是了。還說與其這樣鬧下去不好收場，不如她一頭碰死了一了百了。」黃茂林剛才跟著叫紅蓮的名字，這會忽然改口叫弟妹了。

梅香倒沒在意這個細節，只高興的跟著附和。「好，紅蓮這性子我喜歡。那閻家賊婆子也忒是可恨，這樣大喜的日子，鬧得不像話。」

黃茂林忙讓她小聲。「別讓阿娘聽見了，阿娘正在氣頭上呢。」

梅香嘿嘿笑了。「我說阿娘早上怎麼拉著張臉，可這事兒也不怪紅蓮，可不能給她臉色看。」

黃茂林摸了摸她的頭髮。「雖然紅蓮沒錯，但肯定會受些牽連。妳別管那麼多，只管好生照顧自己。」

紅蓮膽戰心驚了一天，楊氏也沒發作。

到了下午，楊氏見她這可憐的小模樣，反勸慰了她兩句。「妳莫要多想，好生照顧茂源。馬上要過年了，忙得很，妳大嫂身子重，幹不了活，妳眼睛亮一些，妳阿爹就喜歡勤快孩子。」

紅蓮直點頭。「阿娘放心，我會聽話的。」

紅蓮得了楊氏的指點，越發勤快，做飯、伺候牲口，什麼都能幹。最重要的是，她和黃茂源親密得很。因紅蓮大兩歲，十分照顧黃茂源，每天早上，她還搶著起個大老早給爺兒三個做早飯，黃炎夏心裡對這個兒媳婦也很滿意。

有了紅蓮，楊氏頓時感覺輕鬆了許多。

年底是辦婚事的好時候，黃茂源成親的當日是個上上吉日，韓家也在辦喜事，韓明全也要成親了。
趙家姑娘帶著豐厚的嫁妝嫁了進來，第二天就發了威。
給公婆敬茶之後，趙氏就開始操持家事。說好了讓她進門當家，董氏卻百般掣肘，趙氏說東，她偏要往西。
趙氏哪裡怕她這種小手段，她不和董氏明著來，只安排韓明全幹活。韓明全眼見著韓敬義在董氏面前威風了幾十年，何曾把女人放在眼裡。除了梅香，在韓家崗就沒有哪個女人在他眼裡算個人。
趙氏想安排他幹活？他翻了個大白眼之後，依舊我行我素。
趙氏不等三日回門，當天就收拾兩件衣裳要自己回去，韓明全撇嘴，董氏攔著不讓走。趙氏抽了自己兩個耳刮子，紅著臉哭著掙開了董氏的手，跑回娘家去了。
這可不得了，第二天，趙家三個舅子們上門，一起把韓明全打了個臭死！
不論董氏如何哭泣，趙家兒郎們毫不手軟。「這樣的廢物，又不肯幹活，活著幹甚！打死算了，你放心，等你死了，我妹妹保證不改嫁，不光幫你孝順父母，還給你守節，以後從你弟弟家裡過繼個孩子，也不會斷了你的香火。」
韓敬義想去拉，崔氏攔住了他。
崔氏眼見著韓明全越發不像個樣子，對比一下明朗和明輝，崔氏也覺得這孩子得有人給他緊一緊皮，自家人捨不得下手，就讓他岳父家來吧。

韓明全被打得在地上滾，趙家兄弟幾個只是為了教訓他，並不是想把他打死打傷，兄弟三個下手有分寸，讓他疼，吃教訓就夠了。

等打得韓明全多次求饒之後，趙家兄弟們才停手，然後揚長而去。

韓文富聽聞之後，只摸了摸鬍鬚，笑了笑，並未說話。

第二日，韓敬義押著韓明全去把趙氏請了回來。

這一回來，董氏再也不敢跟媳婦為難，韓明全也開始老實幹活。趙氏發一次威，震懾住了一家子，從此徹底開始在家裡當家。

趙氏當家並不是單純為了耍威風，家裡家外的事情她都能支應。韓敬義見兒媳婦比董氏能幹多了，且兒子也被教導得比以前懂事，他也不再幫董氏說話。

梅香聽到韓明全挨了一頓打，笑了半天，直誇趙氏能幹。

第五十五章　回娘家另尋生計

黃炎夏趁著臘月間生意好，帶著兩個兒子沒日沒夜在豆腐坊忙活，楊氏帶著紅蓮備年貨。

紅蓮這些日子用自己的勤勞贏得了黃家人的認可，且她比起梅香還多了一分隱忍。紅蓮沒有見過梅香剛進門時的勤快和能幹，但從淑嫻的描述裡，她也能猜出一二。她有些羨慕梅香如今在家裡的地位，大嫂說話，公婆都能聽進一二，大哥更是對大嫂百依百順。

雖然有些羨慕，但紅蓮看了看有些傻氣的黃茂源，心裡也熱烘烘的。表弟把她從泥坑裡拉了出來，娶她進門，聘禮和婚禮樣樣出彩，她還有什麼不滿意的。

想通了這些事情後，紅蓮越發勤快了。

臘月二十六的夜晚，吃過了飯，黃炎夏把帳本子和這個月的銀錢都拿了過來，帶著兩個兒子一起，先把這個月的帳算了，再匯總一下整年的收成。

看到帳本上的數字，黃炎夏非常高興。「這一年大家都辛苦了，妳們妯娌兩個今年先後進門，以後都是一家子，定要和睦。不是說讓你們靠著兄弟吃喝，而是要記得，兄弟有難處，不能看笑話。你今日看了兄弟的笑話，來日你自己遇到了難處，連親兄弟都不幫你，你可還有臉出門？」

黃茂林先表態。「阿爹放心，我和茂源好著呢。」

黃茂源也跟著點頭。「阿爹，我會聽大哥的話的。」

黃炎夏看著小兒子這副實誠樣子，又有些想笑。「得虧你大哥不是個藏奸的，要不然你這副傻樣子，我死了都不放心。」

黃茂源嘿嘿笑了。「大哥對我好，再不會坑我的。」

黃炎夏又開始分錢。「這是茂林這個月香豆腐的分成，臘月生意好，共八百二十文，你媳婦娘家送來的水釜，她拿出來公用，我也不能讓她吃虧，聽說那東西值七、八百文錢，我補給她五百文錢。這是茂源的二百文錢，淑嫻也分一百文。紅蓮這些日子跟著辛苦了，妳和淑嫻一樣得一百文。梅香今年一進門就要給我生孫子了，有功勞，也分二百文。沒分家之前，你們誰生了孩子，不論男女，孩子落地就獎二兩銀子，錢是小事，人丁興旺是大事。」

楊氏有些眼熱的看著梅香的肚子，又看了看紅蓮平坦的小腹，內心嘆了口氣。唉，都是命。算了算了，好在當家的不是個偏心的，反正男女都獎二兩銀子。

楊氏和黃炎夏商議，明兒上街再給女兒、媳婦們買兩朵花戴，反正閒著也無事，還問梅香要不要一起去。

梅香頓時雙眼發光。「阿娘，我也能去？」

楊氏笑了。「去吧去吧，明兒天晴，路上也不滑。我們三個人一起看著妳呢，定無事的。」

梅香頓時高興的笑了起來。「那就有勞阿娘了。」

黃炎夏囑咐楊氏。「親家母家裡如今沒有菜園，明兒妳走的時候，把家裡的菜多帶一些過去。」

楊氏摸了摸淑嫻的頭。「乖乖這些日子辛苦了。」

淑嫻抿嘴笑了。

第二天一大早，吃過了早飯後，楊氏帶著兩個兒媳婦和女兒一起往鎮上去了。離得又不遠，娘兒四個慢悠悠的走，一路走一路閒話。

等到了鎮上，四人先去黃茂林的攤子上看了看，然後一起往劉家去了

楊氏給她們三個一人買了兩朵花，樣式自己選，另外搭配一些絲線，盤頭髮時藏在頭髮裡，閃亮亮的。除了姑嫂三個的，楊氏又另外多買了兩朵。

付過了錢之後，楊氏又帶著她們幾個往韓家去了。

學堂裡的孩子們昨兒下午都回家去了，明朗和明盛今兒也在家裡。

見黃家一行人來了，葉氏忙出來迎接，明朗兄弟也出來和楊氏行禮，又問候梅香身體。

葉氏把她們幾個迎進內院，蘭香給她們倒了茶水，還上了些零嘴。

葉氏拉著梅香的手，問了半天她這些日子的起居，梅香都一一回答了。

等她們娘兒兩個說完了，楊氏才笑咪咪開口。「我們當家的怕親家家裡過年缺菜，讓我給親家帶了一些家裡種的菜過來。這真是的，親家頭先還賣菜，如今倒缺菜吃。」

葉氏也笑了。「可不就是，我還說尋摸塊地種菜呢，到現在還沒尋到。有勞親家還給我送菜來。」

楊氏擺擺手。「也不值個甚，親家家裡要是有什麼活幹不了，只管叫茂林來幹。」

說完，楊氏拿出了多買的那兩朵花。「我才剛帶著幾個孩子去買花戴，多買了兩朵，給蘭香過年戴，都是大紅的，喜慶得很。」

葉氏立刻又趕著道謝。

兩個人客氣了半天之後，楊氏對葉氏說道：「親家，我把梅香放在妳這裡，我去買些過年用的門對子和香燭紙炮。」

葉氏忙道：「親家，香燭紙炮也就罷了，門對子別買了，我讓明朗給妳寫一些帶回去。」

楊氏笑著點頭。「也行，明朗寫的比外頭那些還好呢，親家有福氣，兒子這樣有出息。」

葉氏又笑了。「親家也有福氣，明年就可以抱兩個孫子了。」

楊氏把梅香留在韓家，自己帶著紅蓮和淑嫻走了。

葉氏終於能和梅香說些私房話了。

梅香拉著葉氏的手問她。「阿娘這些日子忙不忙？」

葉氏搖頭。「比以前強多了，不用下田下地，我只管給學堂裡的孩子們做飯，再招呼上門的客人就行了。」

梅香摸了摸葉氏的手，是比以前細嫩一些。「阿娘辛苦了這麼多年，也該歇一歇了。」

葉氏摸了摸她的頭髮。「阿娘是能歇著呢，可阿娘一想到等妳生了孩子之後，還要幹活，阿娘心裡就難過。」

梅香笑了，悄悄對葉氏說道：「茂林哥跟我說，明年我們家說不定也要來蓋房子，等搬到鎮上，田地都交給別人種，家裡就清閒多了。」

葉氏高興的直點頭。「好好，等妳搬來了，阿娘給妳帶孩子。」

正說著，明朗兄弟進來了。

明盛跑過來，稀奇的看著梅香的肚子。「姊姊，我能摸摸嗎？」

梅香笑了。「只管摸。」

明盛伸出了手，輕輕摸了摸，感覺到底下小娃兒正在翻跟頭，立刻高興的叫了出來。

「他動了，他動了！」

明朗笑著說他。「小聲些，別嚇著甥兒。」

葉氏想著楊氏很快就要回來了，立刻進屋把梅香這幾個月的分紅用荷包裝好，塞進她懷裡。「趕緊收好，錢拿回去了，除了茂林，誰也別說。」

梅香立刻把錢收好了。「多謝阿娘了，我整日還白吃娘家的。」

葉氏把旁邊的花生剝開了給她吃。「如今家裡寬裕得很，等過了年，孩子們交了束脩，家裡就更寬裕了。我也幫不上妳別的忙，只能多貼補妳一些銀錢，再說了，這也是妳該得的。」

分過銀錢，葉氏忽然轉了話鋒，又跟梅香絮叨起韓家崗的事情。

「妳敬博叔父這回可發達了。」

梅香詫異。「怎的了？」

蘭香在一邊插話。「姊姊，敬博四叔要去縣裡做書吏啦。」

梅香驚道：「果真？書吏可不是誰想幹就能幹的呀！」

葉氏笑了。「可不就是，聽說是頂了宋書吏的差事。等過了年，妳四叔就要去縣裡了。」

梅香高興得直點頭。「那可真是太好了，四叔這些年在縣裡可算沒白混。」

葉氏也高興。「誰說不是呢，他身上有功名，做個書吏也夠格。」

梅香聽得直點頭。「阿娘，咱們家如今越來越好了。四叔在縣裡做書吏，明朗在鎮上教書，到哪裡去，咱們韓家也不丟人。」

娘兒三個正說著話，楊氏帶著紅蓮和淑嫻回來了。

一進門楊氏就感嘆。「今兒人真多呀，鞋都要擠掉了。還是親家家住在鎮上好，下午去買也使得，省得人多。」

葉氏笑了。「等親家也搬到鎮上就好了。」

楊氏也有些羨慕葉氏的日子，不用下田下地，只用做飯、洗衣裳，招呼上門的客人就行，等她到鎮上了，她可比葉氏還清閒，她有兩個兒媳婦呢。但一想到到鎮上就要分家，楊氏頓時又偃旗息鼓了。

雙方又說了一陣子客氣話，楊氏就要回去了。

葉氏把門對子捲好了交給梅香拿著，又從倒座房打了五斤菜籽油和三兩芝麻油給楊氏帶上。

楊氏客氣著說不要。

葉氏二話不說把油塞到紅蓮手裡。「親家來了，又給我送菜又給蘭香買花戴，我也沒客氣。我家裡也沒有別的，親家帶回去留著過年炒菜。」

又寒暄了一陣子後，楊氏帶著兩個兒媳婦和女兒一起回去了。

葉氏把女兒送出好遠，梅香攆她回去。「阿娘，我初二就回來了，您快回去吧，妹妹一個人在家呢。」

葉氏這才戀戀不捨的回去了。

黃茂林已經在前頭等著她們，一家子一起回去了。

路上，梅香忍不住和黃茂林說了韓敬博的事情，黃茂林也跟著高興。「四叔可真有本事，年年交糧稅時，那些書吏和衙役們多風光啊。以後有四叔在，咱們好歹不用再被人為難。」

楊氏和紅蓮聽說後內心一陣羨慕，這老韓家這幾年也不知燒了什麼高香，越來越發達。但楊氏一想到過幾年方孝俊也能中個秀才，到時候女婿也是有功名的人，她臉上也能跟著有光，頓時又高興起來。

幾個人到家後，梅香回房把門關上，從衣櫃頂上掏出那個小箱子，把銀子都放進去。梅香看了看裡頭的銀子，高興的摸了摸肚子，多攢些錢，以後孩子們去考試路上也充裕些。

夜裡睡覺時，楊氏翻來覆去睡不著。她想搬到鎮上去，可兒子還跟在父兄屁股後頭打轉呢，如何能支撐門庭？但總不能以後一直這樣吧？

楊氏忽然有些後悔，以前應該聽當家的話，送茂源去做學徒，若是能有門手藝，早些分家了，她單獨跟著茂源過，總好過整日伺候茂林媳婦。

黃炎夏被她吵得睡不著。「妳怎的了？可是哪裡不舒服？」

楊氏半天後嘆了一口氣。「當家的，茂源以後就這樣一直跟著你們打雜嗎？」

黃炎夏也等了半天之後才回她。「要不，再送他去做學徒？」

楊氏內心糾結了許久。「當家的準備把他送到哪裡去？要不再等等，等紅蓮有了身子再讓他出去吧。」

黃炎夏忽然笑了。「妳莫擔心，我嚇唬妳的。別急，過了年，我就讓茂源出去單幹一件事情。」

楊氏立刻來了精神。「當家的，你有什麼好主意？」

黃炎夏猶豫了一下。「倒不用出遠門，就是，剛開始他要吃些苦頭。」

楊氏咬了咬牙。「吃苦頭就吃苦頭吧，你快跟我說，到底是什麼事情？」

黃炎夏反問她。「妳這陣子趕集，是不是感覺鎮上人越來越多？」

楊氏立刻附和道：「可不就是，當家的你不曉得，今兒我上街，那人真多啊。不光有咱們鎮上的，還有別的鎮上的，連縣裡好多人都往這邊來。」

黃炎夏在黑暗中點了點頭。「我觀察了許久，如今好多外地人都把東西拉到平安鎮來交易，縣裡一些客商也到咱們這裡來進貨。妳看著吧，要不了多久，平安鎮就要成為咱們這一帶有名的地方了，各處的人都把東西拉到這裡來交易。到時候，還愁茂源沒有生計？」

楊氏聽得直點頭。「當家的你說的對，你快跟我說預備讓茂源做什麼吧。」

黃炎夏笑了。「我預備讓茂源去跑車，車我已經讓大哥在做了。妳不知道，平日我收黃豆時，茂源這小子趕車趕得真好。果真是老天疼憨人，他居然在這上頭有天賦。」

楊氏還在發愣，黃炎夏又繼續說道：「如今南來北往的人越來越多了，先給他一輛車，讓他出去跑，拉人、拉貨，還能帶著給客商們賣草料，到驛站、到縣城、到旁邊的鎮子，只要他肯下功夫，不愁沒有銀子掙。」

楊氏訥訥道：「當家的，跑車累不累？茂源老實，會不會遭人欺負？」

黃炎夏在黑暗中安撫楊氏。「他總要長大的，剛開始會很辛苦，還會遇到一些難纏的人，但咱們家在平安鎮也不是任人捏的軟柿子。」

楊氏沈默了半天，忽然拱到了黃炎夏懷裡。「當家的，我還以為你心裡是偏著茂林的，是我錯怪你了。」

楊氏這樣一撒嬌，黃炎夏頓時有些不好意思。「老夫老妻的，說這些做甚。他們都是我的兒子，哪一個我都心疼。」

兩口子絮絮叨叨說了許久才睡下。

第二天下午，黃炎斌就把做好的車送過來。謔，還真不小。雙木輪，大架子，上頭帶頂，裡頭有座，下面還有夾層。

黃茂源剛開始還稀裡糊塗的，等聽說這車是給他做的之後，頓時驚呆了。

他高興的把那車摸了又摸。「阿爹，這真是給我做的？」

黃炎夏點頭。「你不是喜歡趕車？以後就天天趕車，還能掙錢，過幾年你就出去跑車罷。」

黃茂源高興傻了。「阿爹，真讓我出去趕車？」

黃炎夏再次點頭。「對，我看你磨豆腐雖然肯下力氣，但幹得一般般。你既然喜歡趕車，又趕得好，你就趕著車出去拉人拉貨，你敢不敢幹？」

黃茂源搓了搓手。「阿爹，我，我想幹，但我怕自己幹不好。」

黃炎夏看了他一眼。「你只要敢幹，剛開始幹不好也是常理，慢慢來就是了。」

黃茂源得了這個保證，忙不迭的點頭。「阿爹，我幹！」

黃炎夏笑了。「再跟著我們磨幾天豆腐，過年先去你舅舅家，初四就去幹。」

黃茂林和梅香也暈乎著呢，悄沒聲息的，黃炎夏就給黃茂源另外安排了活。

黃茂林圍著車繞了一圈。「這下子好了，茂源你再也不用眼紅茂松整日可以出去跑了。」

梅香也高興的插話。「阿爹可真有眼光，前兒我阿娘還跟我說，如今到縣裡雇車都不好雇了。看吧，茂源明年必定能發大財。」

楊氏笑著和梅香客氣。「發財不發財的先不說，他總算能自立了。」

紅蓮也被這事情砸得頭暈，半天後就反應過來了，阿爹一向有眼光，讓茂源出去跑車，必定是有賺頭。若是能單獨幹，以後茂源再也不用靠著阿爹和大哥了，自己頂門立戶多好啊。

紅蓮忽然間覺得未來一片光明，她高興的也圍著車轉。她無比慶幸自己當初孤注一擲做了不體面的事情，不然這會她說不定在財主家裡挨打挨罵呢。

黃炎夏讓黃茂源好生看一看車，臘月二十九那一天，黃炎夏到鎮上給黃茂源買了一頭高大的成年壯騾子。

把騾子一套，黃茂林鑽進車裡，黃茂源一揮鞭子，帶著他哥在村裡跑了一大圈。不管路多窄，他都能把車駕得穩穩的。

整個大黃灣的人都跑出來看熱鬧，黃茂林伸出頭跟大家打招呼。「以後你們誰家要拉人拉貨，只管來找茂源呀。」

跑了一圈後，兄弟二人回家了。

梅香看了看他們，忽然想起葉氏今兒下午要回家的事情。「茂源，你下午去鎮上找我阿娘，把她們幾個載回韓家崗，頭一份生意，我給你定下了。」

說完，她回房拿了錢，遞給黃茂源。「我按照鎮上的價錢給你，煩勞你吃了飯去跑一趟。」

黃茂源忙把錢推回去。

黃茂林攔住了他。「人情是人情，生意是生意，你拿著，下午好生去幹活。」

黃茂源接過了錢，雙眼放光。

第五十六章　過新年蠢人犯蠢

當日下午，黃茂林陪著弟弟一起，駕著新騾車到了鎮上，葉氏正帶著幾個孩子在收拾東西。韓家族人和祖墳都在韓家崗，葉氏娘兒幾個過年要拜年，還是回韓家崗更方便一些。

葉氏見到黃家的車，奇怪的問黃茂林。「你們這是從哪裡租的車？」

黃茂源嘿嘿笑了。「嬸子，以後我不跟我哥磨豆腐了，我阿爹讓我出去跑車，今兒開張頭一樁生意就是來送嬸子回家，大嫂已經付過車資了。」

葉氏立刻高興起來。「那可真好，你們兄弟以後一個在外，一個在家，何愁家業不興旺。既然今兒是你頭一次開張，來，嬸子再給你個開門紅利。」

說完，葉氏數了二十個銅錢塞到黃茂源手裡。

黃茂源不知道該不該要，他看了大哥一眼。

黃茂林笑著對他說道：「既然是給你的開門紅利，你好生收下，等會趕車的時候趕穩一些就是了。別發愣，來，幫著把東西抬上來。」

東西很快就收拾好了，葉氏娘兒幾個上了車，黃家兄弟坐在車把上。黃茂源鞭子一揮，騾車平穩的開始往前走。

明朗看了眼黃茂源趕車的架勢，內心也忍不住感慨，果真是術業有專攻。

葉氏看黃茂源如今有了新營生，心裡也忍不住高興，黃家豆腐坊以後看來就全部是女婿的了，這樣也好，分家的時候不扯皮。

一路上，黃茂林一直和韓家人說著閒話，黃茂源只管老實趕車，一句嘴不插。

等到了韓家崗之後，兄弟二人幫著把東西卸了下來，又託葉氏娘兒幾個幫著往外放消息，黃家豆腐坊掌櫃的二兒子開始跑車了，誰家需要拉人、拉貨只管來說。

說了一些話之後，黃茂林就帶著弟弟回去了。

楊氏見到兒子高興的回來了，她也忍不住高興。平日磨豆腐，黃茂源雖然從來不叫苦叫累，卻從未如今日這般，出去趕了一趟車回來，不說累，反倒神采飛揚。

楊氏私底下奉承黃炎夏。「還是當家的瞭解孩子們，我白做了他十幾年親娘，倒不知道他的喜好。」

黃炎夏瞥了她一眼。「今兒是頭一日開張，親家母還給了開門紅利，他自然高興了。等到了外頭，什麼樣難纏的人都有。到時候他耷拉著臉回來，妳可別埋怨我狠心。」

楊氏急忙搖頭。「怎會，等他做熟了，慢慢也就順了。」

一眨眼就到了大年三十，楊氏帶著紅蓮和淑嫻準備年夜飯，黃炎夏帶著兩個兒子在處理錢紙。

一家子一起忙活，天還沒擦黑，一切都準備妥當了。

黃炎夏祭拜過祖宗，宣佈開始吃年夜飯。他話音一落，自己先夾了一筷子菜，眾人都跟著開始夾菜。

梅香中午吃得不多，下午也沒有加餐，這會也餓了。黃茂林先給她夾了兩塊山菌，又夾了兩塊雞肉。

楊氏今兒做了十二道菜，正中間是一個羊肉鍋子，裡頭加了胡蘿蔔。外頭有一盆山菌燉雞、一盆燉魚、一盆鹹肉燉蘿蔔、一盆燉豬蹄，其餘都是半葷半素和純素的。燉雞裡頭有兩隻雞腿，楊氏讓黃茂林給梅香夾一隻，剩下一隻給了淑嫻。一個是孕婦，一個是家裡最小的，誰也不和她們爭。

梅香碗裡還沒吃完，黃茂林又給她舀了一塊豬蹄子。

梅香抬眼看他。「茂林哥，你也吃，我會自己夾菜。」

黃茂林又給她夾了一筷子素菜。「妳往前伸筷子容易頂著肚子，不妨事，我順帶給妳夾菜。」

黃茂源有樣學樣，給紅蓮夾了一隻雞翅膀，紅蓮忙偷偷去看公婆，大嫂是孕婦，大哥給她夾菜也就罷了，她又沒懷孕，茂源這樣太招眼，婆婆要不高興了。

黃炎夏無所謂，楊氏的笑容果真沒有剛才那樣自然了。

紅蓮也不好給黃茂源使眼色，只能給淑嫻夾菜，楊氏這才緩和了一些。

黃茂源忽然像開了竅似的，給楊氏夾了一筷子菜，又起身給黃炎夏和黃茂林各倒了一杯酒。

黃茂林舉起酒杯。「阿爹，兒子敬您一杯，這一年裡，阿爹辛苦了，咱們家能有今日，都是阿爹的功勞。」

黃炎夏笑咪咪喝了酒。「你們兄弟二人也辛苦了，明年咱們先好生幹一年，把鎮上的房子蓋了，等茂源走上正軌，咱們也能搬到鎮上去住。」

楊氏頓時高興了起來。「當家的說的是真的？那可真好呢，到時候，孫子們從小就在鎮上長大，淑嫻從鎮上出門子，多體面。」

黃茂林也起身給黃炎夏倒了一杯酒。「阿爹，搬不搬到鎮上，兒子倒不急，只要家裡越過越好，在哪裡住都是一樣的。」

黃炎夏又喝了酒。「你不想搬家是你的事情，老子不想再當家了。你們都長大了，也該自己頂門立戶了，總讓老子頂在前頭，你們在後頭躲懶。」

楊氏給黃炎夏夾了一塊肉。「當家的說哪裡去了，幾個孩子都好得很呢，哪裡躲懶了。」

吃過了飯，梅香幫著收拾剩菜、洗碗，紅蓮開始剁餃子餡，楊氏和麵，黃炎夏在堂屋燒起了炭盆。

今兒都要在堂屋守夜，堂屋裡不能燒柴火，怕把屋頂熏壞了。每逢過年，黃炎夏都會買兩袋子木炭，吃熱鍋子、烤火用。

婆媳兩個準備好之後，一家人開始包餃子。紅蓮剁的餃子餡肉足，裡頭加了山菌、蘿蔔、薺菜、蔥，拌了一些芝麻油，聞起來就香得很。

黃茂林兄弟二人擀餃子皮，楊氏帶著兩個媳婦和女兒包餃子，黃炎夏在一邊看著火盆和供桌上的香火。

娘兒四個一邊說閒話，一邊包得飛快，兄弟二人擀餃子皮也擀得飛快。

黃炎夏看著這一大屋子人，高興的瞇起了眼睛，等明年過年，說不定家裡能多兩個娃，那日子才美呢。

黃炎夏又看了看淑嫻，女兒在家裡還能過個兩、三年。分家之前也一定要把女兒的嫁妝銀子準備好，到時候兄長們再添一些，定不讓她受委屈。

黃家這邊熱熱鬧鬧的過著年，韓家那邊，董氏剛被葉氏撅了回去。

一大早，韓敬奇就來和三房商量，要請三房去他家過年。

「弟妹，你們幾個月不在家裡住，就這兩天能帶多少東西回來？不若晚上到我家過年，咱們湊在一起，也熱鬧些。」

葉氏看了明朗一眼。

明朗對韓敬奇拱了拱手。「多謝二伯的美意，只是我們夜裡還要單獨給阿爹上供。咱們都是親骨肉，在不在一起吃年夜飯，也不會影響咱們之間的情誼。」

韓敬奇想了想。「那也行，你們才回來，要是短了什麼，只管去我家裡拿。」

葉氏也向韓敬奇道謝。「多謝二哥二嫂記掛我們，明兒一大早，我就讓明朗兄弟兩個去給二哥二嫂拜年。」

韓敬奇說了兩句客氣話之後，自己回家去了。

哪知韓敬奇才走沒多大一會，韓敬義也來了，目的也是一樣，請三房去大房過年。

葉氏這回有理由了。「大哥家裡幾代人，一桌子都坐不下，我們去了，只會給大哥添麻煩。剛才二哥也來請我們，我回絕了。若是大哥能請動二哥一家子去，我們也跟著去麻煩大哥。如不然，單撇下二哥一家子，也不大好。」

韓敬義猶豫了，若是請老二全家，那家裡就要備兩桌年夜飯了。

他來請葉氏娘兒幾個，是趙氏的主意。大房原來幹的那些醜事趙氏都知道了，心裡把這對蠢公婆罵了個臭死，想著請三房去吃頓年夜飯，緩和緩和關係也好。

誰知道韓敬奇跑在前頭，韓敬義無功而返。

韓敬義來請三房人，除了趙氏，董氏也是極力贊成的。

趙氏的目的是為了緩和兩房的關係，董氏想的又不一樣了。三房如今發達了，二房跟著三房賣菜，剛開始只是小打小鬧，自從周氏接下了學堂裡送菜的事情後，每個月都有了穩定的進項。董氏看得越發眼熱，都是親兄弟，做甚只幫襯其中一個。

董氏在崔氏耳朵邊吹風，想讓崔氏去跟葉氏說，也分給大房一些好處。但葉氏今年給了崔氏比往年更厚的孝敬分例，崔氏立刻閉上了嘴巴。

崔氏又不傻，三房現在有錢有勢，再也不是老三剛死時那一群小可憐了。幾個孩子，凶的凶、聰明的聰明。再說了，大房又不是沒飯吃，三房給的孝敬，她一個人哪裡吃得完，不還是補貼了大房，她也對得起老大了。

都說天旱無露水、老來無人情，這話雖然刻薄了些，有時候還真不假。隨著年齡的增長，崔氏已經不像過去那樣整日只想著往韓敬義碗裡扒拉吃食。她如今日子過得滋潤，大房雖說差一些，可孫媳婦把孫子教導得越發好了，往後總不會比現在更差，她一個老婆子還能活多久，管不了那麼多了。

董氏打崔氏的主意以失敗告終，又動了年夜飯的心思。把三房人請來，年夜飯上先好吃好喝的招待著，然後提一些要求，三房總不好拒絕吧？要是翻臉了，外頭人都要說三房，人家好心招待你吃喝，你倒翻臉無情不認親。

韓敬義沒請動三房，也就作罷，反正他也只是意思意思。董氏上了心，見韓敬義沒請動，自己往三房來了。

葉氏正帶著女兒擇菜，見董氏來了，忙出來迎接她。「大嫂來了，快進屋坐。」

董氏一邊笑著往屋裡去，一邊和葉氏寒暄。「三弟妹回來了，怎的不去我家裡坐坐，剛才你大哥來請你們去我家吃年夜飯，三弟妹怎的回絕了？我都預備了好久，咱們這都是親骨肉，你們幾個月不在家，阿娘一直惦記著呢。我想著夜裡一起吃飯，也親近親近。」

葉氏和她做了十多年妯娌，最是瞭解她，仍舊拿出那一套說辭回絕了她。

董氏不惱，也不走，坐在那裡和葉氏絮絮叨叨。「弟妹家裡如今真好，明朗有了功名，還能教學生了，這一年家裡出息海了去，你們娘兒幾個整天敞開了吃也吃不完。」

葉氏笑著奉承董氏。「大嫂如今的日子也好呀，我聽說明全媳婦能幹得很，家裡家外一把好手，大嫂如今都不用操心了。等明年有了孫子，大嫂還有什麼好愁呢。」

董氏擺擺手。「欸，三弟妹又不是不曉得我家裡。明全的事情是解決了，明德馬上也要大了，就我家裡那幾間屋子，到時候娶媳婦都沒地方住。」

葉氏岔開話題。「我聽說梅香又懷上了？這孩子命真好，才生了兒子一年多，這又懷上了。要是能一口氣生兩個兒子，她在婆家也算站穩腳跟了。」

董氏笑了笑，並未接話，仍舊說著前頭的話題。「三弟妹，你們這以後徹底發達了，也不常回來了。這樣，我跟三弟妹商量個事，你們家的屋子借給我們住好不好？正好，我給妳看房子。屋子長久不住，沒有人氣，容易壞。頭先敬杰家的幫妳看著，如今她結了個好親家，眼瞅著家裡也不缺吃喝了，往後怕也不會看上看房子這一個月的幾文錢了。咱們是親兄弟，我們不要錢。」

葉氏瞠目結舌的看向董氏，梅香說得沒錯，這婆娘腦子估計是壞掉了。

大過年的，葉氏也不想和她吵架，笑著回絕了她。「大嫂，我們還經常回來住的，實在沒法借給你們住。」

董氏想了想，一副為葉氏考慮的模樣。「要不這樣，我把東廂房留給你們，你們回來住也夠了。」

葉氏氣得笑了。「大嫂，我的房子，正房給妳住，我住廂房？」

董氏忽然也意識到自己說的不對，忙賠笑道：「房子自然是三弟妹的，我不過幫妳看著。等我們明德長大了，家裡都沒地方給他娶媳婦，三弟妹是他親嬸子，難道能看著他打光棍。」

葉氏把茶杯重重的放到桌子上，還沒等她開口，明朗進屋了。

「大伯娘，您要買我家的房子？那敢情好呢，我家這房子，東西一共三個院子，全是瓦房。大伯娘真是有眼光，當初我阿爹蓋的時候，都挑上好的磚木，如今雖然過去了十幾年，樣樣都還結實得很。當時花了近二十兩銀子呢，大伯娘既然要買，自然要便宜一些，我也不要多的，就十二兩銀子。如今敬博四叔在縣衙裡，咱們過戶也方便。以後我們回來，隨意在誰家找個地方歇歇腳也行。」

董氏聽見明朗這話，頓時傻眼了，她什麼時候說要買了？她給三房看房子，她還沒要錢呢！

葉氏實在不想和這婆娘多說了，看都不看她一眼。「大嫂，我馬上就要準備年夜飯了，多謝大嫂的美意，我們就不去妳家吃飯了。房子的事，大嫂要是想買，就按明朗說的價格，至於照看房子的事，我自己會想辦法的，就不勞大嫂費心了。」

葉氏說完，起身就往廚房去了，還囑咐明朗去把香燭紙炮準備好。娘兒兩個都走了，把董氏一個人晾在堂屋裡。

董氏在堂屋裡等了好久，見再無人搭理她，自己悻悻的回去了。

回去後，見她耷拉著臉，崔氏心裡冷笑了一聲。占便宜沒個夠，碰一鼻子灰吧？三房一窩子都是吃軟不吃硬的，整日只想占便宜，人家會理她？

等趙氏知道了董氏的想法之後，頓時氣得要死。她快要被這個蠢婆母氣死了，這下子好了，和三房不光關係沒緩和，還更糟糕了。

那頭，葉氏才一進廚房，聽見明盛正在和蘭香說話。

「大伯娘這性子也是少有了，以後若是妳單獨遇到大伯娘，定要繞著走。」

蘭香小聲笑了。「二哥又胡說，我怕她做甚，我又不欠她。」

明盛看到葉氏進來了，忙搬了個凳子給她。「阿娘別生氣，這天底下什麼樣的人都有。我聽說大哥他們去考試的時候，有那學業不精的，竟想歪主意讓別人也落榜，好似人家落榜了他就能考上似的。大伯娘說的話不中聽，阿娘當耳邊風就是了。」

葉氏嗔了他一眼。「別胡說，小孩子家家的，不要嚼長輩的舌根。」

明盛笑咪咪蹭了過來。「阿娘，這也不是辦法呀。今兒回絕了她，她以後還來怎麼辦？咱們家這三間院子，在族裡算是頂頂好的房子了。若長時間空著，總有人想來打主意。」

葉氏看了看屋子，這是韓敬平蓋的房子，如果可以的話，她真想一直保留著，但屋子長期沒人住也不行。一來沒有人氣，容易壞，二來族裡許多人家住房緊張，若是他們家空著這麼多屋子不接濟族裡人，到時候定會流言滿天飛。兩個兒子都是讀書人，她不能讓孩子們被人非議。

葉氏想了片刻之後，忽然又釋懷了。

當家的蓋這房子，為的是讓家裡人住得舒服，如今既然搬到鎮上去了，家裡越過越好，何必為了房子束縛住人。

董氏來的目的雖然不純，但也給葉氏提了個醒，房子早些處理了，也落個輕鬆，以後過年過節也不用回來了。

想通了之後，葉氏笑了。「這樣大的三間院子，也不是想處理立刻就能處理掉的，總要等合適的機會。先不說那麼多了，今兒咱們好生過個年。」

葉氏很快把董氏拋到腦後，帶著孩子們熱熱鬧鬧的過大年。

——未完，待續，請看文創風889《娘子不給吃豆腐》3（完）

為流浪貓狗加油 和貓寶貝 狗寶貝

廝守終生(一定要終生喔！)的幸福機會

對人來說，貓寶貝狗寶貝只是生活的一部分，但妳（你）對牠們來說，卻是生活的全部，領養前請一定要考慮清楚——

▲ 氣質優雅又可愛的 狐狸

性　　別：女生

品　　種：米克斯

年　　紀：7個月

個　　性：活潑愛玩

健康狀況：已施打三合一預防針

目前住所：台北市大安區（台灣愛貓協會）

本期資料來源：台灣愛貓協會

『狐狸』的故事：

時而舉止優雅、時而活潑可愛的狐狸，從內湖動物之家移送到愛貓協會，已生活四個多月了。牠天生沒有眼瞼，所以當晶亮的眼睛東瞧瞧西看看時，感覺就像小狐狸般機伶可愛，故取名為狐狸。

即使先天上不完美，可狐狸的個性活潑親人，喜歡追逐掃把，愛跟其他小貓玩，也會討罐頭吃，如此討人喜歡的開心果，很適合成為新手家庭裡的一員。

由於少了眼瞼，眼睛缺乏保護容易受傷，目前因右眼角膜受損，已摘除右眼，但左眼視力並不受影響，日常生活也依舊活力充沛，預定等長到一歲以後接受眼瞼的移植手術，將來絕對是隻魅力滿點的明星貓美人。

為了救援公立收容所內急需救援的貓咪而成立的台灣愛貓協會，如今正等待您的愛與關懷。若您欲認養狐狸，請來信catkitten99@gmail.com，台灣愛貓協會歡迎您的參與。

認養資格及注意事項：

1. 居住台中以北，23歲以上，環境適合養貓，並有工作收入者。
2. 須同意簽認養寵物切結書。
3. 須同意送養人日後之追蹤探訪，對待狐狸不離不棄。

來信請說明：

a. 個人基本資料：姓名、性別、年齡、家庭狀況、職業與經濟來源等。
b. 想認養狐狸的理由。
c. 過去養寵物的經驗，及簡介一下您的飼養環境。
d. 若未來有結婚、懷孕、出國或搬家等計劃，將如何安置狐狸？

2020年9月出版

吃貨出頭天

文創風 880～881

好心的鄰居怕她日子沒法過，推薦了個殷實的男人，建議她快快嫁了，
可她不要啊，人生地不熟的，又不是挑菜買肉，她做不來盲婚啞嫁，
不料她這麼個智慧與美貌兼具之人，最後還偏就看上他那個呆頭鵝！
雖說感情這事本就毫無道理可言，她也不期待他這人對她說啥甜言蜜語，
不過連成親一事都要她主動明示是怎樣？他是擺明了要氣死她嗎？嘖！

此心安處　便是吾鄉／蘭果

砰的一聲，身為白富美的她在空難中香消玉殞，
然後眼一睜，她就成了跟爹返鄉祭祖卻意外翻船同赴黃泉的蕭月，
由於爹死後不久娘便改嫁了，於是蕭家就剩她孤伶伶一個人，
好吧，起碼上天沒安排什麼拖油瓶讓她養育，她是一人飽全家飽，
自古民以食為天，正好她唯一的愛好就是美食，還練就一手好廚藝，
如今若是要擺個小攤子賣吃食，月牙兒還是很有幾分底氣的，
不過是想法子掙錢餵飽自己嘛，她有手有腳的，難道還會餓死不成？
她不敢說自己是個美食家，然而當一名有生意頭腦的小吃貨還是很夠格的，
靠著多年累積下來的實力，所販售的各式糕點那真是人見人愛，
再加上採用饑餓行銷手法，看得到卻吃不到、甚至吃不夠，得有多饞人？
但是她並不滿足於此，攢了點錢後，她找了金主投資，開了間店鋪，
店裡不單單賣糕點也賣小吃，每日門庭若市，財源滾滾來，
接下來她又是買房、又是炒地皮，還找了高官護著，事業更是蒸蒸日上，
可她也曉得一官還有一官高，若能得皇城裡那位天下最大的官護著豈不更好？
所以呀，她的雄心可大了，最終還得把店開進京、出人頭地才行啊！

文創風 888

娘子不給吃豆腐 2

國家圖書館出版品預行編目資料

娘子不給吃豆腐 / 秋水痕著. --
初版. -- 臺北市 : 狗屋, 2020.10
冊 ; 公分. --（文創風）
ISBN 978-986-509-145-3（第2冊：平裝）. --

857.7　　　　109012752

著作者　秋水痕
編輯　黃暄尹
校對　周貝桂
發行所　狗屋出版社有限公司
地址　台北市104中山區龍江路71巷15號1樓
電話　02-2776-5889～0
發行字號　局版台業字845號
法律顧問　蕭雄淋律師
總經銷　知遠文化事業有限公司
電話　02-2664-8800
初版　2020年10月
國際書碼　ISBN-13　978-986-509-145-3

本著作物由北京晉江原創網絡科技有限公司授權出版

定價260元
狗屋劃撥帳號：19001626
網址：love.doghouse.com.tw　E-mail：love@doghouse.com.tw

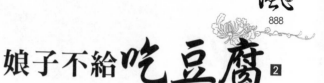